Louise Simard

La MALÉDICTION

TOME 3: LE CRI DE L'ÉPERVIER

Les Éditions
Coup d'œil

Couverture et conception graphique : Mélodie Landry
Photographie de la couverture : Louise Simard

Première édition : © 2016, Les Éditions Goélette, Louise Simard
Présente édition : © 2017, Les Éditions Coup d'œil, Louise Simard
www.boutiquegoelette.com
www.facebook.com/EditionsGoelette
www.facebook.com/louisesimard.romanciere
www.louisesimardauteure.com

Dépôts légaux : 3ᵉ trimestre 2017
Bibliothèque et Archives nationales du Québec
Bibliothèque et Archives Canada

Imprimé au Canada

ISBN : 978-2-89768-345-0
(version originale : 978-2-89690-657-4)

Première
partie

1

Décembre 1833

Un soleil blanc perçait l'air embrumé. On aurait dit une pleine lune égarée au milieu du jour et emprisonnée dans un brouillard diaphane. Pour attendre Isabelle et François, Charlotte s'était assise sur la galerie. Elle n'avait pas froid. Enveloppée de cette atmosphère laiteuse, elle se lovait dans ses souvenirs en reprenant son souffle. La blancheur de l'air, de la terre et du ciel la plongeait dans une rêverie au creux de laquelle elle aurait aimé disparaître. Pendant quelques minutes, elle oublia ses tracas et s'éloigna à bonne distance de la réalité. Quelques minutes seulement.

— Ça y est ! Je suis enfin prête ! Pardonne-moi de t'avoir fait patienter. Je ne trouvais plus mon ruban bleu.

Charlotte sourit. Isabelle venait de fêter ses quatorze ans. La fillette qu'elle avait recueillie après la mort tragique de ses parents était devenue une belle jeune fille, gracile et timide, mais dotée d'une force vitale et créatrice remarquable. Les terribles épreuves qui avaient marqué son enfance auraient pu la détruire à jamais. Elles avaient, au contraire, renforcé son instinct de survie. Sa fille adoptive était sans doute née avec un immense don pour le bonheur, mais Charlotte aimait croire qu'elle avait joué un rôle dans cette résurrection improbable.

— Que tu es belle, ma chérie! Aurais-tu quelque garçon à séduire au village?

Charlotte se moquait sans malice, l'air de rien, mais elle savait bien à qui Isabelle voulait plaire. D'ailleurs, le jeune homme en question sortait justement de la petite écurie nouvellement construite, attenante à la bergerie. Il tirait Shadow par la bride, et la jument semblait plutôt réticente.

Du coin de l'œil, Charlotte observa sa fille. Celle-ci lissa ses cheveux qu'elle avait noués avec un large ruban de la même couleur que ses yeux aigue-marine. Elle replaça ensuite son foulard, puis s'assura que sa pèlerine tombait bien. À l'évidence, elle souhaitait se montrer sous son meilleur jour devant François Caron, l'homme engagé.

Cette attirance datait du premier jour de leur rencontre. Le Canadien français était arrivé deux ans plus tôt, un jour d'été. Il cherchait du travail. Isabelle, encore une enfant, avait aussitôt été séduite par ce compatriote francophone avec qui elle pouvait converser dans sa langue maternelle. Un vrai coup de foudre, que Charlotte avait d'abord pris à la légère, connaissant très bien le goût des fillettes pour la romance. Mais plutôt que de s'atténuer, le doux penchant d'Isabelle s'était affermi avec le temps.

François Caron, du haut de sa jeune vingtaine, avait su tenir la petite fille à distance, toujours avec délicatesse. Plutôt que d'encourager cet élan amoureux, il avait agi comme un grand frère, sans jamais laisser s'installer la moindre ambiguïté. Son comportement exemplaire n'avait toutefois pas convaincu Isabelle. François lui plaisait, et elle espérait qu'un jour ce sentiment serait partagé. Pour l'instant, se disait-elle, il ne pouvait déclarer son amour, compte tenu de la différence d'âge, mais, avec le temps, l'écart s'amenuiserait. Dans sa naïveté, l'adolescente croyait que François cesserait de vieillir pour l'attendre.

« Je la comprends, se dit Charlotte en observant son employé qui attelait la jument. Quel joli garçon, avec ses cheveux ondulés et ses belles lèvres sensuelles. Difficile de résister à tant de charme. Si j'étais plus jeune… » À trente et un ans, Charlotte avait l'impression que plus jamais elle ne connaîtrait l'amour, ni même l'affection d'un homme. Elle avait perdu deux maris, chaque fois dans des circonstances troublantes. Elle avait aussi assisté, impuissante, à la mort de son amant, l'homme qu'elle avait aimé plus qu'elle-même. De cet immense chagrin, elle avait cru ne jamais pouvoir guérir, et pourtant la vie avait continué sans lui, sans le tendre et généreux Atoan. Une passion comme celle-là, elle n'en vivrait plus jamais, elle en était persuadée. Or, parfois, quand l'air doux entrait par les fenêtres et que les grives lançaient dans la brunante leur chant flûté, ou lorsque le froid et la neige la confinaient à l'intérieur, la solitude lui pesait et elle se surprenait alors à rêver d'un émoi amoureux, de câlins, de tendresse, de la douce confusion des sens.

– Maintenant, c'est toi qui nous retardes, maman ! Si on veut revenir avant la tempête qui se prépare, il faudrait y aller.

Charlotte monta dans le traîneau, où Isabelle et François avaient déjà pris place. Elle s'emmitoufla dans les fourrures et donna le signal du départ.

La sachant très fatiguée, Isabelle avait insisté pour préparer elle-même la fête du Nouvel An. À vrai dire, Charlotte n'avait pas tellement envie de festoyer, ni chez elle ni ailleurs. L'absence de ses fils, qui se prolongeait, la vidait de son énergie. Cependant, lorsqu'elle avait abordé le sujet avec sa fille adoptive, celle-ci n'avait pu cacher sa déception. Elle avait supplié sa mère de changer d'idée, en jurant qu'elle s'occuperait de tout. De son côté, François Caron s'était engagé à aider Isabelle de son mieux, afin que Charlotte n'ait rien d'autre à faire que de jouir de la journée, telle une invitée d'honneur. Pour ne pas les désappointer, Charlotte avait accepté, en leur faisant néanmoins répéter leurs promesses à plusieurs reprises.

La liste des convives s'était allongée au fil des jours. Impossible, bien sûr, de ne pas inviter les vieilles connaissances, les Burchard, Willard, Miner et Mulvena. Isabelle tenait aussi à recevoir ses amies les plus intimes, les jumelles Ryan, et François avait demandé s'il pouvait ajouter le nom d'un nouveau camarade, rencontré quelques semaines plus tôt, et qui passerait cette période de festivités loin des siens.

– Je me demande bien où nous trouverons une table assez longue pour asseoir tout ce monde-là, s'inquiéta Charlotte à voix haute, en repoussant la couverture qu'elle avait posée sur ses cuisses.

Les grelots attachés au traîneau tintaient gaiement et une excitation joyeuse gagnait peu à peu les trois passagers. François guidait la jument sans la pousser. L'air était doux, et la promenade, beaucoup trop agréable pour se hâter, malgré quelques flocons duveteux. Les gros travaux étaient terminés. Brebis et béliers avaient réintégré leurs quartiers d'hiver. Ils y étaient un peu à l'étroit, mais l'argent et le temps avaient manqué. François n'avait pas pu agrandir la bergerie tel qu'il l'aurait souhaité.

— Je t'ai dit de ne pas t'en faire, gronda Isabelle en faisant les gros yeux à sa mère. On s'occupe de tout!

— J'ai un plan, renchérit François. Je vais fabriquer quelque chose de solide. Il y aura de la place en masse.

Charlotte leva les mains au ciel. Elle abandonnait.

— D'accord! Je vous fais confiance. Je ne vous embêterai plus avec mes remarques.

Dans King's Highway, la circulation se fit plus dense. Passé Church Street, ils durent tenir leur place, bien à droite, au risque de s'enliser, car des traîneaux venaient en sens inverse, souvent à vive allure, alors que d'autres, menés par des conducteurs impatients, tentaient de les dépasser. Un peu plus loin, on faisait la file pour s'engager sur le pont qui enjambait la rivière Magog.

— Que se passe-t-il donc? demanda Isabelle, contrariée par cette perte de temps. Nous n'arriverons jamais à ce rythme-là!

Depuis le départ, elle triturait la liste des articles à acheter, qu'elle avait glissée dans sa mitaine.

— C'est à cause du banquet en l'honneur de monsieur Brooks, expliqua François. On veut fêter son retour de Londres.

Isabelle et Charlotte levèrent les yeux en soupirant. Prises par leurs nombreuses occupations, elles avaient oublié cette réception tant attendue, dont pourtant tout le village parlait depuis des jours.

— Je ne savais même pas qu'il était parti, déclara Isabelle sur un ton boudeur.

La jeune fille refusait qu'un événement, quel qu'il soit, éclipse son propre réveillon. François, au contraire, s'intéressait depuis toujours à la politique.

— On dit que monsieur Brooks a bien représenté la région en Angleterre. Grâce à lui – ou à cause de lui –, la Compagnie des Terres va s'installer dans les cantons. Ça risque de changer bien des choses.

— Tu crois? demanda Charlotte, que les perturbations appréhendées inquiétaient.

— Je n'en doute pas! Il paraît que la nouvelle compagnie a acquis plus de huit cent mille acres de terres de la Couronne. Selon l'entente, elle pourra les payer en partie en construisant des routes, des ponts et des édifices. Tout ça va attirer du monde. Le village changera d'allure très vite si ce qu'on dit est vrai. Et ce ne sera pas nécessairement pour le mieux, j'en ai bien peur…

— Dis donc! Tu es bien renseigné. Où as-tu pris ces informations?

— J'ai rencontré monsieur Dickerson, il y a deux jours. Il était à l'auberge et en avait long à dire sur le sujet. Je pense qu'il a convaincu les plus sceptiques.

Une fois de plus, Charlotte et Isabelle levèrent les yeux au ciel. Le jeune homme vouait une admiration sans bornes au journaliste de Stanstead. Il se laissait d'ailleurs influencer d'une manière qui déplaisait à Charlotte. Elle craignait que son employé ne s'attire des ennuis. C'était toujours ce qui arrivait à ceux qui côtoyaient Silas Dickerson.

— Cesse de lambiner, ordonna Isabelle, ou je fais le reste de la route à pied. Ce sera plus rapide!

*

Quelques minutes plus tard, François déposait la mère et la fille devant le magasin général. D'autres établissements semblables s'étaient peu à peu implantés dans le village, mais Isabelle avait choisi de s'arrêter chez Tylar Moore. Elle voulait profiter de l'occasion pour admirer les bijoux présentés en vitrine, même si elle savait bien qu'elle ne pourrait jamais se les payer. Les regarder la satisfaisait.

Clients et clientes ne parlaient que du banquet et de la venue prochaine de la British American Land Company, la BALC, comme résumait François pour se faciliter la tâche. Il éprouvait encore un peu de difficulté avec la langue anglaise, mais Charlotte avait fini par s'habituer à son parler particulier. Au bout du compte, le fort accent français du jeune homme, qui avait bien fait rire sa patronne au début, ajoutait à son charme.

Tout en suivant Isabelle dans les allées, Charlotte tendait l'oreille. Ces chambardements annoncés la préoccupaient. Par définition, la nouvelle compagnie chercherait à acquérir le plus de terres possible, afin de les offrir aux immigrants qu'elle comptait attirer dans la région. La jeune femme avait résisté à Charles Goodhue et à William Felton, des hommes puissants et influents qui, à plusieurs reprises dans les dernières années, avaient tenté d'acheter sa fermette, mais pourrait-elle s'opposer à une compagnie foncière britannique disposant de capitaux importants? Si les rumeurs se confirmaient, cette entreprise, à laquelle s'étaient associés d'emblée les plus riches propriétaires des cantons, provoquerait peut-être un raz-de-marée dévastateur pour les moins fortunés.

Toutefois, certains demeuraient optimistes et leurs propos réconfortèrent Charlotte. Au bout du compte, si la Compagnie des Terres, comme on le prétendait, injectait de nouveaux capitaux dans la région, tout le monde en profiterait. Et si des immigrants s'établissaient à Sherbrooke, le village connaîtrait un véritable essor et une nouvelle prospérité. On avait besoin de routes pour sortir les cantons de leur isolement et mettre ainsi fin au monopole des marchands et des spéculateurs. Si la BALC s'engageait réellement à développer la région, elle représentait peut-être la solution rêvée à leurs problèmes. Qui sait?

— Tu ne m'écoutes pas! grogna Isabelle.

— Oh! Excuse-moi, ma chérie. J'avais la tête ailleurs.

— Je vois bien. Tu me laisses tout décider.

— N'est-ce pas ce que tu souhaitais? Si je me rappelle bien, tu as promis de…

— Bon, la coupa sa fille, tu as raison. Alors, je vais prendre ces brioches. Les enfants en raffoleront, j'en suis certaine.

D'un magasin à l'autre, elles s'étaient rendues jusqu'à la boulangerie de Francis Loomis. L'artisan avait fait preuve d'une extraordinaire créativité et il offrait des produits originaux pour la période des fêtes. Les clients se pourléchaient les babines à la vue de ces délices.

— Essaie de respecter ton budget, recommanda Charlotte à sa fille, qui semblait prête à tout acheter.

Isabelle hocha la tête, pendant que le commis glissait une brioche supplémentaire dans son panier, en lui adressant un clin d'œil complice. Il s'attendait à une marque de gratitude de la part de sa cliente, mais celle-ci baissa la tête, gênée. En évitant de croiser le regard du séducteur, elle paya ses achats et s'empressa de quitter la boulangerie pour retrouver François au plus vite.

— Vous avez terminé vos emplettes ? demanda celui-ci en les apercevant, les bras chargés de paquets.

— J'espère bien ! lui répondit Charlotte. Si on reste au village une minute de plus, je serai ruinée !

Après s'être assurée que sa mère plaisantait, Isabelle monta avec entrain dans le traîneau. Charlotte s'installa auprès d'elle et ils prirent le chemin de la maison, abandonnant le village à son effervescence.

Des flocons de neige commençaient à tourbillonner.

Les notables invités au banquet se hâtaient avant la tempête pour ne pas mouiller leurs habits de gala. Le jour tombait doucement, cédant la place à une nuit qui s'annonçait mouvementée.

2

Le lendemain et le surlendemain, une fois le train terminé et la bergerie nettoyée, Isabelle et François vaquèrent aux préparatifs de la fête. Le jeune homme voyait aux gros travaux, tandis que la jeune fille cuisinait beignes et pâtés, qui allaient rejoindre les brioches et autres délices déjà congelés sous une bonne couche de neige. Charlotte, de son côté, s'activait dans l'atelier pour terminer une couverture promise à une cliente pour le Nouvel An.

Dans la matinée du 24 décembre, la tisserande put mettre un point final à son ouvrage. Ses yeux fatigués lui brûlaient et voulaient sortir de leurs orbites, mais elle avait respecté sa promesse et se flattait du résultat obtenu. La couverture aux couleurs d'automne, très réussie, tiendrait sa cliente au chaud, tout en ajoutant à sa chambre un ravissant élément de décoration. Avant de faire admirer son œuvre, Charlotte s'accorda une pause. Les derniers jours avaient été harassants. Son dos et sa nuque la faisaient souffrir et elle se demandait si la brume dans ses yeux finirait par se dissiper. «Je manque d'endurance», se désola-t-elle en étirant ses muscles et en bougeant la tête de tous les côtés. Sa santé défaillante la préoccupait. Elle espérait chaque jour une amélioration, mais en vain. Plus le temps passait, plus elle se fatiguait rapidement, et plus ses troubles de vision s'accentuaient. Que deviendrait-elle si elle ne pouvait plus travailler la laine? Elle avait toujours exercé ce métier et elle l'aimait. Elle savourait chaque minute passée dans son atelier. Et le bonheur des clients, leurs yeux admiratifs et reconnaissants la consolaient des nombreux désagréments. Devoir renoncer à son art équivaudrait à mourir à petit feu.

«Je n'en suis pas encore là», se sermonna-t-elle en se secouant.

Elle se leva et plia avec précaution la grande couverture, qu'elle livrerait dans les plus courts délais. Elle rangea ensuite la pièce, où traînaient des bouts de laine et d'étoffe, remit dans les paniers écheveaux et pelotes, rubans et fils, nettoya peignes, navettes, broches et aiguilles, puis passa un linge sur le rouet et sur le métier, où restaient accrochés des flocons de laine. En s'occupant de la sorte, elle retardait le moment de quitter son refuge et de replonger dans les préparatifs de la fête qui lui pesaient, même si on l'avait déchargée de toute responsabilité.

En vérité, chacune des festivités qui s'égrenaient au cours d'une année lui procurait davantage de désagréments que de plaisirs. Elle aurait voulu partager avec ses fils, partis au loin, les événements heureux, tristes ou comiques, qui, ajoutés les uns aux autres, composaient une vie. Chaque fois qu'elle aurait pu se réjouir, la tristesse et l'ennui gâchaient sa joie. Par chance, Tom et Joshua lui écrivaient souvent. Ils étaient heureux, ce qui la réconfortait un peu, sans la consoler de leur absence. Elle aurait dû y être habituée, car la séparation durait depuis plus de deux ans maintenant. Or, plus le temps passait et plus le vide laissé par leur départ s'amplifiait, jusqu'à creuser un trou béant que le quotidien ne suffisait plus à remplir. Ce qu'elle avait accepté et même approuvé des années plus tôt lui paraissait aujourd'hui insupportable et injuste.

— Nous aurions besoin de tes conseils, maman. Tu pourrais venir une minute ?

Charlotte n'avait pas entendu Isabelle arriver. En ouvrant la porte, celle-ci avait laissé pénétrer à l'intérieur un filet d'air froid qui fit frissonner sa mère.

— Bien sûr. Je te suis.

— Oh ! Tu as terminé la couverture ! Qu'elle est belle !

— Merci. Je suis très contente. Je crois avoir bien réussi.

— Tu fais toujours du beau travail ! Tu es la meilleure !

Cet enthousiasme juvénile revigora Charlotte. Elle ne voulait surtout pas éteindre la lueur d'espoir qui scintillait dans les yeux de sa fille, encore si fragile sur certains aspects, aussi chancelante parfois qu'un enfant à ses premiers pas, et tout aussi précieuse. Elle mit donc de côté ses idées sombres et suivit Isabelle.

Une odeur réconfortante de pâtisserie et de mets mijotés embaumait la cuisine. L'air étonné et ravi de Charlotte réjouit la cuisinière en herbe qui l'obligea à sentir chacun des plats.

— Je n'ai pas encore fini, expliqua la jeune fille. J'ai manqué de farine. François doit aller au village m'en chercher.

Charlotte sauta sur l'occasion.

— Je vais t'accompagner, dit-elle à son homme engagé. J'apporterai la couverture à ma cliente.

*

Les rues de Sherbrooke étaient à peu près désertes. Deux jours plus tard, le village ne semblait pas encore remis du banquet qui s'était étiré jusqu'aux petites heures du matin. L'alcool avait coulé à flots toute la soirée. La solennité des premiers discours avait vite cédé la place à de joyeuses agapes, auxquelles les convives avaient participé sans retenue. On les avait entendus festoyer une partie de la nuit, et certains, selon les échos recueillis auprès de témoins oculaires, avaient dérogé sans vergogne à la dignité inhérente à leurs fonctions. D'ailleurs, plusieurs, qui venaient de plus loin, de Stanstead, de Lennoxville ou de Hatley, par exemple, n'avaient pu repartir que la veille. Même le vent qui soufflait maintenant dans les rues du village semblait résulter des tourbillons de la fête.

Une fois leurs achats terminés et la couverture remise à madame Elkins, Charlotte suggéra un dernier arrêt.

– Passons par le bureau de poste, dit-elle. Tu n'auras qu'à me déposer et à m'attendre. Je ne serai pas longue.

Elle espérait encore recevoir une lettre de Tom ou de Joshua. Ni l'un ni l'autre ne lui avaient encore envoyé de vœux pour la nouvelle année. Pourtant, depuis leur départ, ses fils n'avaient jamais oublié le premier de l'An ni son anniversaire.

En la voyant, le commis se confondit en politesses, sans doute pour solliciter son pardon. Bien sûr, il n'y était pour rien, mais il la décevrait une fois de plus et se sentait responsable. Il prenait son métier très à cœur et éprouvait un réel plaisir à voir le regard de ses clients s'illuminer chaque fois qu'il leur tendait une lettre attendue et désirée depuis longtemps.

– Je n'ai rien pour vous, dit-il, l'air contrit, mais votre homme engagé, François Caron, a reçu une lettre. Pouvez-vous la lui remettre ?

Charlotte fronça les sourcils, intriguée. En deux ans, jamais personne n'avait envoyé le moindre courrier à son employé. De quoi pouvait-il s'agir ?

Elle sortit en toute hâte et remit la lettre à François en prenant place dans le traîneau. Celui-ci écarquilla les yeux, aussi étonné qu'elle l'avait été.

– Tu peux la lire, dit Charlotte. Nous ne sommes pas si pressés.

– Non. Je vais attendre qu'on soit revenus à la maison.

François avait reconnu l'écriture, même s'il ne l'avait jamais vue. Seule une religieuse avait pu produire ces lettres parfaites et d'une régularité exemplaire. En lisant son nom, si joliment tracé, il avait d'emblée deviné l'origine de ce pli qu'il lui tardait de lire, en espérant qu'il ne contenait pas de mauvaises nouvelles.

*

Sitôt la jument dételée, le jeune homme se retira dans la cabane où il logeait et qu'il avait rénovée pour la rendre encore plus confortable. Il s'y sentait à l'aise, en sécurité, et il aimait s'y terrer le soir venu, après ses longues journées de travail. Pour la première fois de sa vie, il possédait son chez-soi, un refuge bien à lui, où personne ne le dérangeait et d'où on ne risquait pas de le déloger. Un luxe rare !

Après avoir enlevé son manteau, il ouvrit le pli en le tenant au bout de ses bras, comme s'il craignait de recevoir un coup en pleine figure. «Faites que ce soit une bonne nouvelle», se répétait-il, plein d'appréhension et sans trop d'espoir. Il lut avec lenteur, chaque mot repoussant l'autre et ajoutant à la sensation de lourdeur qui l'accablait. Il s'effondra ensuite sur son lit, troublé et confus, tiraillé entre deux attachements, deux loyautés.

— Je dois parler à Charlotte, murmura-t-il. Et à Isabelle... Le plus tôt possible... Comment leur expliquer?

Il attrapa son manteau, passa une manche en vitesse, puis l'autre, et sortit avec la ferme intention d'affronter les deux femmes, de les supplier de comprendre. Cependant, une fois dehors, il se dirigea plutôt vers la bergerie, où les moutons réclamaient leur pitance. Malgré l'urgence de la situation, il reculait l'échéance, ne sachant trop comment annoncer la nouvelle.

Une heure plus tard, alors qu'il retournait vers sa cabane, Isabelle sortit sur la galerie. Elle avait posé un châle sur sa tête et en serrait les pans sur ses épaules.

— Viens manger avec nous, lança-t-elle. J'ai cuisiné un délicieux pâté aux patates.

— Pas ce soir, lui répondit François. Je n'ai pas très faim.

— Tu ne peux pas refuser! Tu n'auras jamais rien mangé d'aussi bon! Tu peux me croire.

Le jeune homme hésitait. Il ne voulait pas décevoir Isabelle. Celle-ci méritait qu'on l'encourage. Deux ans plus tôt, quand François Caron était arrivé dans sa vie, elle n'était qu'une petite ombre qui se cachait dans la lumière des autres. Peu à peu, elle s'était épanouie, ainsi qu'une fleur au soleil. Elle comptait sur lui, et François se rendait bien compte que son assentiment lui importait et lui procurait l'assurance dont elle avait besoin pour aller au bout de ses envies. Or, ce soir, il ne serait pas de bonne compagnie. Incapable de mentir, il aurait du mal à cacher son embarras. Il cherchait donc un prétexte pour décliner l'invitation, mais la jeune fille, qui n'avait pas pris la peine de chausser ses bottes d'hiver, sauta en bas de la galerie et vint lui prendre la main pour l'entraîner à l'intérieur. Elle risquait de glisser ou de prendre froid. François n'eut guère le choix. Il n'opposa plus aucune résistance. Au contraire, il s'empressa de ramener Isabelle dans la maison avant que ses pieds soient trop mouillés et impossibles à réchauffer.

— Cette demoiselle n'a pas toute sa tête, dit-il en pénétrant dans la cuisine, où une odeur alléchante le prit au cœur.

Pendant une heure, il tenta de donner le change, mais Charlotte devina son malaise. Inquiète, elle le questionna avec douceur, jusqu'à ce qu'il se résigne à leur dire la vérité.

— Je vais être obligé de partir, déclara-t-il d'une voix étranglée par l'émotion.

Estomaquées, les deux femmes le dévisageaient en silence, les yeux écarquillés, oscillant entre la consternation et la rigolade. Pendant plusieurs secondes, elles crurent qu'il se moquait d'elles. En tout cas, elles l'espéraient, prêtes à lui pardonner ce coup de massue qu'il venait de leur assener dès qu'il démentirait ses propos.

— Que veux-tu dire? demanda Charlotte d'une voix pleine de suspicion. Tu dois encore te rendre au village, à cette heure?

— Non, ce n'est pas ça, lui répondit le jeune homme en sortant de sa poche la lettre froissée qu'il avait lue et relue. J'ai reçu de mauvaises nouvelles de ma sœur.

— Tu as une sœur? s'étonna Isabelle, qui croyait ne rien ignorer au sujet de l'homme engagé qui partageait le quotidien de sa famille depuis plus de deux ans.

— Oui. Elle est mon aînée de dix ans. Elle s'est occupée de moi à la mort de nos parents. Quand j'ai pu me débrouiller seul, elle est entrée chez les religieuses. C'est ce qu'elle souhaitait depuis toujours. La supérieure m'écrit que Marie est très malade et qu'elle me réclame. Je ne peux pas ne pas y aller. Vous comprenez? Je suis tellement mal à l'aise de vous laisser tomber de cette façon.

Choquée, Isabelle ne put répondre.

Charlotte parla donc en son nom.

— Nous comprenons tout à fait. Cesse de te morfondre. Je suis certaine que tu seras très vite revenu. Ta sœur n'est pas plus vieille que moi. Elle va se remettre.

— Comment allez-vous vous arranger? Les moutons, la réception du Nouvel An… Tant de boulot!

— Ne te tracasse plus avec ces détails. John Mulvena nous donnera un coup de main à la bergerie, et je suis certaine que mon amie Olive acceptera de nous aider. Et puis Isabelle a presque terminé ses préparatifs. N'est-ce pas, ma chérie?

La jeune fille se taisait, incapable de cacher son amertume devant une si terrible traîtrise. Elle avait accordé son entière confiance à François Caron, et voilà qu'il lui tournait le dos. Il n'était donc pas différent des autres? De son père et de sa mère qui l'avaient abandonnée si tragiquement. De Tom et Joshua, ses frères adoptifs, qui étaient partis sans se préoccuper de son chagrin. Et de Charlotte qui ne comprenait pas son indignation, qui ne faisait rien pour retenir François, alors qu'elle aurait dû s'accrocher à lui, le supplier.

Plutôt que de répondre à sa mère, Isabelle se leva d'un bond et courut se réfugier dans sa chambre.

— Je m'excuse, lui cria François. Je sais bien que…

Charlotte posa une main rassurante sur le bras du jeune homme qui ne termina pas sa phrase. La réaction d'Isabelle le consternait.

— Ton départ l'attriste, mais c'est une fille généreuse et bonne. Elle va comprendre. À ton retour, vous redeviendrez amis et complices. Ne te fais pas de soucis. Pense uniquement à ta sœur et à sa guérison.

*

La lune brillait encore le lendemain matin quand François sortit de la cabane. Son baluchon sur l'épaule, il s'apprêtait à se mettre en route lorsqu'une voix enrouée, encore mal réveillée, prononça son nom.

Isabelle s'avançait vers lui, bien emmitouflée dans son châle, pieds nus dans ses bottes.

— Je voulais te souhaiter bon voyage, dit-elle.

— Tu es gentille…

— Je voulais aussi m'excuser pour mon comportement égoïste. J'aurais dû comprendre que tu étais inquiet et que tu devais partir.

— Ne t'excuse pas. Je suis si navré de te laisser avec toutes les responsabilités, alors que j'avais promis de t'aider.

– Bof… Je vais y arriver, tu verras. Et je vais te garder de bons restants pour que tu te régales à ton retour.

François tourna des yeux gourmands, ce qui égaya son admiratrice.

– Pars vite, dit-elle. Tu ne dois pas rater la diligence.

– Retourne d'abord près du poêle. Tu vas attraper ton coup de mort ! Tu n'es pas raisonnable.

Isabelle effleura la joue de son ami d'un baiser fraternel, puis elle courut vers la maison, où elle s'engouffra avec la légèreté d'une brise du matin.

Réconforté, le cœur soulagé, François s'engagea sur le chemin durci par le froid. En se retournant une dernière fois, il aperçut Charlotte et Isabelle, enlacées, qui le guettaient à la fenêtre. Elles lui adressèrent un dernier salut qu'il leur rendit avant de s'éloigner à grands pas.

3

La veille du jour de l'An, il restait tant de choses à faire que la pauvre Isabelle, anxieuse et épuisée, se leva avant l'aube. Elle se traînait les pieds dans la cuisine, ne sachant trop par quel bout entreprendre sa journée. « Quelle idée folle m'est passée par la tête! se dit-elle. J'aurais dû comprendre que je n'étais pas assez expérimentée pour organiser un dîner aussi copieux! Ce sera sûrement un gâchis. » François n'était parti que depuis quelques jours et son âme romantique se languissait déjà d'ennui chaque fois qu'elle pensait à lui, c'est-à-dire au moins toutes les heures. En outre, devant la tâche à accomplir, l'absence de son principal allié se faisait davantage sentir, et Isabelle le blâmait tout en se le reprochant aussitôt. « Il ne pouvait pas prévoir que sa sœur tomberait malade, se sermonna-t-elle. Je dois m'efforcer d'être plus compréhensive. »

Fortifiée dans ses bonnes résolutions et bien résolue à ne pas se laisser abattre, l'adolescente ajouta une bûche dans le poêle. Le feu ainsi ranimé crépita joyeusement, puis un ronronnement familier courut dans le tuyau qui reliait l'appareil à la cheminée. Isabelle appréciait beaucoup ce poêle que Charlotte avait acheté quelques mois plus tôt. Il occupait la moitié de la cuisine, mais lui facilitait la vie.

Ces derniers jours, il avait été son assistant le plus sûr et le plus efficace.

— Allez, mon gros chat! On a du boulot!

La jeune fille pouffa. Voilà qu'elle parlait au poêle! Il était grand temps de se mettre à l'ouvrage.

Elle fouilla dans le coffre et sortit les petits sachets qu'elle avait confectionnés à partir des retailles d'une vieille chemise. Elle déposa ensuite sur la table les amandes, raisins et dragées qu'elle avait achetés la semaine précédente. Préparer les surprises qu'elle réservait aux enfants lui paraissait une bonne façon de commencer sa journée et de se donner une erre d'aller.

Elle enrubannait la première pochette lorsqu'on frappa à la porte.

Son cœur s'emballa, autant de peur que d'excitation. Qui donc se présentait à une heure aussi matinale? Le jour pointait à peine. Les bâtiments émergeaient doucement de l'obscurité et semblaient engourdis dans la froidure bleutée. «À moins que François soit revenu…» Était-ce possible?

On cogna de nouveau, cette fois avec plus de force.

Après avoir enfilé une veste de laine par-dessus sa chemise de nuit, Isabelle souleva le loquet et ouvrit.

Une figure enjouée lui apparut, dissipant ses craintes, sans toutefois donner de répit à son pauvre cœur bondissant, incapable de reprendre un rythme régulier. Elle cacha son visage dans ses mains, ne laissant voir que ses yeux ébahis.

— Dis donc, tu ne vas pas t'évanouir? Ce n'est que moi!

Joshua s'amusait de l'effarement qui paralysait sa sœur adoptive. Fier de son effet, il la serra contre sa poitrine et la sentit frémir. Soudain inquiet, il l'obligea à s'asseoir, regrettant tout à coup de ne pas avoir annoncé sa visite. Il n'eut que le temps de servir un gobelet d'eau à Isabelle avant que leur mère surgisse de sa chambre, le visage gonflé de sommeil et l'air hagard.

— Joshua! C'est bien toi? Il me semblait avoir entendu ta voix, mais je croyais avoir rêvé.

Rouge de plaisir et d'étonnement, Charlotte se rua sur son fils. Toujours aussi maladroite, elle faillit trébucher, mais Joshua la rattrapa et elle se blottit contre la poitrine puissante du jeune homme. Il avait peu grandi, à peine quelques centimètres, mais son corps musculeux dégageait une force impressionnante pour un garçon de quinze ans. Son étreinte lui rappela celle de Patrice, son premier mari, le père de Joshua. Ce souvenir la troubla. Elle se dégagea des bras de son fils et s'éloigna pour mieux l'observer.

— Comment as-tu fait pour débarquer à une heure aussi matinale? As-tu voyagé de nuit? demanda-t-elle enfin.

— Non, non! Je suis arrivé très tard, hier soir. Je ne voulais pas vous réveiller. J'ai couché dans la bergerie et j'ai attendu de voir de la lumière, ce matin. J'ai frappé pour ne pas vous effrayer en entrant sans prévenir…

— Tu aurais dû écrire pour nous avertir, lui reprocha Isabelle, qui reprenait ses esprits. J'ai failli perdre connaissance!

— J'ai décidé de venir à la dernière minute. Je serais arrivé avant ma lettre.

— Il ne s'est rien passé de grave? s'inquiéta Charlotte.

– Mais non! J'avais juste envie de vous voir. Vous n'êtes pas contentes? Je suis sûr que vous vous languissiez de moi! Ce n'est pas vrai?

Les deux femmes lui sautèrent dans les bras, remettant les questions à plus tard, désireuses de savourer sans retenue cet instant de grâce.

Joshua était parti au Vermont deux ans plus tôt pour entrer en apprentissage dans une des plus grandes fabriques de tissus de la Nouvelle-Angleterre. Charlotte aurait préféré garder son fils aîné auprès d'elle, mais il tenait si fort à vivre cette expérience qu'elle avait fini par donner son aval, non sans s'être assurée qu'on se soucierait là-bas de sa sécurité, qu'on le traiterait bien et qu'il garderait un contact fréquent avec sa famille. Le maître tisserand qui l'avait pris en charge avait tenu parole. Les lettres qu'ils avaient échangées s'étaient toujours rendues à leur destinataire, mais des mots jetés sur un papier ne remplaceraient jamais une vraie présence.

– Mais maintenant tu es là...

En contemplant son fils, Charlotte avait laissé ses pensées vagabonder. Elle ne le quittait pas des yeux, de peur qu'il s'évapore, tel un mirage dont on s'est approché de trop près.

– Mais oui, je suis vraiment là. Et pour un bon bout de temps, à part ça...

Charlotte avait parlé à haute voix sans s'en rendre compte. Elle fut donc étonnée que son fils ait pu lire dans ses pensées.

– Combien de temps? demanda-t-elle.

– Je ne sais pas encore...

Joshua avait haussé les épaules. Sa mère eut envie de le taquiner, car il venait de lui répondre avec cette moue de fausse insouciance dont il usait très souvent enfant. Malgré tout, elle se tracassait. À l'évidence, son fils lui cachait quelque chose. Il n'était pas aussi serein qu'il voulait le laisser croire. Elle le devinait à sa façon de pencher la tête en se mordillant les lèvres, un signe qui ne trompait pas chez lui.

— Je crois comprendre qu'une fête se prépare, dit Joshua en montrant du doigt les sachets pleins de gâteries.

— Oui, et je vais avoir besoin de ton aide! lança Isabelle, que cette remarque avait replongée dans ses préoccupations.

— Tu peux compter sur moi! Ordonnez et je vous servirai!

Les jeunes gens se mirent au travail dans la bonne humeur. Ce qui, une heure plus tôt, paraissait une corvée à Isabelle s'accomplit promptement et sans effort. À la fin du jour, une fois la besogne terminée et la maison fin prête pour la réception, elle remercia son frère adoptif avec effusion.

— Sans toi, je n'y serais jamais arrivée, répéta-t-elle pour la dixième fois. Tu as été aussi bon que François pour tout préparer: la table, les bancs, les décorations... Tu t'es surpassé!

— Quel François? L'homme engagé?

— Oui. Il avait promis de m'aider, mais il a dû partir pour...

Incapable de terminer sa phrase, Isabelle bâilla de fatigue au nez de Joshua.

— Je crois qu'on devrait se coucher, suggéra Charlotte. Il faudra être très en forme demain pour recevoir nos invités. La journée sera longue, mais belle et mémorable, j'en suis certaine.

*

Isabelle fut réveillée à l'aube par un vent fort qui sifflait en tourbillonnant dans la cour. Autour de la maison assiégée, la nuit ne concédait pas de terrain au jour. L'obscurité semblait installée à demeure.

Alors que la jeune fille, anxieuse, allumait le poêle en grelottant, Joshua la rejoignit. Les yeux bouffis, il suggéra à sa sœur de préparer le déjeuner pendant qu'il s'occupait de réchauffer la maison. Tous les deux frissonnaient, comme si les bourrasques qui secouaient les murs les transperçaient de bord en bord. Par chance, une tiédeur bienfaisante se répandit dans la cuisine après quelques minutes. Attirée par cette chaleur et par l'odeur alléchante des belles crêpes dorées, Charlotte se leva à son tour et vint s'asseoir à la table.

Elle observa ses enfants qui mangeaient avec appétit. Le retour de Joshua la comblait, mais Tom lui manquait. Sans son fils cadet, son bonheur ne pouvait être complet ; le tableau demeurait inachevé.

— Tu as vu cette neige ? s'écria Isabelle, l'air dévasté, après avoir mis le nez à la fenêtre.

Les premières lueurs du crépuscule lui permettaient d'entrevoir un spectacle féerique, d'une immense beauté et d'une extrême violence à la fois. La tempête faisait rage depuis des heures et la neige s'accumulait, ensevelissant routes et bâtiments. Ciel et terre se confondaient dans une mouvance immaculée, sans relief, sans repères. Seules les pistes vallonnées, dessinées par les rafales, subsistaient dans ce décor de fin des temps.

Isabelle se tourna vers son frère et sa mère. Des larmes coulaient sur ses joues, mais elle était trop atterrée pour émettre le moindre sanglot. Convaincue que personne ne pourrait venir, que ces longs préparatifs et cette excitation fébrile ne serviraient à rien, elle n'avait plus la force de se plaindre, de s'indigner ou de laisser éclater sa colère et sa frustration.

— Ils vont venir, la rassura Charlotte, d'une voix qui trahissait son scepticisme. Il est encore très tôt et cette tempête ne durera pas. Je crois que le gros est passé. Ça ne peut que s'améliorer.

En tentant de rassurer sa fille, elle roulait entre ses doigts le bracelet que Tom lui avait offert quelques années plus tôt, à l'occasion d'un autre premier de l'An, et qu'elle portait toujours à son poignet. Avec ce mauvais temps, ses espoirs secrets de le voir arriver s'évanouissaient. Il se trouvait en Nouvelle-Angleterre, sur les territoires de chasse des Abénaquis — la tribu de son père décédé, sa famille, son clan —, avec qui il avait choisi de vivre. Le vent et les rafales de neige rendraient les déplacements en canot ou en raquettes, ou même en diligence, impossibles, à tout le moins hasardeux. « Mali va le garder auprès d'elle. Elle ne lui permettra pas de prendre de si grands risques. Ce serait insensé. » Malgré sa déception, Charlotte espérait que son fils s'en remettrait à la sagesse de sa grand-mère et suivrait ses conseils.

— Je vais nourrir les moutons, dit Joshua.

Heureuse de ne pas avoir à sortir par un temps pareil, Charlotte remercia son aîné. Jamais elle ne se rassasierait de son visage grave, pourtant sans dureté, parfois impénétrable mais jamais fermé, de son sourire toujours un peu triste, de son assurance virile, un brin impertinente à l'occasion, mais nullement malveillante. Son cœur débordait d'orgueil à la vue de ce fils prodige auquel elle ne trouvait aucun défaut.

— Ensuite, reprit le garçon, je ferai un feu dans la cabane. Je pourrai m'y installer, ce soir. Ainsi, Isabelle retrouvera sa chambre et toi, ton intimité.

— Tu ne peux pas! lança aussitôt sa sœur sur un ton péremptoire. Les affaires de François sont là et il n'aimerait pas que quelqu'un fouille dans ses effets personnels.

— Je ne vais pas fouiller, je veux juste y dormir, rétorqua Joshua, un brin offusqué par la réaction intempestive de sa sœur et sa méfiance incompréhensible à son égard.

— Je sais bien, lui répondit Isabelle, d'une voix radoucie. Mais François devrait revenir bientôt. Il traverse une période difficile et je ne voudrais pas qu'il croie qu'on lui a enlevé son logis. Et puis, ça ne me dérange pas de te prêter ma chambre. Je suis très bien avec maman.

La mine suppliante, l'adolescente attendait l'approbation de Charlotte. Celle-ci comprit l'importance que son appui représentait pour sa fille.

— Isabelle a raison. Nous sommes très bien ensemble, dit-elle à Joshua. Ne te fais pas de souci pour nous. Tu peux continuer à occuper la chambre d'Isabelle sans problème. D'ailleurs, tu y seras beaucoup mieux que dans la cabane.

Joshua acquiesça d'un signe de tête, enfila son manteau et sortit. Son mécontentement sautait aux yeux. Prise de remords, Isabelle avait le cœur gros. Jamais elle n'aurait voulu peiner son frère, mais elle refusait que quiconque prenne la place de François. À son retour, il devait se sentir chez lui, accueilli, aimé, attendu.

— Et puis? la questionna Charlotte, désireuse d'alléger l'atmosphère. Que nous reste-t-il à faire? Je suis à tes ordres.

— À peu près rien. Deux gâteaux à glacer... puis patienter et espérer...

*

Les invités étaient attendus pour midi. À une heure trente, personne ne s'était encore présenté. Le vent s'était calmé, cependant. Moins échevelé qu'au petit matin, il n'arrivait plus à soulever la neige qui avait cessé de tomber. Isabelle se pointait sur la galerie toutes les cinq minutes. Elle avait aussi vérifié l'état du chemin et en était revenue désespérée.

— Ils ne pourront pas passer, avait-elle dit, l'air défait. Il ne reste plus qu'à tout ranger.

Charlotte l'avait persuadée d'attendre encore un peu.

Elle avait eu raison.

À deux heures, un tintement joyeux de grelots fit sursauter la jeune fille. Elle se rua à la fenêtre et aperçut une enfilade de bras, de jambes, de tuques et de raquettes qui progressait dans la neige épaisse.

— Ils sont là! cria-t-elle. Ils sont venus! Ils sont là!

Tous les trois enfilèrent leur manteau en vitesse pour aller à la rencontre de leurs convives.

John Mulvena ouvrait la marche. Fort comme un bœuf, il traçait un chemin que les autres suivaient à la queue leu leu. Les joues rougies par l'effort, le gaillard salua ses hôtes avec sa jovialité habituelle, se réjouissant de retrouver Joshua en si grande forme.

— On s'est entassés dans trois carrioles qu'on a laissées dans le boisé, pas très loin d'ici. Les chevaux n'avançaient plus. Ils s'embourbaient dans la neige. On a continué en raquettes. Ça ouvre l'appétit! J'espère que vous avez de la nourriture à profusion!

Transportée de joie, Isabelle regarda défiler cette procession de gens heureux qui avaient affronté le mauvais temps pour assister à la fête. Sa fête. Elle n'en revenait tout simplement pas. Parce qu'ils ne l'avaient pas laissée tomber, l'orpheline avait le sentiment d'un formidable accomplissement, comme si plus jamais son cœur ne donnerait prise à la solitude qui rôdait encore trop souvent autour d'elle. Ces personnes ne mesuraient pas le poids symbolique de leur générosité d'âme. Elles ne comprenaient pas à quel point leur présence touchait cette enfant meurtrie et lui insufflait une nouvelle ferveur, un puissant désir de vie.

Isabelle fut la dernière à entrer, à la suite des plus petits qui ne se lassaient pas d'agiter les grelots que leurs parents avaient attachés à leurs poignets pour ne pas les perdre.

Endossant avec bonheur son rôle d'hôtesse, elle prit le temps de saluer et de remercier ses invités. Entre ce moment magique et l'heure du départ, elle ne vit plus que la gaieté des uns et des autres. Elle n'entendit que les cris des enfants et les chants de circonstance accompagnés par l'harmonica de Rufus Miner, l'instituteur.

À la fin du jour, quand les convives furent repartis sous un ciel bleu ardoise chargé d'étoiles, elle s'allongea auprès de Charlotte et s'assoupit avant même d'avoir ramené la couverture sur ses épaules. Elle dormit comme un loir jusqu'au lendemain midi.

4

Janvier 1834

Quelques jours plus tard, la tempête n'était plus qu'un souvenir, et les routes redevenaient praticables les unes après les autres, selon l'empressement des habitants à déblayer leur bout de chemin. Il faisait cependant un froid de canard.

Ce matin-là, Joshua effectuait une réparation dans la bergerie, après avoir nourri les moutons. Il aimait cette odeur âcre qui émanait des bêtes. Elle lui rappelait son enfance.

Tout en s'affairant, il observait deux brebis collées l'une sur l'autre, l'air apathique. La nourriture ne les attirait pas et leurs congénères les gardaient à distance, en reculant chaque fois qu'elles faisaient mine d'aller vers eux. Ce comportement étrange intriguait le jeune homme. Il s'approcha des brebis, les bouscula un peu pour étudier leur réaction. Elles s'éloignèrent en bêlant, atteintes dans leur dignité.

— Vous vous croyez supérieures à vos semblables, mes mignonnes ? demanda-t-il, amusé par leur attitude capricieuse.

— Tu parles mouton, maintenant ?

Honteux d'avoir été surpris par sa sœur en flagrant délit de sentimentalisme, Joshua haussa les épaules sans répondre.

Isabelle lui tourna le dos pour dissimuler son air moqueur. En caressant la toison épaisse d'une brebis, elle ajouta :

— Maman demande si tu veux venir avec nous au village.

— D'accord.

— Veux-tu atteler Shadow ? Nous serons prêtes à partir dans quinze minutes.

*

À cause du froid, tout semblait figé : la rivière, la fumée, les roues des moulins. À première vue, on aurait pu croire que le village s'était cristallisé, tel un pain de sucre. Pourtant, les activités ralenties par les fêtes de fin d'année avaient repris de plus belle dans les commerces de Sherbrooke. À l'intérieur des maisons, des meuneries, des boutiques et des ateliers, les gens vaquaient à leurs occupations coutumières. Il fallait reprendre le temps perdu, regarnir les garde-manger. Les enfants étaient retournés à l'école, les forgerons, à la forge, les charpentiers, à leurs chantiers, les marchands, à leurs comptoirs. Impressionné, Joshua se surprit à inventorier les maisons et les édifices qui avaient été érigés après son départ.

— Sherbrooke a bien changé en deux ans, remarqua-t-il. Les bâtisses neuves ont transformé le décor. Où voulez-vous que je vous laisse ? Je suis un peu perdu.

— Tu ne nous accompagnes pas ? s'étonna Isabelle.

– Non. Je vais explorer les environs pendant que vous terminez vos courses et vos visites.

Sa mère semblait déçue. Elle aurait voulu le garder sans cesse auprès d'elle, profiter de chaque seconde avant qu'il ne retourne au Vermont. Elle ignorait encore qu'il ne repartirait plus. À plusieurs reprises, Joshua avait tenté de le lui dire, mais il avait chaque fois battu en retraite. En lui annonçant qu'il restait, il devrait en préciser les raisons et il n'était pas prêt. Il souhaitait d'abord dénicher un emploi dans la région pour être bien sûr de ne pas dépendre de sa mère et pour s'assurer son respect. Il ne voulait pas réintégrer le foyer maternel comme un gamin démuni qui court se réfugier dans les jupes de maman à la première rebuffade.

Après les avoir déposées, il revint dans King's Highway puis monta la côte menant à la fabrique de tissus. Arrivé à destination, il fut saisi d'émotion devant l'imposante construction à trois étages, où il avait occupé son premier emploi. Le bâtiment lui parut s'être détérioré avec le temps. Par contre, le moulin à farine et la scierie adjacente fonctionnaient à plein régime. Il voyait aussi se profiler les silhouettes des artisans, au dernier étage.

Prenant son courage à deux mains, il se décida à entrer. Aussitôt, le bruit assourdissant des machines l'étourdit. Une main se posa alors sur son épaule et il sursauta. En se retournant, il tomba face à face avec Adam Thomson, son tourmenteur d'autrefois. L'autre eut du mal à le reconnaître. Il n'acceptait pas que le gamin sur lequel il avait exercé abusivement son autorité soit devenu ce gaillard râblé.

Joshua le dévisagea avec une impertinence qui mit son vis-à-vis mal à l'aise. Par chance, le père d'Adam reconnut le visiteur et vint vers eux.

— Joshua! Dis donc! Tu as forci, mon gars! Content de te revoir.

— Bonjour, monsieur Thomson. Est-ce que je pourrais vous parler?

— Je me rendais justement à la maison. Accompagne-moi. Ma femme sera heureuse de te voir.

À l'instar de son mari, madame Thomson lui réserva en effet un très bel accueil, mais c'est la présence de leur fille Jane qui toucha davantage le jeune homme. La fillette avait été sa complice et amie pendant les longs mois où il avait travaillé à la fabrique. Elle l'avait défendu contre son grand frère, pourtant bien plus fort qu'elle. Menue et délicate, mais déterminée et rusée, elle avait protégé Joshua contre les manigances d'Adam. Si bien qu'il en était tombé amoureux. En la revoyant ce jour-là, il éprouva un grand élan d'affection pour la fillette, même s'il ne comprenait pas qu'elle soit restée une enfant pendant que lui devenait un homme. Minime deux ans plus tôt, la différence d'âge lui paraissait soudain énorme. Il chérissait toujours la petite Jane, mais comme une âme sœur plutôt qu'une amie de cœur.

— Tu voulais me parler? lui rappela monsieur Thomson. Je n'ai que quelques minutes.

— J'aimerais revenir travailler à la fabrique.

Le tisserand se frotta le menton, l'air concentré, puis il sortit un pli de sa poche.

— Je pense bien que ce ne sera pas possible, dit-il. J'ai reçu ce mot de mon cousin. Ton habileté a été très appréciée là-bas, au Vermont, mais il semble que ton tempérament fougueux t'ait causé quelques soucis…

Gêné, Joshua baissa la tête.

— Ce n'était pas seulement ma faute, grommela-t-il.

— Je te crois, le rassura le tisserand. D'ailleurs, mon cousin l'a bien précisé. Mais tu te rappelles, n'est-ce pas, tes relations difficiles avec mon fils? Adam ne s'est pas amélioré, et toi non plus à ce que je peux comprendre. T'engager équivaudrait à semer la pagaille. Je suis navré. D'autant plus que les affaires ne vont pas aussi bien que je le souhaiterais…

— Je comprends, marmonna Joshua.

— Bonne chance, mon gars!

Une fois le tisserand reparti après avoir avalé une bouchée en vitesse, Joshua s'attarda quelques minutes auprès de madame Thomson et de sa fille. Un peu souffrante, Jane avait eu droit à un congé d'école.

— J'aurais bien aimé que tu reviennes à la fabrique, affirma celle-ci après avoir rassuré Joshua sur son état de santé.

— Moi aussi…

— Ne soyez pas tristes, les enfants. Tu sais bien, Joshua, que tu pourras nous visiter chaque fois que tu en auras envie. J'ai gardé ma recette de tarte aux pommes, tu sais! Et il y en aura toujours un morceau pour toi!

Le jeune homme quitta la mère et la fille en promettant de passer les voir le plus souvent possible. Il était déçu. Il aurait aimé pouvoir annoncer à sa mère qu'il restait à Sherbrooke et qu'il avait un emploi. Tout aurait été plus simple.

Il était encore trop tôt pour aller chercher Charlotte chez son amie Olive Burchard, avec qui elle souhaitait passer une petite heure. Joshua décida donc de se rendre à l'auberge, où il regarderait défiler les secondes en sirotant une bière d'épinette. En glanant des informations ici et là, il trouverait peut-être à se placer. Il était solide, vaillant, et apprenait vite. On finirait bien par avoir besoin de lui quelque part.

Après avoir confié son attelage à un palefrenier, Joshua pénétra donc dans l'établissement des frères King. Les âtres dégageaient une chaleur moite, qui s'intensifiait jusqu'à devenir insupportable dès qu'on s'approchait du feu. Pour cette raison, les tables avaient été reculées jusqu'aux murs, qui emmagasinaient le froid mordant de ce mois de janvier.

Les hommes se réchauffaient en prenant un verre et en discutant.

Joshua s'installa un peu à l'écart. Il craignait qu'on ne refuse de le servir, étant donné son âge, mais on lui apporta la bière d'épinette qu'il avait commandée sans lui adresser la moindre remarque. Par un temps pareil, n'importe qui était le bienvenu à l'intérieur. La diligence qui aurait dû arriver deux heures plus tôt se faisait attendre, et certains exprimaient des inquiétudes.

L'un d'eux parlait plus fort que les autres.

— Je dois sans faute regagner Stanstead aujourd'hui, expliquait-il à son interlocuteur, un homme qui lui ressemblait comme deux gouttes d'eau.

« Sans doute deux frères », se dit Joshua en reportant son attention sur un groupe très animé qui discutait politique. Il y était question de Louis-Joseph Papineau et de l'affront qu'il avait infligé aux habitants de la région.

— Nous accuser de vendre nos cantons à une compagnie britannique! Tu te rends compte? Il nous traite carrément de traîtres!

— Heureusement que le député de Missisquoi lui a rivé son clou, à cet effronté!

Joshua ne comprenait pas grand-chose à cette discussion, mais il remarqua que l'un des frères, le plus vieux, tirait l'autre par la manche pour l'inciter à s'éloigner du groupe. Ils vinrent s'asseoir à la table voisine de la sienne.

— Ne te mêle pas à cette conversation, ordonna l'aîné à son frère. Ces chicanes ne nous valent jamais rien de bon. On se retrouve toujours coincés entre les éditeurs qui achètent notre papier et nous font vivre, et ces tories qui veulent leur ruine — et la nôtre, par conséquent. D'ailleurs, nous avons assez de problèmes sans chercher à en créer de nouveaux. Tu as rencontré le remplaçant de notre puiseur?

L'autre soupira.

— Oublie ça. On n'a pas pu se mettre d'accord. Cet écervelé nous aurait laissés tomber à la première occasion…

— Stephen Reed! Tu m'avais promis d'embaucher quelqu'un! On ne peut plus attendre. Les ouvriers se font mourir à la tâche. Ils ont beau mettre les bouchées doubles, un travailleur de moins sur le plancher, ça fait une grosse différence.

— Je sais bien, John. Mais je ne peux quand même pas engager un bon à rien.

Parce qu'il lui était impossible de ne pas les entendre, Joshua avait suivi leur échange avec intérêt. Bien décidé à sauter sur l'occasion, il lissa ses cheveux après avoir mis un peu de salive sur ses doigts, puis attacha son manteau pour cacher l'usure de sa chemise. Il s'arma ensuite de courage et aborda les deux hommes.

— Je crois être la personne que vous cherchez, déclara-t-il, en affichant un bel enthousiasme.

Surpris, John et Stephen Reed, propriétaires du moulin à papier de Stanstead, prirent le parti de l'écouter. Après quelques minutes, et compte tenu de l'urgence de la situation, ils étaient convaincus.

— Nous t'attendons après-demain. Tu auras un mois pour apprendre et nous montrer ce dont tu es capable. Ensuite, on verra si on te garde. D'accord?

Joshua acquiesça, heureux comme un roi. Ces deux hommes lui plaisaient. Ils respiraient l'honnêteté. Il les remercia avec chaleur puis quitta l'auberge, trop excité pour rester assis. Il lui tardait maintenant d'annoncer la bonne nouvelle à sa famille.

5

Transportée de joie à l'idée de garder son aîné près d'elle, se réjouissant à l'avance des repas du dimanche auxquels il avait promis d'assister le plus souvent possible, chaque fois que son nouvel emploi le lui permettrait, Charlotte distinguait tout de même une ombre au tableau. Que s'était-il donc passé au Vermont pour que Joshua mette fin aussi abruptement à son apprentissage ? Elle avait bien tenté de lui tirer les vers du nez, mais son fils s'obstinait dans son silence.

– Je m'ennuyais, lui répétait-il chaque fois qu'elle insistait. J'en avais assez d'être loin de chez nous.

Pour échapper aux questions de sa mère, le jeune homme se réfugia comme à son habitude dans la petite écurie adjacente à la bergerie. Il réparait une des roues de la charrette quand Isabelle vint le retrouver. Elle avait entrepris de repriser les vêtements de Joshua, qui en avaient besoin, et de lui tricoter une tuque. Elle voulait mesurer son tour de tête.

– Tu essaies d'arranger la roue ? demanda-t-elle en posant son tricot sur la tignasse emmêlée de son frère. Ne gaspille pas ton temps. François a essayé, mais il a réalisé qu'il fallait acheter une pièce.

Irrité, Joshua se débarrassa de la tuque d'un geste brusque. L'insistance de sa sœur à vanter les mérites de ce mystérieux engagé l'agaçait de plus en plus.

— Si tu me laisses travailler, dit-il d'un ton cassant, tu vas voir que ton François s'est trompé.

Surprise par cette rudesse inhabituelle, Isabelle quitta l'écurie en frémissant. Elle se précipita dans la maison en retenant ses larmes. Joshua avait tellement changé. Où était donc passé le grand frère compréhensif et protecteur ?

L'adolescente vaqua à ses occupations le cœur gros, en cherchant mille excuses à la conduite de Joshua. Après y avoir réfléchi, elle se dit qu'elle avait peut-être exagéré en lui parlant de François. Avait-il perçu dans sa remarque bien innocente un manque de confiance à son égard, une façon de le déprécier ? À l'avenir, elle s'emploierait à lui faire mieux comprendre que son retour la comblait de bonheur et qu'il resterait toujours à ses yeux l'aîné de la famille doté de tous les talents, un modèle, un héros. Bien décidée à lui démontrer son affection en lui constituant une garde-robe décente, digne de son nouvel emploi, elle s'appliqua donc à sa tâche avec ardeur.

De son côté, Joshua oscillait entre le remords et l'exaspération. Il ne comprenait pas sa réaction excessive. Il n'osait pas se l'avouer, mais l'attachement d'Isabelle pour l'homme engagé et les étoiles dans ses yeux chaque fois qu'elle prononçait son nom attisaient chez lui un sentiment qui ressemblait étrangement à de la jalousie.

Là-bas, dans le Vermont, à la fabrique de tissus de Montpelier, sa tâche d'apprenti était rude et les journées, très longues. Faute d'amis, il passait ses rares congés à dormir ou à se promener en solitaire, en imaginant la douce Isabelle qui se languissait de lui. Il avait pensé à elle chaque jour, l'éloignement agissant à la manière d'une baguette magique qui aurait supprimé les travers des uns et des autres, ainsi que les différends, amplifiant du même coup les qualités morales et les attributs physiques. Que sa sœur adoptive se soit entichée de ce François en son absence l'excédait et le peinait. À vrai dire, il constatait que la vie avait continué sans lui, et il avait du mal à l'accepter.

En fin d'après-midi, Isabelle le rejoignit de nouveau dans l'écurie dont il n'était pas sorti de la journée. Elle avait terminé la tuque.

— Elle te gardera bien au chaud, l'assura-t-elle en lui offrant le résultat de son travail avec une mimique éloquente.

— Merci. C'est très gentil.

— Tu as réparé la roue ?

— Oui, répondit Joshua sans insister, pour ne pas provoquer de nouvelles frictions.

— Tu sais tout faire, ma foi ! Tu m'impressionnes.

Triomphant à l'intérieur, Joshua adressa son plus beau sourire à sa sœur. Elle lui sauta au cou et l'embrassa sur la joue, heureuse que leur dispute ne soit plus qu'un mauvais souvenir.

En sortant de l'écurie, bras dessus, bras dessous, ils aperçurent trois personnes qui débouchaient du sentier. Isabelle plissa les yeux pour mieux voir, mais Joshua s'était déjà élancé en direction des visiteurs.

— C'est Tom ! hurla-t-il. Maman, Tom est là !

Les deux frères se ruèrent l'un sur l'autre avec des cris de joie et roulèrent au sol, bras et jambes entremêlés, pareils à deux combattants qui auraient un compte à régler. Ils se relevèrent à bout de souffle, toujours enlacés. Il fallut l'arrivée de Charlotte pour les séparer enfin.

La jeune femme serra son fils cadet sur sa poitrine en fermant les yeux pour bien sentir son corps contre le sien. Elle aurait tout le temps ensuite de le contempler. Elle préférait le redécouvrir à petites doses pour mieux absorber le choc. De longues saisons s'étaient écoulées sans lui. Elles se dressaient entre eux et il fallait les apprivoiser, les reconstruire, ne rien brusquer.

En ouvrant les yeux, elle embrassa du regard ses deux fils, ses enfants prodigues. Le bonheur qui l'envahit lui coupa le souffle et elle dut agripper le bras de Joshua pour conserver son équilibre.

Un raclement de gorge attira alors son attention.

Dans l'euphorie des retrouvailles, elle n'avait pas remarqué la présence de Talaz et du grand Simon. Discret, le couple d'Abénaquis n'avait pas voulu troubler son tête-à-tête avec son fils. Le chasseur lui tendit alors une couronne constituée d'une vingtaine de minuscules oiseaux des neiges, des passereaux noir et blanc avec un soupçon de doré sur la tête, qu'il avait piégés en cours de route. Leur chair délicate ferait de succulents pâtés.

Après avoir remercié l'Abénaquis, Charlotte les poussa tous vers la maison. Le mois de janvier s'était radouci depuis quelques jours, mais le froid mordait encore.

— Vous nous raconterez ce qui vous amène quand vous vous serez réchauffés.

*

Attablés autour d'un bon repas, ils parlaient tous en même temps. Les conversations s'entrecroisaient sans jamais s'interrompre, mais personne n'abordait les vraies questions. Des secrets se terraient derrière les propos anodins. Chacun attendait de l'autre des explications qui ne venaient pas. Incommodée par ces non-dits qui ombraient les paroles échangées, Isabelle se décida la première à poser la question qui la démangeait.

— Vas-tu rester avec nous, Tom ?

Plutôt que de répondre, le jeune Métis se tourna vers Talaz. Les raisons invoquées par sa tante pour le ramener à Sherbrooke demeuraient obscures pour l'adolescent de douze ans. Or, il accordait à cette femme une telle confiance que jamais il ne se serait opposé à sa volonté. Quitter les grands territoires en pleine saison de chasse l'avait bien sûr consterné, mais Talaz, appuyée par les anciens du clan, avait insisté sur la nécessité de ce sacrifice et il l'avait crue. En outre, sa tante lui avait promis qu'il pourrait revenir auprès des Abénaquis très bientôt, et il n'avait pas douté de sa parole. Pour l'instant, il se réjouissait de retrouver sa mère, son frère et Isabelle. Le temps lui étant devenu une notion plutôt vague, il ne s'en faisait pas trop. Il vivrait au jour le jour, comme le lui avait enseigné sa famille abénaquise, sans rien anticiper.

— Il va rester, expliqua Talaz. Il y a eu des problèmes là-bas, rien de très sérieux, mais je crois préférable que Tom reste ici pour un bout de temps.

Charlotte s'alarma. Qu'était-il donc arrivé à son fils ? À ses fils, puisque tous les deux étaient revenus auprès d'elle dans des circonstances nébuleuses. Pour la rassurer, Talaz secoua la tête et ajouta à son intention :

— Rien de grave, je t'assure. Je te raconterai…

Le repas se termina donc sur une note agréable, où flottait une aura de mystère. Les deux frères se retirèrent très tôt dans leur chambre. Ils ne s'étaient pas vus depuis deux ans et ne disposaient que d'une seule nuit pour reprendre le temps perdu. Dès le lendemain, Joshua prendrait la diligence pour Stanstead.

Longtemps après que les autres se furent endormis, ils bavardaient encore, se découvrant des vies différentes mais des espoirs similaires.

— Un jour, tu m'as demandé si je prendrais toujours soin de maman. Tu te rappelles, Tom?

— Bien sûr! Le soir de l'accident, quand ce grand imbécile de Thomson s'est brûlé les mains sur le poêle.

— Je t'avais promis de veiller sur elle, mais je n'ai pas tenu ma promesse. Heureusement qu'Isabelle est restée à ses côtés. Je pensais qu'après avoir appris un métier, je reviendrais à Sherbrooke et m'occuperais de ma famille. Mais rien ne s'est passé comme je l'avais souhaité.

— Pourquoi es-tu revenu avant d'avoir terminé ton apprentissage?

— Je me suis battu avec un garçon un peu plus vieux que moi, mais moins costaud. Il se comportait très mal et faisait souffrir des innocents incapables de se défendre. Je lui ai donné une bonne raclée. Pour mon malheur, son père était très influent et mon patron a dû me renvoyer. J'ai accepté de mettre fin à mon contrat d'apprenti sans protester pour ne pas lui créer d'ennuis.

— J'aurais réagi de la même façon. L'injustice me révolte.

— Et toi? Pourquoi es-tu revenu?

Tom haussa les épaules en signe d'ignorance.

— À cause du prêtre, je crois. Talaz prétend qu'il aurait pu m'obliger à partir avec lui. Il s'était mis dans la tête que je devais adhérer à sa religion et étudier pour devenir un curé. Je ne sais pas trop… Je n'ai pas tout compris.

— C'est bien que tu sois là. Ce sera à ton tour de veiller sur notre mère. J'espère que tu seras plus responsable que moi. Je peux compter sur toi ?

— Bien sûr ! Et tu ne seras pas très loin ! De mon côté, je vais essayer d'aider Isabelle de mon mieux. Elle nous a remplacés auprès de maman et nous devons lui en être reconnaissants.

Joshua hocha la tête. En effet, Isabelle avait joué le rôle qui leur était dévolu, à Tom et à lui, et devant lequel ils s'étaient défilés. Cela ne se reproduirait plus. Cette fois, il irait au bout de son apprentissage. Il gagnerait bien sa vie et sa mère pourrait se reposer. Si elle voulait garder ses moutons, il engagerait le personnel nécessaire pour lui épargner les tâches trop rudes. Si elle préférait vendre la ferme, il lui achèterait une maison au village. Ces beaux rêves l'amenèrent finalement au sommeil. Tom dormait déjà.

Dans l'autre chambre, Charlotte contemplait les reflets grisâtres de l'aube naissante qui dansaient sur les fenêtres givrées. Elle voulait jouir de cette sensation de plénitude. Sa maison était remplie des gens qu'elle aimait : ses fils, sa fille, tous à l'abri, en sécurité, lovés dans son amour inconditionnel, incommensurable. À travers sa sœur Talaz et son ami Simon, Atoan demeurait présent, lui aussi. Au-delà de la mort, il avait réuni son clan. Cet homme qu'elle avait tant aimé veillait sur elle, sur eux. Petit à petit, elle avait acquis la conviction qu'il l'avait libérée de la malédiction qui pesait sur elle. Depuis le décès de son amant, en effet, les gens qu'elle aimait continuaient à vivre. Tant d'autres étaient morts, auparavant, de l'avoir côtoyée. Dès sa naissance, elle avait porté malheur. Aujourd'hui, cette condamnation semblait écartée. Peu à peu, ses craintes s'étaient amenuisées, jusqu'à disparaître presque complètement. Elle y pensait à l'occasion, au hasard d'un souvenir, mais ces idées sombres ne s'incrustaient plus en elle comme autrefois.

— Merci, Atoan, mon bel amour, murmura-t-elle.

Isabelle, qui dormait près d'elle, remua dans son sommeil.

Charlotte grimaça. Elle ne voulait pas la réveiller. Elle se leva donc sans bruit et se rendit dans la cuisine, où elle prépara un déjeuner copieux et festif.

*

L'heure des adieux prit la maisonnée au dépourvu. Jusque-là, Tom n'avait pas vraiment songé au vide que laisseraient Simon et Talaz après leur départ. Tout à sa joie de retrouver son frère, il avait remisé ses appréhensions, mais lorsque sa tante et son mari lui adressèrent un dernier salut, son corps et son esprit se sentirent attirés vers eux.

Apeurée, Charlotte passa son bras sous celui de son fils pour le retenir auprès d'elle. Joshua joignit ses efforts à ceux de sa mère en entourant les épaules de son frère de sa poigne solide.

— La carriole est prête, dit-il. Si tu veux me conduire à la diligence, il faudrait partir maintenant.

Tom le suivit à reculons, en jetant souvent un œil sur le sentier, au cas où Talaz et Simon changeraient d'idée.

Il monta dans la carriole et Charlotte soupira, à la fois soulagée et troublée. Elle comprenait le désarroi de son fils cadet, mais elle aurait souhaité qu'il la préfère à son autre famille, celle que son père lui avait laissée en héritage. Elle nourrissait d'ailleurs quelques inquiétudes à ce sujet. Après avoir vécu si longtemps avec les Abénaquis semi-nomades de Saint-François, Tom pourrait-il s'acclimater à la vie du village et au rythme plus routinier de la ferme? Il avait déjà essayé de vivre à Sherbrooke après la mort de son père, mais n'avait pas réussi à y trouver la paix de l'esprit. Très vite, il avait refusé de fréquenter l'école et s'était replié dans son cocon. Est-ce que ce comportement se reproduirait? Saurait-elle apprivoiser son fils aux yeux de braise, à la tête remplie de lieux sauvages et d'horizons sans fin? Saurait-elle le protéger des malveillances de certains de ses concitoyens, ainsi que de son propre entêtement?

Talaz lui avait tout expliqué. Les religieux qui enseignaient aux enfants de la tribu et les évangélisaient, autant ceux du village de Saint-François, près du lac Saint-Pierre, que ceux qui les accompagnaient dans les territoires de chasse, avaient constaté l'intelligence supérieure de Tom et s'étaient mis en tête de le convertir. Depuis toujours, pasteurs protestants et prêtres catholiques tentaient d'imposer leur foi aux Abénaquis. Et voilà que Tom devenait un enjeu alimentant leurs sempiternelles querelles. Sans statut officiel, le Métis se trouvait à leur merci et Talaz demeurait impuissante. À l'évidence, aucun de ces hommes d'Église ne comptait se déplacer jusqu'à Sherbrooke pour discuter de ses intentions avec la mère légitime. Les uns et les autres pouvaient toujours arguer qu'elle l'avait abandonné et qu'ils se chargeraient d'assurer le salut éternel de cet enfant. Tom s'était donc trouvé bien malgré lui au cœur d'une guerre de pouvoir, deux communautés de confessions différentes se disputant son âme. Talaz avait préféré le ramener auprès de Charlotte, la seule qui détenait de véritables droits sur lui.

— On y est!

Ils arrivèrent en même temps que la diligence en provenance de Trois-Rivières et observèrent les passagers qui en descendaient. Parmi les voyageurs, Charlotte reconnut John Mulvena, son ami et complice de toujours. Il tendait la main à une dame distinguée et vêtue avec raffinement, accompagnée par un homme dans la trentaine, lui aussi d'une élégance incontestable. Après les avoir salués, Mulvena rejoignit Charlotte et les enfants.

— Tu ne m'avais pas dit que Tom était revenu! s'écriat-il. C'est un homme maintenant! Quel gaillard!

Aussi exubérant qu'à son habitude, il réussit à dérider les deux frères.

— Et toi, tu ne m'avais pas dit que tu voyageais avec des gens de la haute société, répliqua Charlotte quand elle put placer un mot.

Mulvena haussa les sourcils d'un air moqueur.

— J'ai mes petits secrets, tu sais…

— Qui sont ces gens? insista Charlotte, curieuse. Je ne crois pas les avoir déjà croisés au village.

— Monsieur et madame Hale vont s'établir à Sherbrooke. Ils veulent acheter une ferme.

— Ce ne sont sûrement pas des cultivateurs!

– Oh non ! Edward Hale est d'abord un homme d'affaires. Il a séjourné aux Indes pendant plusieurs années. Sa dame s'appelle Eliza Bowen. C'est la fille du juge en chef de la province.

– D'après ce que je peux voir, vous avez eu le temps de sympathiser.

– Les voyages sont longs…

Pendant qu'ils parlaient, le conducteur de la diligence avait déposé le courrier au bureau de poste. Il invita donc les voyageurs en partance pour Stanstead à s'embarquer.

Joshua monta à bord. Il avait le cœur gros, mais l'aventure l'excitait.

La gorge nouée, Charlotte et Isabelle regardèrent l'imposant véhicule s'éloigner.

Tom le suivit sur une courte distance, puis il rebroussa chemin.

Ils rentrèrent en silence à la maison.

6

Sans qu'on le lui demande, Tom prit en charge l'entretien de la bergerie. Répétant les gestes d'autrefois, il replongea avec un certain plaisir dans cette odeur humide dont sa sensibilité olfactive avait gardé le souvenir. Choyé par sa mère et sa sœur, très occupé une grande partie de la journée, il ne se plaignait pas de son sort. Cependant, aussitôt ses corvées terminées, il s'évadait en direction de la rivière et passait de longues minutes à voyager en pensée vers les grandes terres sauvages où le gibier abondait. Il murmurait des prières abénaquises, implorant les dieux de veiller sur les siens, intimant aux *Madah8ndoak*, les démons, de se tenir loin d'eux. Il se racontait les histoires que sa grand-mère Mali lui avait chuchotées les soirs de pleine lune, des récits captivants qu'il fallait toutefois garder secrets pour ne pas déplaire aux autorités religieuses qui veillaient sur la tribu. Bref, Tom ne s'estimait pas malheureux, mais il n'était pas heureux non plus. Il attendait, tout simplement. Talaz et Simon avaient promis de revenir. Par conséquent, il s'armait de patience. Sans acrimonie. Sans rancœur. Avec une sérénité et une espérance consolatrices.

Bien que discrète, Charlotte l'observait avec attention. Son fils cadet fournissait de louables efforts d'adaptation et elle l'aidait de son mieux en lui laissant le plus de liberté possible. Pourtant, chaque fois qu'il s'éloignait, son cœur de mère se serrait. Et chaque fois qu'il réapparaissait, l'air songeur, une profonde tristesse l'envahissait et elle cherchait, avec encore plus d'acharnement, la meilleure façon de le soutenir et de le motiver.

En l'absence de François, Tom se révélait indispensable et Charlotte le lui répétait souvent.

— Je ne sais pas ce que je deviendrais sans toi. Tu es revenu juste à temps pour nous sauver, Isabelle et moi. Il nous fallait un homme dans cette maison.

Le garçon bombait le torse, fier de se savoir utile, mais une douce mélancolie obscurcissait sans cesse son regard, ce qui désolait sa mère.

Un matin, alors que Charlotte tricotait dans l'atelier, une idée folle germa dans son esprit. Mary, son ancienne collègue, montait le grand métier à tisser. Depuis qu'elle avait épousé Rufus Miner, l'instituteur, et qu'elle avait donné naissance à une petite fille, elle venait à l'occasion, dès que ses tâches ménagères le lui permettaient, donner un coup de main. Comme d'habitude, la petite Frances, maintenant âgée de deux ans, jouait dans un coin de la pièce aménagé pour elle. Mary ne consacrait plus que quelques journées par mois à Charlotte, mais celle-ci se réjouissait de pouvoir encore compter sur son immense talent et sur sa grande expérience, ainsi que sur ses yeux vifs et perçants qui voyaient très bien ce qu'elle-même ne distinguait plus que de façon embrouillée.

Enthousiasmée par le projet qu'elle mijotait, elle ne put résister à l'envie d'en parler avec sa collègue.

— Je vais inscrire Tom à la Sherbrooke Academy, annonça-t-elle.

Elle avait employé un ton déterminé, presque agressif, pour réfuter les objections avant qu'elles ne surgissent.

Mary ne fut pas dupe, ni impressionnée par le faux aplomb de son amie.

— Ce serait merveilleux… mais un peu irréaliste, dit-elle avec douceur, pour ménager Charlotte.

Celle-ci s'obstina.

— Je ne vois pas pourquoi on ne l'accepterait pas. Tom est très doué. Il parle trois langues, signe d'une intelligence supérieure. En plus de l'anglais, sa langue maternelle, il a appris le français et l'abénaquis là-bas. Tu devrais l'entendre discuter avec Isabelle ! Il est sans doute plus avancé dans chacune des matières que la plupart des élèves de l'académie. Je ne vois pas pourquoi on le refuserait. Je peux payer, j'ai ce qu'il faut.

— Le problème n'est pas là, tu le sais bien…

Charlotte se tut pendant un moment. Bien sûr, Tom était un Métis et son apparence physique en témoignait sans équivoque. En outre, après avoir vécu plus de deux ans avec les Abénaquis, il avait adopté leurs us et coutumes, leur manière de s'habiller, leur façon de parler, d'observer, de bouger. Son héritage amérindien pesait maintenant plus lourd dans la balance.

— Je vais quand même essayer, insista-t-elle. Si quelques personnes influentes parlaient en sa faveur…

Cet espoir insensé qui risquait fort d'être déçu peinait Mary. Son amie pouvait faire preuve d'acharnement quand une cause lui tenait à cœur, mais la jeune femme craignait que cette fois-ci les efforts de Charlotte ne mènent à rien.

— En as-tu parlé avec Tom ? demanda-t-elle. Sais-tu ce qu'il souhaite réellement ?

— L'autre soir, après m'avoir fait la lecture pendant quelques minutes, il s'est arrêté et m'a dit qu'il voulait devenir instituteur, comme son père. C'était la première fois qu'il me faisait une telle confidence. Ça semblait très important pour lui. Atoan instruisait les enfants de la tribu avec tellement de passion et de dévouement. Il était apprécié et Tom s'en souvient très bien.

Mary ne répondit pas tout de suite. Elle défaisait un nœud qui l'empêchait de poursuivre son tissage. Charlotte l'entendit maugréer, puis pousser un soupir de satisfaction. Elles travaillèrent ensuite en silence. Seuls les babillements de la petite Frances vinrent troubler la relative quiétude qui s'était installée. Lorsque la fillette se mit à pleurer, Mary se leva pour aller la consoler. Elle la berça quelques secondes, jusqu'à ce que l'enfant se calme et se remette à pépier. Sa mère la retourna à ses jouets, puis revint à son métier. Avant de s'asseoir, elle se planta devant Charlotte et lui fit une proposition particulière.

— S'il veut devenir instituteur, il pourrait aider Rufus à l'école. Mon mari a un très gros groupe, cette année. Ça l'arrangerait d'avoir un assistant. Et puis, ça ne pourrait pas nuire. Il aurait peut-être plus de chances d'être admis à l'académie, s'il avait déjà une expérience d'enseignement. Qu'en penses-tu ?

Médusée et éperdue de gratitude, Charlotte leva la tête vers son amie. L'offre de Mary la remplissait de joie, non seulement parce que c'était une idée extraordinaire, mais surtout parce que la jeune femme lui manifestait ainsi son appui. Dorénavant, elle se battrait à ses côtés pour que le vœu de Tom se réalise, et ce soutien valait davantage à ses yeux que les plus grandes fortunes du monde.

*

Charlotte prévoyait annoncer la bonne nouvelle à son fils le soir même, mais celui-ci revint très préoccupé de la bergerie.

— Deux brebis sont malades. Elles ne veulent plus se lever.

Charlotte et Isabelle enfilèrent bottes et manteaux en vitesse et se précipitèrent à l'extérieur. Elles s'engouffrèrent ensuite dans le bâtiment humide, suivies de Tom. Surpris, les animaux prirent peur et se massèrent dans un coin en bêlant. Seules les deux bêtes malades restèrent couchées, trop faibles pour se lever. Elles semblaient vraiment mal en point.

Consternée, Charlotte se demandait bien quoi faire. Jusque-là, aucune maladie n'avait jamais affecté son troupeau. John Mulvena lui proposerait sûrement un bon remède, mais il était reparti à Trois-Rivières. D'ailleurs, il aurait été trop tard pour l'appeler au secours. Et François Caron, qui s'y connaissait un peu, était absent lui aussi.

— Madame Willard pourrait peut-être nous aider, suggéra Isabelle.

Les plantes médicinales n'avaient plus de secret pour la femme du tanneur. Elle soignait les habitants de Sherbrooke et des environs depuis des décennies. Mais avait-elle déjà guéri une brebis? Charlotte se creusait la tête, perplexe.

– On ne sait jamais, insista Isabelle. Je peux aller la chercher. Ce n'est pas très loin.

– Je ne veux pas que tu te promènes seule par une nuit sans lune. Il fait tellement noir qu'on se croirait en enfer.

– Je vais l'accompagner, dit Tom. Avec moi, il ne lui arrivera rien, je te le promets.

Charlotte hésitait encore, mais le bêlement plaintif des brebis la convainquit. Les pauvres bêtes semblaient la supplier de leur venir en aide.

– D'accord, concéda-t-elle après quelques secondes de réflexion. Prenez le fanal et suivez bien le sentier. Pendant ce temps, je vais isoler les malades. Je les mettrai dans l'enclos des agneaux, il est vide.

Le frère et la sœur se vêtirent chaudement et disparurent dans la nuit. Leur mère suivit la lueur du fanal jusqu'à ce qu'elle aussi s'évanouisse, petite âme solitaire qu'un souffle trop impétueux aurait emportée.

*

L'absence des enfants parut si longue à Charlotte qu'elle eut le temps de regretter mille fois de leur avoir confié une mission aussi hasardeuse. Elle nettoya de son mieux l'endroit où les brebis affectées s'étaient couchées, puis elle jeta la paille souillée à l'extérieur de la bergerie. À de nombreuses reprises, elle scruta l'obscurité, espérant voir apparaître la lumière du fanal.

– Ils devraient déjà être revenus, à cette heure, marmonna-t-elle.

Elle songeait à partir à leur rencontre, trop inquiète pour attendre plus longtemps, lorsque la lueur tant espérée scintilla dans la nuit profonde. Deux silhouettes apparurent, qui semblèrent si fragiles à Charlotte qu'elle en eut les larmes aux yeux.

Les enfants avaient froid, mais ils se portaient bien. Cette balade nocturne les avait excités et vivifiés. Le regard brillant et fier, Isabelle tendit à sa mère un sachet contenant des feuilles jaunies, hachées très finement.

– Madame Willard a déjà soigné un mouton avec ces plantes. Elle a dit de les infuser dans l'eau chaude, puis de frotter les malades avec la décoction. Il faut aussi leur humecter le museau pour qu'elles la respirent. Elle a promis de passer demain matin.

Un peu réconfortés maintenant qu'on leur proposait une solution, ils s'activèrent jusque tard dans la soirée. En se couchant, éreintée, Charlotte pria pour que ses animaux soient épargnés. Elle avait besoin de son troupeau. Sans lui, elle irait droit vers la faillite. Ses moutons lui permettaient de vivre à l'aise. Sans être riche, elle se débrouillait bien. Certes, elle y mettait le temps et l'énergie, ne comptait pas ses heures et tombait souvent d'épuisement, mais elle s'en félicitait, car son indépendance et sa fierté méritaient tous ces efforts. Cependant, sans ses moutons, elle ne valait plus rien.

Épouvantée à l'idée de les perdre, elle dormit d'un sommeil agité, rempli d'horribles cauchemars.

*

Le lendemain matin, les deux brebis semblaient en meilleur état. Elles s'étaient levées et avaient mangé un peu.

Charlotte reprit espoir, même si leur respiration sifflante continuait de l'inquiéter.

— Poursuivez les soins, leur recommanda madame Willard, venue à la rescousse comme promis. Je pense bien que c'est tout ce que vous pouvez faire. Je suis désolée de ne pas pouvoir vous aider davantage.

— Vous en avez déjà fait beaucoup, la rassura Charlotte. Sans vous, je suis certaine qu'elles seraient mortes pendant la nuit. Je vous remercie de vos conseils.

Après lui avoir souhaité bonne chance, la femme du tanneur les laissa à leurs occupations. Charlotte et Isabelle travaillèrent au tissage, et la tâche de veiller sur les moutons fut confiée à Tom qui prit son rôle très au sérieux. Pas question pour lui de se promener dans les bois comme il le faisait si souvent. Consciencieux, il surveilla les brebis toute la journée, leur apportant les soins appropriés, prenant ses repas dans la bergerie pour ne pas les laisser une seule minute.

Le soir venu, Charlotte dut l'obliger à venir se coucher.

— Elles vont mieux, dit-il. Je crois qu'elles sont sauvées. Qu'en penses-tu?

— Je l'espère ardemment, mais quoi qu'il arrive, tu auras fait ton possible. Je suis fière de toi. Tu es très responsable.

*

Une fois les enfants endormis, Charlotte retourna à l'atelier. Préoccupée par les derniers événements, elle avait pris du retard sur ses commandes. De plus, Mary n'avait pas pu venir l'aider depuis plusieurs jours, car elle ne se portait pas très bien. Charlotte la soupçonnait d'être de nouveau enceinte, ce qui serait une excellente nouvelle, car le couple désirait une grande famille.

Sur le coup de minuit, elle rangea son matériel. Il était grand temps de se mettre au lit. Elle décida toutefois de passer par la bergerie, histoire de se rassurer. Les brebis prenaient du mieux, certes, mais rien n'était encore gagné.

— Ce n'est que moi, murmura-t-elle en pénétrant à l'intérieur.

Elle ne voulait pas effrayer le troupeau qui somnolait dans une tiédeur qui aurait pu être confortable si elle n'avait pas été gorgée d'humidité. Elle se dirigea vers l'enclos où avaient été installées les malades.

— Ça va, mes mignonnes ?

Un bêlement geignard lui répondit.

Charlotte se pencha pour caresser l'animal souffrant qui levait la tête vers elle. Elle aperçut alors l'autre femelle, couchée sur le côté, les membres raides. Morte.

Consternée, Charlotte s'affala par terre, dans la paille détrempée. Elle fondit en larmes, autant d'épuisement que de chagrin, autant d'affolement que d'émoi. Puisqu'elle ignorait la cause du décès, d'autres mortalités surviendraient peut-être, et ce que cela supposait l'effrayait. Elle songeait également à la tristesse de Tom quand il découvrirait que sa protégée, dont il avait pris un soin si grand, n'avait pas survécu.

Puis une idée horrifiante fusa dans son esprit avec la violence d'un coup de poing. Depuis deux ans, la mort s'était tenue à distance. La malédiction dont elle avait tant souffert lui semblait écartée à jamais. Depuis deux ans... Depuis le départ de Tom... Puis Tom était revenu et la mort rôdait de nouveau.

La coïncidence la terrassa. Elle se sentit défaillir.

Plusieurs années auparavant, à la suite d'événements tragiques, elle avait craint d'avoir transmis à Tom l'affreuse malédiction qui la poursuivait depuis toujours. Puis les circonstances de la vie avaient éloigné son fils cadet et l'ordre s'était rétabli peu à peu. Du moins le croyait-elle. Mais que connaissait-elle au juste du long séjour de Tom chez les Abénaquis ? Si peu… Talaz lui avait-elle caché une partie de la vérité ? On ne souhaitait peut-être plus la présence du jeune Métis là-bas, ce qui expliquerait son retour précipité. Tom avait-il provoqué des malheurs que la tribu ne lui pardonnait pas ?

Les suppositions de Charlotte torturaient son âme et la plongèrent dans un état de confusion affolant. Devrait-elle renoncer une fois de plus à son fils bien-aimé ? L'aurait-elle enfin retrouvé pour le perdre aussitôt ?

Rassemblant ses forces, elle retourna péniblement à l'atelier, où le petit poêle de fonte ronronnait encore. Charlotte n'y voyait plus rien, ni des yeux, ni du cœur, ni de l'esprit. Tout son corps refusait d'accepter la cruelle évidence. De quel héritage maudit avait-elle donc accablé son fils, et peut-être toute sa descendance ? Trouverait-elle un jour l'antidote capable de conjurer le sort ? Toute la nuit, elle pleura sur ce malheur opiniâtre qui l'affligeait de nouveau alors qu'elle croyait l'avoir chassé de son existence.

À l'aube, à bout de forces, elle se fit violence et rentra dans la maison pour ne pas effrayer les enfants qui se demanderaient pourquoi elle n'avait pas dormi dans sa chambre. Allongée dans son lit, elle s'efforça de sommeiller une heure ou deux. Il le fallait, car la journée s'annonçait des plus éprouvantes.

7

Sitôt réveillé, Tom se leva avant les autres et courut vers la bergerie. En l'entendant sortir en coup de vent, Charlotte quitta son lit en toute hâte. Elle se rendit dans la cuisine en chemise de nuit et se précipita à la fenêtre. Elle aurait aimé parler à son fils avant qu'il ne fasse la macabre découverte, mais il était trop tard. Il entrait déjà dans le bâtiment.

Quelques secondes plus tard, le garçon rappliquait en catastrophe.

Charlotte s'attendait à sa réaction et était prête à le consoler, ainsi qu'Isabelle qui venait de se lever, mais jamais elle n'aurait pu prévoir l'ampleur de ce que son fils allait lui annoncer.

— Trois brebis sont mortes! lança-t-il en s'engouffrant dans la maison en même temps qu'un froid cinglant.

— Quoi? Que dis-tu là? Tu as mal vu! Les as-tu bien examinées? Ce n'est pas possible.

Tout en s'indignant, Charlotte avait enfilé son manteau. Elle fut dehors avant les enfants, qui ne comprenaient rien à ce qui se passait et avaient du mal à composer avec un si grand malheur.

Tom ne s'était pas trompé : trois brebis gisaient en effet dans leurs excréments. Trois cadavres roidis qui dégageaient déjà une odeur douceâtre.

— Selle Shadow et va chercher John Mulvena, ordonna Charlotte à Isabelle. Il devait revenir hier soir. Demande-lui de se dépêcher.

Elle se tourna ensuite vers Tom.

— Tu vas m'aider à sortir les corps. Il ne faut pas laisser les animaux vivants avec les morts.

Frappée de plein fouet par l'adversité, elle avait décidé de se battre. L'heure n'était plus aux jérémiades mais aux agissements. Pour le moment, elle plaçait ses espoirs dans la sagesse et l'expérience de son grand ami et protecteur. Mulvena saurait enrayer l'hécatombe appréhendée.

*

Une heure plus tard, planté au milieu de la bergerie parmi les moutons qui l'observaient, le gaillard se grattait le menton, un geste qui trahissait sa perplexité et son impuissance.

— Je ne comprends pas, soupira-t-il. Trois en vingt-quatre heures ! Un vrai mystère…

— Je devrais peut-être en parler avec monsieur Terrill ou avec monsieur Felton, suggéra Charlotte. Ils s'y connaissent en moutons.

— Je ne te le conseille pas. À mon avis, tu ne devrais pas ébruiter la chose. Les gens sont prompts à s'emballer. Si la peur d'une épidémie s'installe, vous serez mis en quarantaine, tes moutons et toi. On ne voudra plus acheter ta laine, ni même tes produits.

— Qu'est-ce que je peux faire ?

— Continue le traitement recommandé par madame Willard, puisque ça semble avoir fonctionné au début. Traite tous tes animaux avant que la maladie ne se répande. En misant sur la prévention, tu as peut-être des chances d'enrayer le mal.

*

Les jours suivants, Charlotte et les enfants s'attelèrent à la tâche. Ils se relayèrent jour et nuit auprès des moutons, ne s'accordant que quelques heures de repos, à tour de rôle. Malgré leurs efforts, trois autres bêtes succombèrent à la maladie.

Désespérée, Charlotte dépêcha Isabelle à la tannerie, afin de réclamer des herbes à la guérisseuse.

— Explique-lui bien que le troupeau est en bonne santé pour l'instant, que tout est réglé, mais que je voudrais me constituer une réserve, répéta-t-elle pour la dixième fois.

— C'est un mensonge, murmura la jeune fille. Tu nous as toujours dit de ne pas mentir.

— Je sais bien... Mais parfois on n'a pas le choix. Les mensonges ne sont pas toujours égaux ; leur portée est souvent différente. Celui-là est nécessaire, je t'assure.

Isabelle opina de la tête. Elle comprenait, mais son air désemparé trahissait son désarroi.

— Je compte sur toi, ajouta sa mère. Sois courageuse.

— Je voudrais que François soit avec nous, geignit l'adolescente en manque de son idole. Il trouverait une solution.

– Tu as raison, murmura Charlotte. Il nous apporterait une aide précieuse. Mais ça ne sert à rien de se plaindre. Nous nous tirerons d'affaire sans lui et il sera content de nous à son retour.

Isabelle releva les épaules. Elle partageait l'avis de sa mère ; elles ne devaient pas se laisser abattre.

*

Quand la jeune fille revint de sa mission auprès de madame Willard, une heure plus tard, Charlotte était partie au village. La vie continuait, en dépit de ce malheur. Il fallait se nourrir, carder la laine, expliquer à Tylar Moore, avec des motifs plausibles, pourquoi il n'avait pas encore reçu les articles promis. Le marchand avait vendu depuis un certain temps les tuques, mitaines et foulards provenant de l'atelier de Charlotte. Il en réclamait d'autres, mais la tisserande n'avait rien à lui offrir. Toutes ses commandes avaient pris du retard.

« J'ai davantage menti en une journée que pendant ma vie entière », se dit Charlotte, découragée et honteuse. Toutefois, la fâcheuse propension de ses semblables à médire et à exclure, dont elle avait trop souvent été la victime, lui ordonnait la prudence. John Mulvena avait eu raison de la prévenir du danger.

Avant de retourner à la maison, Charlotte s'arrêta au bureau de poste. Le commis lui remit une lettre adressée à Isabelle. Elle reconnut l'écriture de François Caron, ce qui lui insuffla un peu d'espoir. Peut-être son engagé lui annonçait-il son retour prochain, une nouvelle qu'elle attendait depuis un bon bout de temps.

Elle enfouit la lettre dans son sac, pressée de découvrir ce qu'elle contenait, et sortit.

— Bonjour! l'interpella alors Rufus Miner. Quel heureux hasard! Je me demandais justement si Tom viendrait bientôt à l'école. Je pensais bien le voir cette semaine. J'en avais d'ailleurs glissé un mot aux élèves. A-t-il changé d'idée? Mary m'avait pourtant assuré qu'il souhaitait devenir instituteur et que la perspective de m'assister lui plaisait.

— Il est en effet emballé par ce projet, expliqua Charlotte en pesant ses mots pour ne pas se trahir, mais il a eu un empêchement. Rien de grave, un simple rhume. Il est presque remis. Je pense qu'il pourra se rendre à l'école dans quelques jours.

— Je vais l'attendre avec impatience, alors. Mary aussi a eu des ennuis de santé. Dans son état, ça n'a rien de surprenant, n'est-ce pas?

Rufus Miner affichait un air narquois d'où émanait une touchante vanité.

Charlotte écarquilla les yeux.

— Elle est enceinte? Je m'en doutais bien! Quelle belle nouvelle!

— Eh oui! Elle voulait aller aider à l'atelier, mais elle ne se sentait pas assez bien.

— Je comprends parfaitement. Dis-lui de se reposer. C'est ce qu'elle a de mieux à faire. Pour l'instant, je peux me passer d'elle.

Une autre fausseté... L'âme repentante et les joues rouges de contrition, Charlotte quitta l'instituteur, prétextant une urgence, ce qui ajouta à son chapelet de mensonges. «Au point où j'en suis… », pensa-t-elle en secouant la tête, de plus en plus découragée.

Quelques minutes plus tard, elle lançait Shadow au galop, pressée de rentrer chez elle pour ne plus avoir à mentir.

*

— Sa sœur est guérie et il revient!

Isabelle s'était ruée sur la lettre et l'avait lue d'une traite, sans reprendre son souffle. Son bonheur faisait plaisir à voir. Elle prépara le souper avec un bel entrain et babilla comme une pie pendant tout le repas. À l'entendre, leurs soucis seraient bientôt résolus, dès le retour de François. Les deux autres haussaient les épaules sans rien dire, las de l'entendre pérorer, mais désireux de ne pas briser son élan. Cependant, le visage d'Isabelle s'empourprait à mesure que le temps passait et sa mère crut bon de modérer ses ardeurs.

— Calme-toi, ma grande. Te voilà aussi rouge qu'une pivoine. On pourrait croire que tu fais de la fièvre. Tu te sens bien, n'est-ce pas?

— Très bien, la rassura la jeune fille en se retenant à la table et en tournant de l'œil.

Alarmés, Charlotte et Tom se levèrent d'un bond.

— Viens t'allonger, ma chérie. Ces émotions t'ont épuisée.

Ils l'aidèrent à se rendre à sa chambre et elle sombra très vite dans un profond sommeil, trop profond pour ne pas inquiéter. Toute la nuit, Charlotte demeura à son chevet et surveilla sa respiration. Plusieurs fois, elle toucha le front fiévreux de sa fille, ne constatant aucune amélioration. Au matin, Isabelle ne réussit pas à se lever. Elle se plaignait d'un mal de poitrine et ne respirait que par à-coups, jamais à fond, car cela lui causait une trop grande douleur.

Charlotte essaya en vain de la forcer à manger. Elle prépara ensuite une tisane que la malade avala à petites gorgées, en grimaçant.

— Si elle ne va pas mieux demain matin, dit Charlotte à son fils, nous ferons venir madame Willard ou le médecin.

Tom acquiesça sans lui dire qu'une autre brebis semblait mal en point. Le pauvre ne savait plus où donner de la tête. Il lui semblait que tout allait mal depuis qu'il était revenu à Sherbrooke.

Il n'était d'ailleurs pas le seul à le penser.

En s'affairant auprès des brebis puis auprès d'Isabelle, Charlotte ne pouvait s'empêcher de songer en permanence à l'origine des malheurs qui la frappaient. Elle refusait toujours d'en attribuer l'entière responsabilité à son fils, car cela lui brisait le cœur. Mais comment penser autrement et s'obstiner à nier une évidence de plus en plus criante? D'abord le troupeau, ensuite Isabelle...

— Maman...

La voix étouffée de sa fille la tira de ses ruminations.

— Oui, ma chérie... Je suis là.

— J'entends des pas... Est-ce que François nous revient?

Blême comme la mort, la pauvre enfant s'était redressée à demi. Elle tendait l'oreille vers ce bruit imaginaire qui lui redonnait un peu de vitalité. Sa mère lui proposa un bouillon, mais la malade insistait, persuadée que quelqu'un arrivait. François, assurément.

– Tu as rêvé, lui dit Charlotte. Tu fais beaucoup de fièvre, tu sais, et tes sens en sont affectés. Bois pendant que c'est chaud. Ça te fera du bien. Et ne t'en fais pas pour François. Il a promis qu'il reviendrait bientôt et je suis certaine qu'il tiendra parole.

Résignée, Isabelle but à petites gorgées, sans relâcher sa vigilance. Elle sursautait chaque fois que les murs geignaient, malmenés par le vent, ou que le bois crépitait dans le poêle.

Après qu'elle eut avalé le bouillon, Charlotte lui caressa le visage et l'obligea à se recoucher.

– Tu dois te reposer si tu veux guérir et être en forme pour accueillir François à son retour.

Sa fille ne répondit pas. À court d'énergie pour convaincre les autres, elle était cependant certaine d'avoir bien entendu. Rien à voir avec la fièvre. Elle ferma les yeux en s'efforçant de rester éveillée.

Quelques minutes plus tard, Charlotte s'apprêtait à prendre la relève de Tom dans la bergerie. Des pas sur la galerie attirèrent son attention.

Étonnée et craintive, la jeune femme alla ouvrir, prête à renvoyer le visiteur avant qu'il n'aille fureter dans les bâtiments et ne répande la rumeur que ses bêtes mouraient les unes après les autres.

En découvrant François Caron, son baluchon sur l'épaule, elle ne put que fixer son beau visage radieux et avenant. Il la salua sur un ton joyeux, et son accent savoureux éveilla chez elle une émotion qu'elle n'aurait su décrire. Le jeune homme observait sa réaction de surprise avec un brin de malice. Ses yeux d'un bleu foncé brillaient de contentement.

– Isabelle avait deviné…

Charlotte ne trouva pas d'autres paroles de bienvenue.

– Où est-elle? demanda François. Je ne l'aperçois nulle part.

Avant de lui répondre, sa patronne l'invita à s'asseoir à la table. Elle lui servit une tasse de thé, puis lui résuma le dernier mois en s'attardant sur les nombreux malheurs qui avaient bouleversé leur vie depuis son départ. François l'écouta avec attention, jusqu'à ce qu'elle se rende compte de son étourderie.

– Excuse-moi! s'exclama-t-elle. Je ne t'ai pas demandé des nouvelles de ta sœur.

– Ça ne fait rien, la rassura son homme engagé. Elle va bien. Je vous raconterai plus tard. Maintenant, j'aimerais bien aller voir Isabelle. Je peux?

En l'apercevant, la malade se contenta de sourire. Elle l'avait entendu venir de très loin, peut-être même avant qu'il ne se mette en route. Elle avait capté sa voix bien avant qu'il ne parle. Sa présence ne la surprenait en rien. Elle l'attendait.

*

Ce soir-là, François passa de longues heures au chevet d'Isabelle. Charlotte les laissa en tête-à-tête et rejoignit son fils à la bergerie. D'autres bêtes semblaient affectées par ce mal mystérieux qui ne cessait de se propager. Désarmé, Tom tombait de fatigue. Les traits tirés et les yeux cernés, il avait du mal à se concentrer et ne répondait que par monosyllabes aux questions de sa mère. Cet enfant avait besoin d'une longue nuit de sommeil. La responsabilité qu'on lui avait confiée pesait trop lourd sur ses épaules.

– Va te coucher maintenant, lui ordonna Charlotte, en le prenant par la taille. Tu as fait plus que ton possible.

Tom rouspéta pour la forme en émettant quelques sons inintelligibles. Il ne voulait pas laisser les brebis, mais n'avait plus la force de résister.

François surgit à ce moment-là.

Il jeta un coup d'œil rapide sur le troupeau, puis promena sa lanterne sur les murs et sur le plancher de la bergerie. Finalement, il se tourna vers Charlotte et braqua son regard intense sur elle. Il voulait s'assurer qu'elle le comprendrait.

– Isabelle s'est endormie, dit-il. Je veux que tu ailles t'étendre près d'elle après avoir nourri et bordé ce gamin qui tient à peine debout. Tu t'occupes d'eux et je m'occupe des brebis. Je ne veux plus vous voir dans la bergerie jusqu'à nouvel ordre. Vous m'avez bien compris, tous les deux ?

Le ton autoritaire et déterminé de son homme engagé ainsi qu'une certaine familiarité, respectueuse bien qu'inhabituelle, surprirent Charlotte tout en la soulageant. Quelqu'un, enfin, prenait la relève, la libérant d'un fardeau qui l'écrasait un peu plus chaque jour et menaçait de l'engloutir. Elle saisit fermement la main de son fils et l'accompagna à la maison, suivant à la lettre les recommandations de François. Cette nuit-là, elle dormit à poings fermés.

8

Quand la maisonnée se réveilla, le lendemain matin, chacun put croire, l'espace d'un rayon de soleil, que les tracas, qui, la veille, leur empoisonnaient la vie, s'étaient évaporés. Charlotte avait dressé la table comme pour un jour de fête. Le gros poêle en fonte ronronnait tel un chat repu et content, en dégageant une chaleur réconfortante. Isabelle avait pris du mieux. Elle avait bien dormi et la fièvre avait baissé. Affamée, elle se leva et vint manger avec sa mère et son frère. Bien reposé lui aussi, Tom reluquait la pâte à crêpes, déjà délayée dans un bol. Sa mine gourmande amusa Charlotte. Un délicieux bien-être régnait dans la maison, et aucun d'entre eux ne voulait songer à autre chose. Sans s'être concertés, ils respectaient un pacte tacite, une trêve qui prendrait fin très bientôt mais dont ils profitaient pleinement.

Une fois rassasié, Tom fut le premier à se lever de table. Il se sentait d'attaque, prêt à affronter les nombreux ennuis qui ne manqueraient pas de surgir. Sa fatigue envolée, le brave garçon se préparait déjà au combat qu'il devrait livrer. En enfilant son manteau, il jeta un coup d'œil à l'extérieur. La brume de rivière s'était dissipée, révélant un paysage givré, d'une pureté cristalline. Un éclat doré ruisselait sur la neige, traçant des coulées de lumière. Une fois ses yeux habitués à ce brasillement, l'adolescent découvrit une scène inattendue.

– Maman! Viens voir! Vite!

Alarmée par le ton de sa voix, Charlotte accourut.

– Mon Dieu! Mais qu'est-ce qui lui prend? Il a perdu la tête!

Le troupeau au complet attendait dehors, les yeux rivés sur les portes de la bergerie, grandes ouvertes mais obstruées par une planche qui empêchait les bêtes de revenir à l'intérieur. Un des béliers se tenait en tête. Il manifestait parfois son impatience en piaffant, pendant que les brebis se serraient les unes contre les autres pour former un groupe compact, une grosse boule de laine qui se détachait à peine du paysage environnant et d'où montait une buée diaphane.

Tom se rua à l'extérieur. Charlotte le suivit de peu, après avoir ordonné à Isabelle de rester bien au chaud.

François Caron avait entrepris de nettoyer la bergerie de fond en comble. La vieille paille humide avait été transportée à l'extérieur, à bonne distance, et formait un tas malodorant qui se voyait et se flairait de loin. Il avait ensuite frotté murs et planchers et il lavait maintenant les baquets et les auges qu'il avait étalés devant lui, en ordre de grandeur. L'air froid s'engouffrait à l'intérieur du bâtiment, mais François restait insensible et indifférent à ce qui n'était pas la tâche à accomplir. Il agissait dans l'urgence. Rien ne le détournait de son but, ni ses mains gercées ni ses membres endoloris. Ni la vive réprobation que Charlotte exprima autant par son attitude qu'en paroles.

– À quoi as-tu pensé? s'exclama-t-elle. Les brebis ne peuvent pas supporter un froid pareil. Tu veux tuer celles qui nous restent?

Sans cesser de frotter avec énergie et sans lever la tête, François lui répondit d'une voix rauque qui trahissait sa fatigue.

– Il faut me faire confiance. Je sais où je m'en vais. Les moutons vont s'en sortir. Je n'en laisserai pas mourir un de plus. Tom peut rester pour m'aider, s'il le souhaite, mais Isabelle a besoin de quelqu'un auprès d'elle.

Un message on ne peut plus clair. À la fois choquée et inquiète, Charlotte hésitait sur la conduite à tenir face à l'impudence de plus en plus déconcertante de son homme engagé. Le sang-froid et la détermination inflexible de François Caron imposaient toutefois le respect. Il affichait une telle assurance! De son côté, Charlotte n'avait aucune autre solution à lui proposer. Elle décida donc de jouer le tout pour le tout et de se fier à l'instinct et à l'acharnement de son employé. Il ne l'avait jamais déçue. Sa débrouillardise et son intelligence l'avaient séduite dès le début de leur collaboration, deux ans plus tôt. Il méritait la confiance qu'il lui réclamait.

– Très bien, concéda-t-elle en permettant à Tom d'aider François. Je vous laisse. Faites pour le mieux.

Elle revint auprès d'Isabelle, postée à la fenêtre et anxieuse de comprendre ce qui se passait. Arrivée au pied de la galerie, Charlotte se retourna pour observer ses moutons. Leurs bêlements lui fendaient le cœur, mais elle ne voulait pas revenir sur sa décision. Les mesures drastiques prises par François constituaient peut-être leur dernière chance.

— Il va réussir, je le sais, affirma Isabelle dès que sa mère pénétra dans la cuisine.

Son optimisme réconforta Charlotte. Cette enfant pressentait souvent l'avenir et son intuition la trompait rarement. Son allure frêle dissimulait une volonté tenace et une très grande maîtrise de soi.

— Je te crois, dit Charlotte en prenant la main de sa fille, cette gamine qu'un drame horrible avait jetée dans sa vie par mégarde, entremêlant leurs destins.

En la bordant après l'avoir badigeonnée d'une mixture nauséabonde mais efficace, elle se dit que ses trois enfants, avec chacun leur histoire particulière, leur unicité et ce lien très fort qui les unissait, possédaient ce qu'il fallait pour assurer la suite du monde.

*

Tom et François ne quittèrent la bergerie que trois jours plus tard, si heureux et si fiers de ce qu'ils avaient accompli que la fatigue n'avait plus de prise sur eux. Ces très nombreuses heures passées au chevet du troupeau les avaient soudés plus sûrement que des liens de sang. Ils avaient travaillé de concert, se comprenant à merveille, partageant les mêmes angoisses et les mêmes espérances, les gestes de l'un prolongeant ceux de l'autre. L'immense pouvoir de séduction de François Caron avait opéré sur l'orphelin de père en quête de modèles. Au fil de ces longues journées à combattre la maladie et à tenir la mort en respect, Tom avait trouvé son héros, un géant sans prétention mais avec un appétit de vivre incomparable, qu'il suivrait désormais à la trace, en pleine confiance.

Le bonheur des deux complices fut à son comble lorsqu'ils découvrirent qu'Isabelle était remise tout à fait. Elle rayonnait. Son teint rosé et son entrain faisaient plaisir à voir.

Pendant que ses enfants et son homme engagé mangeaient et discutaient avec animation, Charlotte n'osait pas encore se réjouir. Certes, les moutons semblaient sauvés, Isabelle était guérie, François était revenu et prévoyait se lancer dans les rénovations nécessaires. De son côté, Tom pourrait enfin se livrer à sa passion de l'enseignement. En apparence, tout allait pour le mieux. Cependant, la production avait été considérablement ralentie à l'atelier. Le manque à gagner se ferait bientôt sentir. Déjà, la maîtresse de maison se demandait comment elle payerait son employé. Elle devrait le prier de patienter et cela l'embarrassait au plus haut point. Compte tenu de la tâche colossale qu'il avait accomplie avec un dévouement exemplaire, François méritait plus que son salaire. Un sentiment de honte étreignait Charlotte, et pendant que la maisonnée s'égayait en se félicitant d'avoir vaincu le mauvais sort, elle se faisait un sang d'encre. François, Tom et Isabelle avaient montré beaucoup de courage devant l'adversité. Il lui appartenait maintenant de prendre la relève et de pourvoir aux besoins de sa famille, un devoir dont elle s'était toujours acquittée avec amour et vaillance, mais dont les circonstances l'avaient détournée ces derniers temps.

— Je ferai une tournée demain pour dénicher de la paille, lui annonça François.

— Je pourrais t'accompagner, proposa Tom.

— Si ta mère est d'accord.

— Tu n'as pas envie d'aller à l'école? Rufus a hâte que tu l'aides.

— Il n'y a pas d'école le dimanche, maman.

Charlotte soupira avec lassitude.

— De plus, je ne suis pas certain que ça me tente, reprit Tom. J'aime mieux aider François.

— On verra, lui répondit distraitement sa mère.

L'esprit ailleurs, elle n'avait guère porté attention aux arguments avancés par son fils. Quelques minutes plus tard, elle accompagnait Isabelle à l'atelier. Le temps était venu de se remettre très sérieusement à l'ouvrage.

*

Les jours suivants, Charlotte visita ses clients pour s'excuser de son retard et livrer les quelques articles qu'elle avait pu terminer.

— Ma fille a été malade, expliquait-elle, sans mentir tout à fait mais en omettant les véritables raisons. J'ai dû rester auprès d'elle. Mais tout est rentré dans l'ordre maintenant. Vous aurez ce que vous aviez commandé dans les plus brefs délais, je peux vous l'assurer.

La plupart se montrèrent compréhensifs, mais certains maugréèrent et menacèrent de ne plus recourir à ses services à l'avenir si la situation perdurait. Ce ne fut heureusement pas le cas de Tylar Moore, qui, pourtant, aurait eu plusieurs motifs de se plaindre. D'autres magasins généraux lui faisaient concurrence, désormais. Plusieurs marchands s'étaient installés à Sherbrooke et les clients insatisfaits avaient le choix. Depuis très longtemps, Tylar Moore vendait les produits de Charlotte et jamais elle ne lui avait fait défaut. Il avait donc patienté, en se disant que la tisserande avait sans doute de très bonnes raisons pour ne pas lui livrer les articles promis. Cependant, son rayon de lainages maintenant dégarni soulevait le mécontentement de ses clientes et il songeait de plus en plus à s'adresser à une autre artisane, du moins pour un temps.

— Vous me voyez consternée, reprit Charlotte. Pouvez-vous m'accorder encore une semaine? Vous serez le premier sur ma liste.

— D'accord. Avec ce que tu m'as apporté aujourd'hui, je pourrai tenir quelques jours. Mais tu ne m'oublies pas, n'est-ce pas?

Charlotte jura, la main levée, ce qui amusa le marchand. Il n'en demandait pas tant.

La jeune femme prit ensuite la direction du chemin Belvidère. Elle tenait à rassurer Anna Maria Valls, la femme de William Felton, un des hommes les plus fortunés du village, voire de la région. Charlotte s'entendait très bien avec la châtelaine, qu'elle comptait parmi ses amis, mais le mari de celle-ci, un major à la retraite au tempérament autoritaire et à l'ambition démesurée, la mettait toujours mal à l'aise. William Felton possédait la plupart des terrains du quartier Orford, dans la partie nord du village où habitait Charlotte. À plusieurs reprises, il avait tenté de mettre la main sur sa fermette, mais elle avait toujours résisté. Or, compte tenu de l'état actuel de ses finances, plutôt lamentable, elle redoutait de tomber nez à nez avec ce spéculateur hors pair qui flairait les bonnes occasions de s'enrichir à des lieues à la ronde.

Anna Maria la reçut à bras ouverts et la sermonna d'avoir parcouru un si long chemin pour lui présenter des excuses qu'elle jugea totalement inutiles.

— Rien ne pressait, se récria-t-elle. Je pouvais très bien attendre.

— Vous avez dû penser que je vous avais oubliée.

— Mais non! Je sais que la vie nous réserve parfois de vilaines surprises. Tu as fait de ton mieux, j'en suis persuadée.

— Merci de votre compréhension.

— Oublions tout ça! Maintenant que tu es là, ma belle amie, je te garde pour le thé.

Charlotte manquait de temps, mais elle ne put refuser une offre aussi gentille et sincère. Cette solidarité empreinte de sympathie que lui avait toujours témoignée la belle Catalane lui tenait à cœur. La tisserande et la châtelaine... Bien qu'improbable à première vue, leur camaraderie ne s'était jamais démentie au fil du temps.

Assises devant la grande fenêtre du salon, elles observèrent pendant un moment les nombreux enfants de madame Felton qui s'amusaient dans la neige, surveillés de près par leur gouvernante. Charlotte mordit dans un biscuit moelleux à souhait et leva les yeux au ciel devant ce pur délice. Elle surprit alors le regard songeur – triste ou nostalgique, elle n'aurait su le dire – de son hôtesse. Anna Maria semblait préoccupée. Absorbée dans ses pensées, elle gardait le silence, rompant ainsi avec ses habitudes et sa nature plutôt volubile. Charlotte aurait aimé provoquer ses confidences, mais elle n'osa pas. La vie que menait la Catalane ne ressemblait en rien à la sienne. Elles évoluaient dans deux mondes différents, aux antipodes l'un de l'autre à bien des égards, leurs seuls points communs étant la maternité et la conviction de participer à l'essor d'un village, d'une région, avec les aléas propres à ce rôle de pionnier.

— Vous vous sentez bien? demanda Charlotte.

— Bien sûr. Ta visite me réjouit.

Elles ne purent en dire davantage, car William Felton prit le salon d'assaut de son pas militaire. Il parut surpris de voir Charlotte, mais se ressaisit aussitôt. Un air de jubilation s'épanouit sur son visage, moins sévère qu'à l'accoutumée.

— Madame Brown! s'exclama-t-il. Je pensais justement vous rendre visite. Quel bonheur que vous ayez pris les devants.

Ce préambule réveilla les craintes de Charlotte. Elle n'aimait pas cet air triomphant avec lequel son interlocuteur la dévisageait.

— Monsieur Felton, dit-elle en inclinant la tête. Comment allez-vous?

— Je me porte à merveille, mais j'ai entendu dire que vous aviez essuyé quelques revers en ce début d'année.

Stupéfaite par la perspicacité de l'ancien officier de marine, Charlotte eut du mal à cacher son étonnement. Qui donc avait pu l'informer de ses déboires? Sûrement pas John Mulvena qui avait été le premier à lui recommander la discrétion. Encore moins François, qui n'avait pas quitté la bergerie depuis des jours. Elle soupçonna madame Willard qui, sans penser à mal, avait pu glisser un mot en public au sujet de la maladie de ses moutons.

— Je ne vois pas à quoi vous faites allusion, mentit-elle en rougissant.

— Vous avez perdu des moutons, semble-t-il. En tout cas, la rumeur court…

— Je regrette. On vous a mal informé. Une de mes plus vieilles brebis est morte récemment, mais les autres sont pétantes de santé.

Le rictus moqueur arboré par William Felton exprimait sans équivoque son scepticisme. À vrai dire, il savait que Charlotte mentait et son attitude désinvolte en témoignait. La jeune femme cherchait un prétexte pour échapper à cet œil scrutateur. Elle fit mine de partir, mais le major leva la main pour l'en dissuader.

— Restez, je vous en prie. Vous réconfortez ma femme. Elle apprécie votre compagnie.

Sans plus d'explications, il tourna les talons puis se ravisa.

— Permettez-moi de vous rappeler que je suis acheteur. Votre fermette m'intéresse toujours. Si cela peut vous tirer d'embarras, je vous en offrirai un prix correct.

Ces paroles prononcées sur un ton courtois tranchaient avec l'air de défi affiché par le seigneur de Belvidère. Charlotte en eut froid dans le dos. Elle avait l'impression de revivre une scène qui l'avait amusée autrefois, mais qui aujourd'hui la terrifiait. Sa situation avait changé. Sa marge de manœuvre s'était rétrécie. Ce duel inachevé entre elle et William Felton lui apparaissait plus redoutable qu'auparavant. Ses armes s'étaient ébréchées ainsi que son aplomb.

Émue par son désarroi, Anna Maria posa une main sur le bras de son amie.

Le major avait quitté la pièce.

— Il ne faut pas avoir peur de mon mari, dit la Catalane. Il peut être dur parfois et il défendra toujours ses idées jusqu'au bout, mais il ne fera jamais rien pour rendre la vie plus difficile aux colons. Il admire les gens de ta trempe, bien qu'il lui pèse de l'avouer. Son ambition et son besoin immodéré de posséder de la terre, de plus en plus de terre, le perdront peut-être, mais il a toujours défendu les petits propriétaires terriens auxquels il voue un immense respect.

Puisque son invitée se taisait, Anna Maria reprit, sur le ton de la confidence cette fois :

— Mon mari a lui aussi ses problèmes. Des gens veulent le détruire et je crains fort qu'ils n'y arrivent.

Confuse, Charlotte ne sut quoi répondre. Voilà donc ce qui oppressait son amie. La châtelaine envisageait l'avenir d'un bien mauvais œil. Sa désillusion faisait peine à voir. Charlotte voulut la réconforter, mais l'autre haussa les épaules. Elle n'en dirait pas plus et regrettait déjà de s'être épanchée de la sorte.

Les enfants entrèrent en trombe dans la maison, réclamant une collation. Les deux femmes se quittèrent précipitamment, retournant chacune à leurs obligations, le cœur gros et l'esprit inquiet, mais pour des raisons différentes.

9

Avril 1834

— Ce que j'aurais aimé être présent! Je vous envie. L'atmosphère devait être grisante.

— Surchauffée plutôt! Les cris fusaient de toutes parts dans la salle pleine à craquer. Les orateurs avaient du mal à terminer leurs phrases. La foule les applaudissait avant qu'ils ouvrent la bouche. Il faut bien l'avouer: la partie était gagnée d'avance.

— Est-ce que certaines résolutions ont été adoptées?

— Le programme de Papineau dans son entier a été approuvé par l'assemblée! Ses «92 Résolutions» ont recueilli l'unanimité des voix.

Pour marquer sa frustration d'avoir raté un événement aussi crucial, François Caron leva ses poings serrés vers le plafond de la taverne en grimaçant. Autour de lui, une dizaine d'hommes discutaient ferme, avec un enthousiasme délirant qui ajoutait à ses regrets de ne pas avoir assisté à la plus récente assemblée réformiste. Parce qu'elle s'était tenue à Stanstead, trop loin pour qu'il effectue le trajet aller-retour en une journée, il avait dû y renoncer. Or, ceux qui s'y étaient présentés en rapportaient le déroulement avec tant de jubilation qu'il s'en mordait les doigts.

Dépité, le jeune homme bombardait de questions les chanceux qui avaient pris part à l'événement. Parmi eux, Carey Hyndman, le crieur public et gardien de la prison, commentait la soirée avec un plaisir manifeste, fortement teinté de triomphalisme. Il sautait sur chaque occasion de vanter les succès des réformistes aux dépens des conservateurs, ces tories qu'il abhorrait depuis toujours. Et, métier oblige, sa voix portait haut et fort. Elle résonnait bien au-delà des murs de la taverne. Carey Hyndman n'avait jamais eu peur d'afficher ses convictions, ce qui, très souvent, lui avait causé des ennuis, au grand désespoir de sa femme et de ses enfants, de Mary surtout, sa fille aînée.

François comptait donc sur lui pour en apprendre davantage.

— De quoi a-t-il aussi été question ? demanda-t-il. Avez-vous reparlé de la Compagnie des Terres ?

Carey Hyndman grimaça. L'établissement imminent de la British American Land Company constituait peut-être le seul élément sur lequel les réformistes n'avaient plus prise.

— Ça, mon gars, il va bien falloir qu'on s'y résigne. Les marchands et les spéculateurs de la région ne laisseront jamais filer cette chance unique. Ils ont des terrains à vendre et la future Compagnie des Terres veut en acheter. Je pense qu'il faudrait leur passer sur le corps pour qu'ils renoncent à une manne semblable !

François Caron ne s'était pas encore forgé d'opinion définitive au sujet de la compagnie foncière, mais pour le reste il se rangeait du côté des réformistes, non seulement parce qu'ils lui semblaient plus près des pauvres gens et plus égalitaires, mais surtout parce qu'ils se portaient à la défense des Canadiens français dont ils comprenaient et acceptaient les aspirations. Le jeune homme vivait depuis deux ans dans un environnement presque essentiellement anglophone qui ne lui rendait pas toujours justice. Il appréciait donc ces alliés qui ne cherchaient pas toujours à le dénigrer ou à le remettre à sa place. Parmi ces gens plus progressistes que leurs adversaires conservateurs, il jouissait d'un droit à la parole et au respect qui le comblait et le rassurait.

— Par contre, rétorqua François, je suis certain que les journalistes et chroniqueurs du *British Colonist*, à Stanstead, et du *St. Francis Courier*, à Sherbrooke, les auront à l'œil. Ils ne pourront pas s'en mettre plein les poches aux dépens des moins fortunés.

— Tu l'as dit, mon gars! Ils vont se river le nez et les combines sur une opposition forte, bien organisée et très déterminée.

François aimait bien entendre parler le crieur public. Sa verve et son esprit contestataire, conjugués à sa formidable capacité d'indignation, en faisaient un être unique qui ne passait jamais inaperçu et ne laissait personne indifférent. Charlotte n'aimait pas trop le voir en sa compagnie et elle lui en avait fait part, mais le bonhomme l'attirait comme un aimant. À deux reprises déjà, François avait répondu à l'invitation de monsieur Hyndman en assistant à des assemblées politiques réunissant plus de cinq cents partisans des réformistes. Le parti avait le vent dans les voiles et le jeune Canadien français, en ardent sympathisant, se réjouissait d'apporter sa modeste contribution à ce mouvement.

— Je te vois contrit de ne pas avoir assisté à l'assemblée de Stanstead, continua le crieur public, mais tu pourras te reprendre très bientôt.

— Il va y avoir une autre assemblée? À Sherbrooke, j'espère…

— En effet. À la fin du mois, le 28 pour être plus précis. On peut compter sur toi?

— Oh oui! J'y assisterai sans faute!

— On va avoir besoin d'hommes pour la cabale. On veut le plus de monde possible. Cette réunion sera déterminante. On fera peut-être appel à tes services. Qu'en penses-tu?

— J'ai beaucoup de besogne et peu de temps, expliqua le jeune homme, mais je suis prêt à aider si ma patronne est d'accord.

Carey Hyndman tapota l'épaule de son interlocuteur pour lui signifier sa satisfaction. Chacun retourna ensuite à ses activités.

*

Sans trop fanfaronner, les réformistes de Sherbrooke fondaient de grands espoirs sur cette prochaine assemblée. Après le succès fulgurant remporté à Stanstead par leurs camarades de même allégeance, ils ne voulaient surtout pas être en reste. L'opinion publique penchait de leur côté et ils comptaient bien en tirer parti. Voilà d'ailleurs ce que leur répétait un des principaux chefs de file du mouvement, le journaliste Silas Dickerson. On lui devait sans contredit le record d'assistance de la dernière assemblée, et on comptait sur lui pour animer celle du 28 avril avec autant de brio. Pour cette raison, le journaliste effectuait très souvent la navette entre Stanstead, son lieu de résidence et de travail, et Sherbrooke. Son journal, le *British Colonist*, se faisait l'écho des doléances réformistes et invitait les partisans à se manifester sans crainte. À l'instar de son acolyte, Carey Hyndman, cet éternel contestataire, inlassable pourfendeur des injustices, s'attirait sans cesse les pires ennuis. De procès en procès, ses ennemis lui menaient la vie dure depuis très longtemps. Il avait même été emprisonné à plusieurs reprises.

Cet homme était devenu le porte-étendard de son groupe, le symbole de l'insoumission face au pouvoir établi – un martyr de la liberté d'expression, assuraient certains de ses admirateurs. Il rassemblait autour de lui des disciples enthousiastes, mais son idéalisme à la fois angélique et revendicateur en enrageait un grand nombre. Plusieurs se sentaient démunis et à court d'arguments devant sa fougue débridée.

Joshua, qui l'avait croisé à quelques reprises dans les rues de Stanstead depuis le début de son apprentissage, appartenait à cette dernière catégorie. Il n'avait encore jamais parlé au célèbre journaliste, mais ce jour-là il se rendait justement dans les locaux du *British Colonist* pour une raison bien précise. Son employeur l'avait dépêché auprès de Silas Dickerson pour récolter les sommes qui lui étaient dues. L'apprenti aurait souhaité échapper à cette mission délicate, mais Stephen Reed ne lui avait guère laissé le choix.

– Je n'ai pas le temps de m'en occuper, avait-il dit. Tout est arrangé. Tu n'as qu'à te présenter et à demander l'enveloppe qui m'est destinée. Tu ne rencontreras pas monsieur Dickerson en personne. Son adjoint a déjà le montant en main. Tu entres, tu prends l'argent et tu ressors.

*

Dès son arrivée au journal, Joshua constata que monsieur Reed connaissait bien mal son débiteur. En effet, contrairement à ses prédictions, Joshua fut tout de suite conduit auprès du journaliste.

– C'est donc toi qu'on a chargé de la sale besogne, lança le propriétaire du *British Colonist* en lui présentant une chaise.

Mal à l'aise, Joshua aurait aimé s'emparer de l'enveloppe et quitter l'endroit, comme on le lui avait recommandé, mais Silas Dickerson n'entendait pas le libérer aussi vite ni si facilement.

– D'où sors-tu? Il me semble bien ne jamais t'avoir rencontré dans le village.

– J'habite à Stanstead depuis quelques mois seulement, monsieur. Je viens de Sherbrooke.

– J'ai peut-être déjà connu tes parents…

– Mon père est mort. Ma mère s'appelle Charlotte Brown. Elle a une ferme dans le canton Orford.

Le journaliste se gratta le front. Ce nom lui disait quelque chose.

– Est-ce que Henry Brown était ton père?

– Oui, monsieur.

Pressé de mettre fin à cet interrogatoire, Joshua ne crut pas nécessaire de s'attacher aux détails et de démêler le vrai du faux. De toute manière, il avait toujours considéré Henry comme son véritable père et non comme un père adoptif.

– Quelle fin tragique!… On ne saura jamais ce qui lui est arrivé. C'était un homme bon, renchérit Silas Dickerson. Épris de justice et généreux. J'espère que tu marches sur ses traces.

Venu pour réclamer de l'argent, Joshua commençait à se sentir manipulé. Sans doute le journaliste n'avait-il pas les moyens de rembourser Stephen Reed et il cherchait à gagner du temps. Le jeune homme détestait ce genre de situations gênantes. Il n'avait pas l'autorité nécessaire pour mettre fin à la conversation et exiger son dû, mais il souhaitait satisfaire son employeur et ne pas revenir les mains vides. Comme plusieurs autres propriétaires de journaux de la province qui n'arrivaient pas à payer leurs fournisseurs de papier, Silas Dickerson devait une bonne somme à la famille Reed. Plusieurs fois, au cours des années passées, les Reed avaient dû recourir aux tribunaux pour obliger l'éditeur et journaliste à les rembourser. Incorrigible, Silas Dickerson tardait encore une fois à payer, ce qui plaçait les deux frères en très mauvaise posture puisque eux-mêmes n'avaient plus l'argent nécessaire pour s'acquitter des frais encourus auprès de leurs propres fournisseurs.

Pris en souricière entre le débiteur et ses créanciers, Joshua en eut soudain assez.

– Veuillez m'excuser, dit-il le plus poliment possible mais sans réussir à cacher son agacement. Je ne peux pas rester plus longtemps ; on m'attend au moulin. Pouvez-vous me remettre l'enveloppe destinée à mon employeur afin que je puisse retourner à mes tâches ?

— Bien sûr ! Je ne voudrais pas que les Reed te punissent par ma faute. Je t'aime bien. Tu me sembles un garçon responsable et sensé. Avant que tu partes, cependant, je veux t'inviter à une assemblée qui se tiendra à Sherbrooke, le 28 avril prochain. S'il était toujours de ce monde, ton père se ferait un devoir d'y assister. Bref, si tu veux saisir cette occasion de visiter ta famille, tu es le bienvenu. Je t'offre le voyage en diligence ; tu n'auras rien à débourser. On a besoin de tout notre monde pour remplir la salle.

Confus, Joshua tenta de s'en tenir à la raison première de sa visite. Il insista :

— Vous avez l'enveloppe ?

Le journaliste haussa les épaules et esquissa une moue à la fois moqueuse et dépitée.

— Désolé, soupira-t-il. Il va falloir que ton patron patiente encore un peu. Et la prochaine fois, dis-lui d'être plus courageux et de ne pas se cacher derrière son apprenti.

*

Quelques jours plus tard, Joshua réfléchissait encore à la proposition de Silas Dickerson. L'assemblée politique ne l'attirait pas outre mesure, mais il salivait à l'idée de rendre une visite surprise à sa famille. Il aimait son nouveau métier, mais les siens lui manquaient. Est-ce que Tom s'acclimatait ? Il s'inquiétait aussi de la santé de sa mère et il s'ennuyait d'Isabelle, qu'il supposait en compagnie de son cher François. Aussitôt évoquée, cette image l'exaspéra sans qu'il sache trop pourquoi. Il avait beau prétexter qu'il souhaitait le bonheur de sa sœur adoptive par-dessus tout et qu'il craignait que François Caron ne lui fasse du mal, ce sentiment protecteur n'expliquait pas son agacement.

En plongeant un cadre de bois dans la cuve, Joshua soupesait le pour et le contre. Accompagner Dickerson à Sherbrooke le plaçait dans une situation délicate vis-à-vis de son employeur. Il ignorait si le fabricant de papier avait réussi à récupérer son argent auprès du journaliste, mais il se doutait bien que leurs rapports n'avaient rien d'harmonieux. Mettrait-il son apprentissage en danger s'il répondait à l'invitation de Dickerson?

L'apprenti grimaça et se mordit les lèvres, signe incontestable de sa grande perplexité. Peut-être se tracassait-il pour rien. Les Reed s'étaient toujours montrés compréhensifs et ses collègues ouvriers vantaient leur générosité. Il n'aurait qu'à mettre de l'avant son désir de voir sa famille. John et Stephen Reed, très attachés à leur clan, comprendraient sa situation.

– Eh! Tu rêves ou quoi?

Chargé de détacher la pâte humide du cadre, le coucheur attendait que Joshua remonte la forme et la recouvre d'un autre cadre de dimension identique en pressant pour enlever l'excès d'eau. L'ouvrier prendrait ensuite la relève. Il décollerait la pâte humide du cadre en la renversant d'un geste rapide et précis sur un feutre. Il la recouvrirait aussitôt d'un autre feutre, comme il l'avait fait pour les couches précédentes.

– Excuse-moi, dit Joshua, penaud d'avoir interrompu une chaîne qui ne supportait pas de retard.

– Ne t'en fais pas avec ça... Ça peut arriver à tout le monde d'être dans la lune.

Joshua adorait son travail de puiseur et il estimait ses compagnons. En quelques mois, il avait appris à manier ses outils avec une grande dextérité. Sa force physique lui permettait de s'activer devant la cuve pendant de longues heures, sans trop se fatiguer. D'ailleurs, ses collègues, tous plus âgés que lui, enviaient sa robustesse et son endurance. Quand venait le temps de transporter les cent quarante-quatre couches de pâtes et de feutres – le pilier – jusqu'à la presse à vis, ils appréciaient sa puissance musculaire hors du commun.

Remettant sa décision à plus tard, Joshua reprit son ouvrage. Il disposait encore de deux jours pour donner sa réponse à Silas Dickerson.

10

Joshua anticipait un voyage interminable et éprouvant, de Stanstead à Sherbrooke, mais la surprise qu'il réservait à sa famille le stimulait.

À la dernière minute, Silas Dickerson s'était décommandé ; il ne pourrait pas participer à l'expédition. Déçus, ses compagnons promirent de le remplacer de leur mieux. Aussitôt dans la diligence, ils se mirent à discuter politique sans discontinuer, se relançant la balle pour découvrir lequel d'entre eux avancerait les meilleurs arguments, les plus susceptibles en tout cas de convaincre la foule qu'ils espéraient nombreuse. D'un commun accord, ils décrétèrent que la soirée remporterait un immense succès malgré l'absence du journaliste.

— On va leur en mettre plein la vue ! lança le plus âgé du groupe, qui cumulait plusieurs années de combats dans l'arène politique et qui se réjouissait du vent réformiste qui soufflait sur la région.

Parfois, un des hommes encourageait Joshua à se mêler à la conversation. Embarrassé, l'apprenti ne trouvait jamais de commentaires pertinents à formuler. Il ignorait à peu près tout de la politique et n'éprouvait aucune attirance particulière pour les grands mouvements de contestation. Au Vermont, entouré de travailleurs aux idées progressistes, il s'était un peu familiarisé avec ces nouveaux courants de pensée qui accordaient plus de droits au peuple et militaient pour une plus grande justice sociale. Toutefois, il avait vite constaté que ces défenseurs de l'égalité sombraient parfois eux aussi dans la corruption, ce qui lui avait enlevé quelques illusions et l'avait convaincu de prendre ses distances.

Il essaya donc de se faire oublier en feignant d'être attiré par le spectacle extérieur. La diligence roulait sur une route cahoteuse, dans un décor terne, sali des restants de l'hiver. Alourdis pendant des mois par une neige abondante, les arbres peinaient à se redresser. Leurs branches s'inclinaient vers le sol en attendant que la sève nouvelle leur insuffle de la vigueur. C'était à désespérer d'un printemps.

Sans trop y prêter attention, Joshua entendait malgré lui les propos enflammés de ses compagnons de route. Peu à peu, les idées énoncées s'insinuèrent dans son esprit, jusqu'à le distraire de sa contemplation silencieuse. Sans trahir son intérêt grandissant, il se mit à écouter avec plus de curiosité, avide de comprendre ce qui soulevait une telle passion chez ces hommes. Certains avaient tant sacrifié à la poursuite de leurs idéaux. Les privations endurées par Silas Dickerson furent d'ailleurs maintes fois évoquées par ses fidèles acolytes. Aucun ne roulait sur l'or ; plusieurs avaient été emprisonnés. Leur dévouement forçait l'admiration et Joshua, au fil des kilomètres, sentit croître en lui une émotion qui ressemblait à du respect. Il ne saisissait pas encore les véritables enjeux et ne participait pas à la fébrilité ambiante, mais sa perception changeait. Il assisterait à cette assemblée avec moins de méfiance et plus de curiosité. « Je verrai bien une fois rendu », se dit-il, de plus en plus pressé d'arriver.

*

Pendant ce temps, à Sherbrooke, François Caron effectuait ses corvées en se hâtant, avec des fourmis dans les jambes. Il avait passé les trois dernières soirées à sillonner les rangs des alentours afin de rejoindre le plus de gens possible. Bien que réticente, Charlotte lui avait permis de remettre à plus tard quelques travaux afin d'avoir plus de temps à consacrer à l'organisation de cette assemblée. Sans partager l'enthousiasme et les convictions de son homme engagé, elle le jugeait assez réfléchi pour évaluer jusqu'où il pouvait aller. Il lui aurait paru injuste de le priver d'une activité qui lui tenait tellement à cœur.

– J'aimerais bien l'accompagner, suggéra Isabelle du bout des lèvres.

Elle devinait que sa proposition n'obtiendrait pas la faveur de sa mère, mais elle ne s'attendait pas à la véhémence avec laquelle François s'éleva contre cette idée.

– Tu n'y penses pas ! lança-t-il. Ce n'est pas un bal ! Je me rends à une assemblée politique, avec ce que cela comporte de huées, de grivoiseries et d'empoignades. Ce n'est pas la place d'une demoiselle. D'autant plus que je n'aurai pas une minute à moi pour te protéger. Oublie ce projet insensé.

Isabelle blêmit. Jamais François ne lui avait parlé sur ce ton, avec des mots si rudes. Troublée, elle s'emmêla dans son tricotage et dut se concentrer pour reprendre son ouvrage de la bonne manière. Elle garda la tête baissée, trahissant ainsi sa déconvenue. L'attitude inhabituelle de son ami l'avait profondément chagrinée. Maintenant pressée de le voir partir, elle préférait pour l'instant ne plus avoir affaire à lui.

Surprise elle aussi, Charlotte se tourna vers François qui, pourtant sur son départ, semblait ne plus vouloir s'en aller. Il regrettait de s'être emporté et cherchait un moyen de se faire pardonner. Charlotte ne comprenait pas pourquoi la proposition d'Isabelle l'avait ainsi piqué au vif. Bien entendu, elle n'aurait jamais permis à sa fille d'assister à cette réunion, et François le savait. Pourquoi donc s'était-il emporté de la sorte plutôt que de lui laisser mettre les choses au point avec elle?

— Tu es inquiet? demanda-t-elle à son employé.

— Non. Un peu nerveux, sans plus.

— Je te sens préoccupé, insista Charlotte, pendant qu'Isabelle, curieuse, relevait la tête de son ouvrage.

François soupira bruyamment, incapable de cacher plus longtemps son exaspération.

— Je ne sais pas, dit-il. J'ai un mauvais pressentiment.

— À propos de l'assemblée?

Perplexe, François Caron se gratta la tête en grommelant. Puis il se décida à exprimer ses craintes.

— Je me trompe peut-être, mais les gens que j'ai rencontrés m'ont semblé moins emballés que le mois passé.

— Les travaux du printemps, tu sais…

— Il y a de ça, oui, mais j'ai cru deviner, à plusieurs reprises, que les fermiers avaient déjà reçu la visite d'un conservateur. Personne ne l'a avoué, mais je ne serais pas surpris d'apprendre que certains ont été intimidés. Plusieurs n'oseront pas se déplacer, j'en ai bien peur.

Ces paroles semèrent l'effroi dans le cœur amoureux d'Isabelle. Déjà, elle se figurait les dangers auxquels François se trouverait exposé. Comprenant mieux son attitude et toute disposée à lui pardonner, elle ne put s'empêcher de lui formuler quelques recommandations.

– Fais attention à toi. Je ne voudrais pas qu'il t'arrive quelque chose de fâcheux.

Heureux de se voir absous, François lui sourit.

– Ne t'inquiète pas pour moi, je serai très vigilant. D'ailleurs, je me fais peut-être des accroires. L'assemblée sera probablement une grande réussite.

– Sois prudent, insista Charlotte à son tour.

Le jeune homme les quitta en effectuant une pirouette qui souleva quelques ricanements chez ses spectatrices, sans les rassurer.

*

Dès son entrée dans la salle surchauffée, François Caron comprit que ses appréhensions étaient fondées. L'opération sournoise menée par leurs adversaires tories, William Felton en tête, avait donné les résultats escomptés. Ses principales craintes se confirmaient : les gens des campagnes environnantes avaient décidé de rester chez eux. On avait réussi à les convaincre que leur présence ne servirait pas à grand-chose. Mais comment donc, se demanda François, le cœur en révolte, avait-on pu les persuader de ne pas se déplacer ? En leur promettant une récompense ? En les effarouchant ? En leur faisant miroiter une victoire assurée des troupes réformistes ? En leur expliquant, chiffres à l'appui, que la bataille était perdue d'avance?

Quoi qu'il en soit, les visages que François croisait n'étaient pas ceux qu'il avait espéré rencontrer. Dès le début de la réunion, il constata avec amertume que les conservateurs contrôlaient la place. Ils avaient réussi leur coup. Chaque fois que quelqu'un tentait de s'opposer au programme qu'ils proposaient, il s'attirait des huées. À quelques reprises, des fiers-à-bras encadrèrent des réformistes pour les empêcher de s'exprimer. Ils se plantaient de chaque côté de leur victime sans dire un mot, sans même avoir besoin de braquer les yeux sur elle, car leurs intentions étaient claires. Personne n'osa résister.

Bouillant de rage, François décida néanmoins de rester jusqu'à la fin, histoire de bien signifier sa volonté de ne pas baisser les bras. Les tories avaient gagné cette fois-ci, mais ils ne perdaient rien pour attendre. Il se dresserait toujours devant eux, silencieux peut-être, mais aussi obstiné qu'un objecteur de conscience.

Afin d'unir leurs forces, les quelques réformistes présents à l'assemblée s'étaient rassemblés dans un coin de la salle. François se retrouva donc en compagnie d'une poignée de partisans. La plupart venaient de Stanstead, dépêchés par Silas Dickerson, mais François ne les connaissait pas. Quelques fermiers des environs ainsi qu'une dizaine d'artisans de Sherbrooke s'étaient joints à eux, mais ce petit groupe ne faisait pas le poids devant la véritable marée de conservateurs tories – des marchands, des avocats, des hauts fonctionnaires – qui jubilaient et leur jetaient des regards triomphants.

Les partisans réformistes venus exprès de Stanstead fulminaient, abasourdis par la tournure des événements.

Joshua, pour sa part, n'y comprenait plus rien. Bien qu'impatient de quitter les lieux, il était resté avec eux pour les soutenir et avait assisté, impuissant et désabusé, à cette assemblée truquée. Un échec monumental. Rallumées pendant le voyage en diligence par le discours enflammé et convaincant de ses camarades, ses dernières illusions s'envolaient au fil des minutes. Il avait très hâte de fuir cet endroit étouffant. Dorénavant, il se tiendrait loin de la politique. Libre de toute appartenance. Indépendant.

À la fin de la soirée, il quitta la salle enfumée sans saluer ses compagnons de route, trop heureux d'échapper enfin aux odeurs âcres qui l'indisposaient. À peine sorti, il leva les yeux vers le ciel étoilé et aspira une grande bouffée d'air pur et frais. Il n'avait pas averti sa mère de sa visite. Compte tenu de l'heure tardive, il jongla un peu avec l'idée de dormir au village, mais son désir de se soustraire à l'atmosphère tendue et oppressante de l'assemblée l'emporta.

Il se mettait en route lorsque la porte de la salle s'ouvrit avec fracas derrière lui. Il se retourna, surpris. Un homme fut alors projeté à l'extérieur. Déséquilibré, il atterrit aux pieds de Joshua qui recula pour ne pas être renversé à son tour. Celui-ci essayait de comprendre ce qui se passait, lorsque deux gaillards qui n'entendaient pas à rire surgirent derrière leur victime encore affalée au sol. Ils voulurent saisir le jeune homme par le collet dans l'intention de le tabasser, mais Joshua s'interposa.

— Qu'est-ce que vous faites ? lança-t-il. Laissez-le tranquille !

Les deux hommes se tournèrent d'un seul élan vers Joshua en levant les poings, prêts à se battre.

– Ne te mêle pas de ça! cria l'un d'eux, l'air redoutable. Passe ton chemin si tu ne veux pas goûter à notre médecine.

Plutôt que de céder à leurs menaces, Joshua brandit les poings. Pendant ce temps, leur souffre-douleur s'était relevé et était venu se placer près de son allié improvisé. Il ne paraissait pas très solide sur ses pieds et peu trempé pour le combat, mais son courage compensait son manque de robustesse. Côte à côte, Joshua et lui firent front, tenant leurs assaillants à distance pendant un instant. Puis le plus imposant des deux fiers-à-bras passa à l'attaque. Prêt à en découdre, Joshua lui décocha un coup de poing qui le jeta par terre. Le geste exécuté avec une dextérité et une puissance étonnantes impressionna l'autre agresseur qui, abandonnant la lutte, s'empressa de relever son compagnon et de l'entraîner plus loin. Excité, Joshua n'aurait pas hésité à se colleter avec les deux hommes à la fois s'ils avaient insisté. Il regrettait presque que l'algarade se termine, mais son compagnon semblait plus raisonnable.

– Allons-nous-en, dit-il. Je pense qu'ils ont compris la leçon.

Les jeunes gens se dirigèrent vers le pont, d'un même pas résolu. Chemin faisant, Joshua s'enquit de la raison de cette querelle.

– J'ai osé poser une question qui a embarrassé le président de l'assemblée. Enfin, disons davantage un commentaire qu'une question.

Joshua observa son compagnon avec plus d'attention. Éclairés par la pleine lune, ses yeux moqueurs, d'un bleu intense, donnaient à son visage une vivacité particulière. Sa beauté exceptionnelle attirait l'attention et produisait un effet apaisant, semblable à celui qu'on éprouve en contemplant les ruisseaux de printemps qui dévalent les montagnes.

— Je suppose que c'était un commentaire plutôt… désobligeant.

— Plutôt, en effet. J'oserais dire… outrageant, un terme beaucoup plus exact.

— Ces gens devraient soigner leur susceptibilité! Un rien les froisse…

Ils s'esclaffèrent, heureux de cette rencontre qui les consolait de leur soirée gâchée.

— Quelle direction prends-tu? demanda Joshua.

— King's Highway, vers Brompton.

— Moi aussi. Faisons un bout de chemin ensemble.

Ils échangèrent une poignée de main amicale en déclinant leur prénom:

— François… Merci encore pour ton aide.

— Joshua… Ce n'est rien. Je passais par là.

Réconfortés tous les deux par la présence de l'autre et par une sympathie mutuelle qui les rapprochait, ils marchèrent de longues minutes en silence.

— On se sépare ici, je pense, dit Joshua au moment de quitter King's Highway pour prendre le chemin de traverse qui menait à la maison de sa mère.

François le dévisagea, interloqué.

Il n'y avait rien d'autre au bout de cette route que la ferme de sa patronne.

— Je crois bien que nous nous rendons au même endroit, finit-il par admettre.

Il se rappela tout à coup que Charlotte avait un fils qui se prénommait Joshua.

– François?... murmura celui-ci, qui venait lui aussi de faire le lien entre son compagnon de lutte au drôle d'accent et l'employé de sa mère. Tu es l'homme engagé?

– Quel heureux hasard, n'est-ce pas? s'exclama le Canadien français. Je n'aurais jamais imaginé que nous ferions connaissance dans des circonstances semblables.

François Caron se réjouissait de rencontrer enfin le frère d'Isabelle et de Tom. Ce dernier lui avait si souvent parlé de son aîné; il en savait déjà beaucoup sur lui.

Stimulé par cette chance inattendue, il exprima son étonnement et sa joie avec sincérité et enthousiasme, sans remarquer l'air soudain renfrogné de son compagnon.

11

Le lendemain matin, au déjeuner, la joie de Charlotte faisait plaisir à voir, mais Joshua ne remarqua que sa maigreur. En quelques mois, sa mère, déjà frêle, avait perdu beaucoup de poids. Beaucoup trop. Son visage émacié et son corps osseux la faisaient paraître malingre. Son fils avait envie de l'entourer de ses bras chaque fois qu'elle esquissait un mouvement, et lorsque son regard croisait celui de son frère, il comprenait que Tom partageait son inquiétude.

Quant à Isabelle, pour le moment, elle se consacrait entièrement à François qui avait récolté quelques égratignures dans son empoignade de la veille. Rien de grave toutefois. Il s'évertuait à le répéter, mais la jeune fille tenait mordicus à le soigner. Il se résigna donc et se laissa dorloter. Il relatait l'incident sur un ton amusant, sans omettre la participation héroïque de Joshua. Il avait d'ailleurs insisté pour que tout le mérite de leur victoire revienne au fils aîné de Charlotte.

— Il l'a aplati comme une crêpe! D'un seul coup de poing bien placé. Vous auriez dû les voir déguerpir. On aurait dit des lapins poursuivis par un renard!

Chaque fois que le Canadien français racontait leur mésaventure, en l'agrémentant ici et là de détails inédits,

Tom écarquillait les yeux ou s'esclaffait selon le déroulement du récit, en dévisageant son frère avec de plus en plus de considération. Cette vénération candide et sincère du cadet pour son aîné provoquait chez François Caron un sentiment étrange, qui ne lui était pas familier et qui l'embarrassait. Or, il avait beau lutter, se sermonner, il ne pouvait s'empêcher de ressentir un pincement au cœur en voyant Tom fixer Joshua avec des yeux admirateurs. « Te voilà envieux, maintenant », se dit-il, surpris et déçu de sa réaction.

Dès qu'Isabelle le libéra, après avoir lavé et pansé ses écorchures, il inventa un prétexte pour sortir. Pendant quelques secondes, il espéra que Tom le suivrait comme à son habitude, mais ce dernier voulait profiter au maximum de la présence de son frère et ne pensait à rien d'autre.

François se morigéna de nouveau : « Ce sont deux frères, pauvre imbécile. Il n'y a pas de lien plus fort. À quoi t'attendais-tu ? N'oublie pas que tu es juste l'homme engagé ici… » En ressassant ces réprimandes, il se rendit à la bergerie où le travail l'attendait. Il ne soupçonnait guère que Joshua ressentait une émotion semblable, non pas par rapport à Tom, mais à cause d'Isabelle. Le jeune homme, en effet, supportait mal la tendre dévotion que sa sœur vouait à l'homme engagé. Après l'avoir salué, ce matin-là, elle lui avait à peine accordé un sourire. En d'autres temps, elle lui aurait demandé comment se déroulait son apprentissage, s'il aimait son nouveau métier, s'il mangeait à sa faim, mais maintenant François Caron prenait toute la place. En sa présence, plus personne ne représentait le moindre intérêt pour l'adolescente. Joshua souffrait de l'indifférence qu'elle lui manifestait depuis son retour dans les cantons. Il n'avait que lui à blâmer, admettait-il. Il était resté absent trop longtemps, sans jamais prendre en considération la tristesse que son départ avait causée. Isabelle avait mis du temps à guérir de son absence, de l'abandon. Sa mère lui en avait d'ailleurs glissé un mot à quelques reprises dans ses lettres, en lui demandant d'écrire à sa sœur. Or, trop absorbé par ses propres aventures, il n'avait pas pris ces requêtes au sérieux. Il avait été insensible et égoïste, et le comprenait trop tard. Dans le cœur d'Isabelle, François Caron, l'étranger, avait comblé le vide créé par sa négligence. L'adolescente avait déversé sa tendresse sur cet homme d'une beauté incomparable, qui parlait sa langue et lui rappelait ses origines. Déjà dans la vingtaine, François Caron possédait sans conteste les qualités nécessaires pour jouer auprès de cette âme romantique de quatorze ans les rôles de grand frère, d'ami, d'amoureux, de protecteur. Et plus encore.

Joshua serra les poings en se mordillant les lèvres. Il acceptait mal la défaite et l'humiliation. Une irrésistible envie de frapper le tenaillait. Se battre le libérerait peut-être de cette charge émotionnelle, ô combien pesante qui l'accablait.

En levant la tête, il surprit le regard de sa mère posé sur lui.

Celle-ci avait confié une tâche urgente à Tom, et Isabelle devait consacrer le reste de sa journée au tissage d'une couverture.

Enfin seule avec son aîné, Charlotte se força au calme. L'attitude agressive de son fils lui rappelait trop celle de son premier mari, le père de Joshua, pour qu'elle n'en conçoive pas une certaine crainte.

— Je suis contente que tu sois là, dit-elle d'une voix douce mais d'une extrême fragilité. Quelle belle surprise !

La vulnérabilité qui transparaissait dans ces quelques mots ébranla Joshua. Se délestant d'un coup de son aigreur, il prit les mains de sa mère dans les siennes.

— Je suis content aussi. Je veux m'occuper de toi.

— Je te remercie, mon grand, mais ça ira. Je suis un peu fatiguée, rien de plus.

— Non, je le vois bien : tu as besoin de quelqu'un qui prendra soin de toi.

— Tu dois terminer ton apprentissage et ne penser à rien d'autre. C'est ce qui me ferait le plus plaisir.

Joshua ne répondit pas, mais sa décision était prise. Il n'irait pas au bout de sa formation de puiseur. Il regretterait sa condition d'apprenti, certes. Il la regrettait déjà, avant même de l'avoir quittée, mais sa mère avait besoin de lui et il ne se déroberait pas à son devoir filial. Il plongea ses yeux graves et pénétrants, toujours un peu farouches, dans ceux de Charlotte et elle comprit qu'elle ne le ferait pas changer d'idée. Elle aurait aimé le rassurer sur son état de santé, le libérer de ce fardeau trop lourd pour ses quinze ans, mais elle n'en avait plus la force.

— Il ne faut pas en vouloir à François, murmura-t-elle à l'oreille de son fils.

Joshua recula sur sa chaise, abandonnant les mains de sa mère. Comment avait-elle pu percevoir la colère qui l'habitait ? Il baissa la tête, honteux.

— C'est un gentil garçon, reprit Charlotte, d'une grande générosité. Il ne fera jamais rien pour te nuire. Tu peux me croire. Il mérite ta confiance.

— Je sais…, marmonna le jeune homme.

— Isabelle l'aime beaucoup. Il est très important pour elle. Mais l'affection qu'elle porte à François ne fera jamais ombrage à l'attachement qu'elle ressent pour toi. N'en doute pas. Ta sœur t'adore.

— Ce n'est pas ma sœur!

Ces paroles insensées résonnèrent dans la pièce, aussi brutales qu'un coup de feu. Elles trahissaient la pensée profonde de Joshua en laissant en suspens un millier d'allusions malveillantes. Or, la seule vérité qu'elles auraient dû révéler s'effritait au contact de ces mots rugueux, inappropriés.

Aussi estomaqué que sa mère par cette sortie étonnante et imprévisible, Joshua secoua la tête. Non, non! Il n'avait jamais voulu dire une telle chose! En furie contre sa propre bêtise, il se leva d'un bond pour évacuer le trop-plein de honte qui l'envahissait. Ce faisant, il surprit Isabelle qui le fixait, le visage blafard, l'air égaré, comme si son monde s'écroulait. Elle était revenue sans faire de bruit, comme à son habitude, et avait surpris leur conversation.

— Ce n'est pas ce que je voulais dire! s'écria Joshua. Laisse-moi t'expliquer.

Isabelle n'entendait plus rien. Elle se rua à l'extérieur et courut se blottir dans les bras de François qui, sans rien comprendre à son désarroi, la serra contre sa poitrine en attendant que le chagrin s'estompe.

Pendant ce temps, Joshua revenait près de sa mère, réclamant son soutien.

– Je comprends ce que tu as voulu exprimer, lui dit-elle. Tu aimes Isabelle, mais ce n'est pas ta sœur. Tu peux donc l'aimer de plusieurs façons, n'est-ce pas? Et parfois, tu ne l'aimes plus comme une sœur, mais autrement…

Joshua hocha la tête, soulagé.

– Tu vas le lui expliquer, n'est-ce pas? la supplia-t-il. Je ne veux pas qu'elle me déteste.

– Isabelle est incapable de te détester. Je n'aurai pas besoin de lui parler. Je suis certaine qu'elle a déjà saisi le vrai sens de tes paroles.

Charlotte se rappelait la détresse d'Isabelle lorsqu'elle avait cru que Joshua était amoureux de Jane Thomson, qu'il côtoyait chaque jour à la fabrique de laine. À cette époque, les rôles étaient inversés. Une jalousie qu'elle ne savait pas encore nommer dévorait alors la fillette. Aujourd'hui, Joshua craignait à son tour d'être remplacé dans le cœur de sa sœur adoptive. Les turbulences qui secouaient trop souvent la vie affective de ces jeunes gens semaient la perplexité chez Charlotte. D'où leur venaient donc ce désir d'exclusivité et cette sensation d'être dépossédé chaque fois que l'autre feignait l'éloignement?

*

Plus tard, en raccompagnant son fils à la diligence, Charlotte eut une longue et importante conversation avec lui. Elle lui rappela surtout qu'il ne devait pas avoir peur de ses sentiments.

– Efforce-toi plutôt de bien les identifier et ne te laisse pas dominer par eux. Ils ne sont pas toujours de bon conseil.

Joshua écoutait avec respect, heureux d'être compris et aimé, mais à vrai dire les mots lui importaient peu. L'élocution lente de Charlotte retenait davantage son attention. Elle exprimait une si profonde lassitude qu'une fois de plus il se taxa d'égoïsme. Plutôt que d'épauler sa mère, il avait ajouté à ses préoccupations. Plutôt que de l'écouter, il s'était vidé le cœur. En la voyant reprendre la route en direction de la maison, avec la fidèle Shadow qui tirait la charrette d'un pas nonchalant, il eut l'impression affolante d'assister à une marche funèbre. Sa mère n'avait que trente et un ans, mais elle en paraissait davantage avec ses cheveux blancs, aussi fins qu'une toile d'araignée, et ses yeux fatigués, parsemés de filaments rosés. Seul son sourire, à la fois narquois, éclatant et charmeur, la ramenait à sa jeunesse envolée. Quand elle souriait, Charlotte Brown redevenait une gamine pleine de vie et d'inventivité, une fillette débordante d'entrain. Elle redevenait Charlotte Martin, petite-fille chérie de Rachel Martin.

La diligence se mit en marche. Joshua ressentit alors une envie folle d'amener un sourire sur les lèvres de sa mère. Plusieurs sourires, sans fin, impérissables. Il se consacrerait dorénavant à cette mission, et rien ni personne ne pourrait l'en détourner.

*

De retour à la maison, trop fatiguée pour entreprendre quoi que ce soit et trop lasse pour consoler sa fille, Charlotte décida de s'étendre un moment. Les états d'âme d'Isabelle devraient attendre. « De toute façon, se dit-elle pour libérer sa conscience, elle doit s'être réfugiée auprès de François. Il saura la réconforter. »

Elle ne se trompait pas.

Dès le départ de sa mère, Isabelle avait en effet trouvé auprès de son confident une oreille attentive et compatissante. Par ailleurs, après avoir satisfait son besoin de s'épancher, elle avait profité de l'occasion pour discuter d'un projet qui lui tenait à cœur.

Sa corvée terminée, Tom les avait rejoints et ils avaient conçu ensemble un plan susceptible de redonner le moral à Charlotte. Ils nourrissaient la même inquiétude à son sujet. Jusque-là, ils s'en étaient toujours remis à elle et la tisserande ne leur avait jamais fait défaut. Or, depuis quelque temps, ils ne la reconnaissaient plus.

Le teint hâve de sa mère alarmait Tom, qui se rappelait trop bien la mort de son père. Sans savoir d'où lui venait cette conviction, le jeune Métis persistait à croire que sa présence à Sherbrooke avait déclenché une série de désastres. L'envie de fuir, d'éloigner cette malédiction qui s'était abattue sur son foyer, devenait parfois si impérieuse qu'il se mettait alors en route et longeait la rivière sur une bonne distance pour revenir ensuite à son point de départ, la destination finale lui échappant sans cesse. Parfois, quand il fixait les flots, il revoyait l'horreur dans les yeux de sa mère lorsqu'elle l'avait aperçu au chevet d'Atoan. Elle avait eu peur de lui et il s'était senti responsable du malheur qui les accablait. De tout son être silencieux, Charlotte l'avait accusé d'avoir provoqué la mort de l'homme qu'elle aimait. C'est du moins ce qu'il avait perçu. Le souvenir de cet instant demeurait confus dans l'esprit du garçon – il était si jeune à l'époque –, mais son âme sensible ne pouvait effacer ces quelques secondes pendant lesquelles sa douleur avait été décuplée par les reproches muets de sa mère. De plus en plus souvent, ces images surgissaient de sa mémoire et le désarçonnaient.

Aussi impuissante que son frère, et également désemparée, Isabelle assistait elle aussi au dépérissement de sa mère adoptive. L'adolescente avait tout perdu déjà, plusieurs années auparavant, et s'était reconstruite. Mais aujourd'hui, elle paniquait à l'idée de redevenir orpheline. Elle ne fournissait plus à la tâche, ni à l'atelier ni dans la maison. Son manque d'expérience et ses modestes talents de tisserande freinaient ses ambitions. Sa bonne volonté ne suffisait plus. En outre, elle ne démontrait aucune aptitude pour négocier avec les clients ou pour les faire patienter. Son monde partait à la dérive. Elle réclamait de l'aide.

Quant à François, qui n'avait pas été payé depuis un mois, il voyait venir la saison de la tonte avec de fortes appréhensions. Il n'y arriverait pas seul et personne n'accepterait d'effectuer une tâche aussi rude et épuisante sans rémunération.

— Ça presse! avait insisté Isabelle. Maman a besoin de nous, les moutons aussi. Il faut réfléchir à un moyen de s'en sortir.

— Tu as pensé à quelque chose? avait demandé Tom.

— Oui. Si vous acceptez de participer, ça devrait marcher.

Ses compagnons ne s'étaient pas fait prier.

— On t'écoute, avait déclaré François, heureux de la voir prendre des initiatives.

Isabelle reprenait goût à la vie et à ses combats. Son attitude énergique le réjouissait. Ensemble, ils sauveraient la ferme.

*

Une semaine plus tard, les bénévoles arrivèrent tous ensemble ou à peu près.

Ce que les trois complices avaient accompli tenait du miracle. Personne n'avait été difficile à convaincre, certes, mais réunir tant de monde en même temps avait exigé beaucoup de déplacements et de négociations secrètes. En apprenant dans quelle situation précaire se trouvait Charlotte, et les effets néfastes de ce climat d'insécurité sur sa santé chancelante, ses vieilles connaissances avaient fait des pieds et des mains pour se rendre disponibles.

Olive Burchard avait recruté une personne fiable pour s'occuper de ses propres enfants et de sa maisonnée. Elle disposait donc de trois jours complets pour donner un coup de main. Trop occupé pour participer en personne à cette corvée d'entraide, son cordonnier de mari avait offert une paire de bottes de sa confection qui garderait sa propriétaire au chaud. Olive les présenta à son amie avec un bonheur manifeste.

Éberluée, Charlotte ne comprenait rien à ce qui se passait. Des hommes et des femmes aux visages familiers et chaleureux s'entassaient dans sa cuisine et parlaient d'abondance. Il régnait une atmosphère de fête, mais elle ignorait de quelle fête il s'agissait. Avait-elle oublié un anniversaire ?

Madame Willard fut la première à constater sa stupéfaction. Elle la prit par la taille et la força à s'asseoir.

– On arrive sans prévenir, s'excusa-t-elle. Je comprends que tu sois un peu confuse. On le serait à moins.

Tous se turent, conscients que leur amie réclamait une explication.

Le grand Mulvena prit la parole.

– Ma très chère Charlotte, dit-il sur un ton solennel qui tranchait avec son habituelle bonhomie. Le printemps nous donne des fourmis dans les jambes et nous avons décidé de venir te donner un coup de pouce, histoire de bien accueillir cette nouvelle saison. Tu as rencontré quelques difficultés ces derniers temps. Personne, on le sait, n'est à l'abri de ce genre d'ennuis. Donc, pour te permettre de repartir du bon pied, nous allons te consacrer une semaine entière et t'aider, chacun à notre façon. En espérant que tu ne nous trouveras pas trop envahissants. En tout cas, nous pensons rester jusqu'à ce que tu nous jettes dehors.

Au grand soulagement de ses amis, l'orateur avait retrouvé son sens de l'humour. Son discours se terminait sur une note joyeuse qui provoqua l'hilarité générale, sauf chez la principale intéressée.

Charlotte pleurait en silence, trop émue pour dire quoi que ce soit. Une fatigue immense, qu'elle avait tenté de dissimuler jusque-là, la submergeait avec une force inouïe. La bonté et la générosité de ces gens lui permettaient enfin de se laisser aller. Elle les aimait trop, leur vouait une trop grande estime pour leur cacher la vérité. Elle était épuisée et ne désirait plus le nier.

Madame Willard l'aida à se lever et la soutint jusqu'à sa chambre, où elle lui ordonna de s'allonger.

– Reste là, ma belle fille. Repose-toi. Nous nous occupons du reste. J'ai apporté ce qu'il faut pour te remonter, une bonne décoction qui te fera un bien immense. Tu vas voir, je vais m'occuper de toi. Dans quelques jours, tu seras sur pied.

Charlotte ferma les yeux et s'abandonna totalement.

Les jours suivants, elle suivit d'un œil le déroulement des opérations sans se mêler de près ou de loin à l'organisation des activités, en ne pensant qu'à sa petite personne. Elle se permit d'être égoïste et consacra tout son temps, tous ses efforts, toutes ses pensées, à guérir. Elle entendait les appels des uns et des autres, les éclats de rire, les soupirs de satisfaction, les jurons inoffensifs. Un mouvement incessant se créait autour d'elle, en dehors d'elle, mais cette turbulence la traversait sans la toucher, la revivifiait sans qu'elle y prenne part. Elle ne voyait que son corps en pleine renaissance; n'entendait que les battements de son cœur; absorbait la chaleur des couvertures sur ses membres engourdis. Pourtant, son esprit enregistrait ce qui se passait autour d'elle, aussi bien dans l'atelier que dans la bergerie.

– J'aurais besoin d'un bac d'eau chaude! lançait une voix.

– Pourrais-tu aller au grenier me chercher un écheveau de laine bleue? demandait une autre.

– Le dîner sera prêt dans une heure! Avise tout le monde.

– Je vais passer chez moi chercher un outil pour réparer la fenêtre. Je reviens le plus vite possible.

– On commencera la tonte demain, très tôt. J'aurais besoin de deux hommes.

Aux voix se mêlait parfois le son d'un harmonica. «Tiens, Rufus est là», se disait Charlotte, avant de se rendormir.

Pendant son sommeil, Tylar Moore fit livrer un plein panier de victuailles auxquelles le boulanger Loomis avait ajouté trois belles miches odorantes. Monsieur Beckett vint en personne décharger un tas de briques tout droit sorties de sa briqueterie. Il déposa ensuite sur la table de la cuisine un bon montant d'argent offert par mesdames Elkins et Felton.

Ces personnes ne furent d'ailleurs pas les seules à manifester leur générosité. Monsieur Terrill se présenta un matin avec deux brebis. Mise dans le secret, sa fille lui avait glissé un mot au sujet des problèmes récents de Charlotte, sans trop donner de détails.

– Ça ne remplacera pas celles qui sont mortes, ronchonna le cultivateur, mais son cheptel sera un peu moins dégarni.

Joseph Gagnon, un ébéniste ami de François, effectua quelques réparations dans la maison. Puis surgirent comme des feux follets les deux meilleures copines d'Isabelle, Fanny et Astrid Ryan, des jumelles irlandaises pétillantes de joie, installées depuis un an à Sherbrooke avec leur père joaillier. Elles se joignirent aux tisserandes plus expérimentées qui s'activaient sans relâche sous les ordres de Mary, telles des fourmis dans leur fourmilière.

Au bout d'une semaine de cette agitation bien orchestrée, les résultats se révélèrent étonnants.

– Quel bonheur de vous voir aller! J'en suis tout chaviré.

Alerté par madame Willard avec qui il collaborait volontiers, le docteur Martin avait fait un saut à la ferme. Il fut ébahi par le climat de solidarité qui entourait la famille de Charlotte. Il ne put s'attarder, d'autres malades le réclamaient, mais il repartit après avoir rassuré les proches de sa patiente. Avec du repos, Charlotte s'en sortirait.

D'ailleurs, le temps était à peu près venu pour chacun de vaquer à ses occupations régulières. Le diagnostic encourageant du médecin sonna, en quelque sorte, la fin de la corvée collective.

*

Un matin, plus personne ne se présenta à la petite maison du bout du rang. Les âmes charitables étaient retournées à la routine du quotidien. Troublant et encore plein de ces journées de turbulence joyeuse, le silence frappa Charlotte dès son réveil. Il agit sur sa raison comme un coup de semonce, aussi puissant que l'appel du clairon. Elle aussi devait reprendre le cours de sa vie.

Dans la cuisine, un spectacle touchant l'attendait.

Isabelle et Tom encadraient François Caron qui les dépassait d'une tête. Tous les trois se tenaient par la taille et regardaient à l'extérieur. On aurait dit qu'ils contemplaient l'avenir. Charlotte les observa avec ravissement, émue par cette scène paisible, d'une bienheureuse plénitude.

Puis une vérité lui apparut d'un coup, avec une limpidité qui lui coupa le souffle.

François Caron, ce garçon d'une beauté envoûtante, représentait l'antidote tant souhaité à la malédiction. Depuis qu'il habitait sous son toit, les sortilèges malfaisants avaient été déjoués. Puis il avait suffi qu'il s'absente pendant quelque temps pour que les malheurs s'accumulent. Dès son retour, toutefois, le mauvais sort avait reculé. Sa seule présence avait conjuré la menace. Ce jeune homme possédait lui aussi un pouvoir particulier; cependant, il avait été touché par la grâce plutôt que par le maléfice.

François leva sa main droite et la déposa sur l'épaule de Tom. Tremblante d'émotion, Charlotte ne put détacher son regard de ces longs doigts puissants, d'une symétrie parfaite. Son fils avait trouvé un allié, un protecteur. Tant que François resterait auprès de lui, il échapperait à la malédiction. Cela était donc possible... Il existait réellement des êtres susceptibles de contrer le mauvais sort, des personnalités assez fortes pour vaincre la fatalité. Si François possédait ce pouvoir, il n'était sûrement pas le seul.

12

Mai 1834

À Stanstead, Joshua, assis sur le bout de sa paillasse, relisait pour la trentième fois au moins le mot qu'Isabelle lui avait fait parvenir. La dernière phrase, surtout, lui trottait dans la tête, tournant en boucle comme une rengaine lancinante : « Ce serait bien que tu sois là, toi aussi… »

Le pli était arrivé la veille, une semaine trop tard. La réunion d'entraide organisée par sa sœur et son frère avait eu lieu quelques jours plus tôt. « Ce serait bien que tu sois là, toi aussi… »

L'apprenti aurait voulu partir sur-le-champ. La seule idée de ce rassemblement d'amis et de complices autour de sa mère malade le remplissait d'amertume. Il ne se pardonnait pas son absence. Lui, le fils aîné, aurait dû être présent. Plus que cela : il lui revenait de diriger les opérations. « Ce serait bien que tu sois là, toi aussi… »

En furie, humilié, rongé par la culpabilité, Joshua serra les poings en quête d'un endroit où frapper. Ne trouvant aucun exutoire digne de sa colère, il balaya le dessus de la table d'une main rageuse. Gobelets et écuelles furent projetés contre le mur et atterrirent au sol avec fracas.

– Qu'est-ce qui se passe? pesta son voisin de chambre à travers le mur aussi mince que du carton. Tu t'es blessé? Ça va?

– Ce n'est rien! cria Joshua, obligé de se ressaisir rapidement. Rendors-toi!

Quand il entendit des ronflements, il retira de sous son lit, sans faire de bruit, une boîte de fer-blanc dans laquelle il cachait son argent. Pour être bien certain de ne pas se tromper, il compta les pièces plusieurs fois et soupira de soulagement. Il en avait assez pour payer la diligence.

*

Dès le lendemain matin, Joshua se pointa au bureau de Stephen Reed. Juste avant de cogner, il entendit une voix qui vociférait des insultes et reconnut sans peine les envolées à l'emporte-pièce de Silas Dickerson. Le journaliste courait après son souffle, contrairement à Stephen Reed qui gardait son calme et s'exprimait sur un ton compatissant.

Déçu, l'apprenti recula d'un pas. Sa requête devrait à coup sûr attendre un moment plus propice. Son patron avait d'autres chats à fouetter. Cet esclandre confirmait par ailleurs les rumeurs qui circulaient depuis quelques jours. Criblé de dettes, Silas Dickerson ne savait plus vers qui se tourner pour se sortir du pétrin. Son journal paraissait encore grâce à la participation bénévole de ses fidèles partisans, mais chaque publication l'enfonçait davantage. Les frères Reed étant ses principaux créanciers, il tentait une dernière fois, avec l'énergie du désespoir, de plaider sa cause et de repousser l'échéance. S'il échouait, son matériel risquait d'être saisi. Le *British Colonist*, l'œuvre de sa vie et principal organe de propagation des idées réformistes dans la région, disparaîtrait alors, laissant un vide que les tories s'empresseraient de combler avec une immense jubilation.

«Comment cela va-t-il finir?» se demanda Joshua en retournant auprès de ses collègues. Il avait le cœur gros. D'une certaine façon, l'infortune du journaliste l'attristait. Puis il pensa aux siens et en conçut de nouveau un cruel accablement.

Le reste de la journée, il demeura à l'affût, surveillant les allées et venues de son patron afin de l'aborder dès que l'occasion se présenterait. Mais Stephen Reed, contrairement à son habitude, s'éclipsa sans venir saluer ses employés.

Ce soir-là, Joshua se coucha en trépignant de colère et d'impatience. Il mit des heures à trouver le sommeil.

*

Il lui fallut patienter encore trois jours avant de pouvoir discuter avec monsieur Reed. Malgré ses préoccupations, le papetier lui prêta une oreille attentive et bienveillante. Toutefois, sa réponse jeta Joshua dans un complet désarroi.

– Je suis désolé, mon gars. Je ne peux pas t'accorder ce que tu me demandes. J'ai besoin de toi ici. Tu as déjà profité d'un congé, il n'y a pas très longtemps, et une nouvelle absence nous mettrait dans l'embarras. Je n'ai pas d'autre puiseur sous la main qui pourrait te remplacer.

– Je ne m'absenterais pas plus de deux semaines, trois au maximum, insista Joshua, le temps que ma mère se remette complètement.

– Il me faudrait un mois pour former quelqu'un. N'y pense pas. Je peux t'accorder trois jours, pas un de plus. Je comprends que tu t'inquiètes pour ta famille, mais ton travail doit passer avant le reste.

Joshua ne souscrivait pas à cette dernière affirmation. Il lui semblait, au contraire, que le sort des siens importait davantage que son apprentissage. Il n'avait pas toujours pensé ainsi, cependant. Plus jeune, il croyait ne rien devoir à personne. C'est seulement lors de son séjour au Vermont, loin de sa famille, qu'il avait pris l'exacte mesure de sa solitude. À son retour, en revoyant Isabelle, il avait constaté tout l'ennui ressenti pendant ces années d'exil. Depuis, le désir du clan, d'un foyer où goûter la quiétude d'esprit, le tenaillait. «Est-ce cela devenir un homme?» se demandait-il parfois, étonné par ce sentiment étrange, difficile à cerner, qui s'emparait de lui.

– Je partirai demain matin, annonça-t-il à monsieur Reed en cachant sa déception.

– D'accord. Je t'attends dans quatre jours et je n'accepterai pas le moindre retard. Je compte sur toi.

Joshua quitta le cagibi qui servait de bureau à son patron avec la sensation désagréable d'être pris au piège.

– Tu nous accompagnes à la taverne? lui demanda un de ses collègues.

– Pas ce soir… Je pars demain pour Sherbrooke et je dois me préparer.

– Tu ne peux pas nous laisser tomber, insista l'autre. On prépare une surprise pour souligner l'anniversaire du *layer*.

Joshua ne connaissait pas beaucoup cet ouvrier dont la tâche consistait à détacher les feutres trempés entre les feuilles de papier pour les remplacer par des feutres secs. Cet homme taciturne se mêlait peu aux autres.

– Je ne sais pas…

Ses compagnons n'acceptèrent aucune excuse. Ils s'acharnèrent avec une opiniâtreté à laquelle Joshua ne put résister. Il les suivit donc, un peu à contrecœur, mais flatté qu'ils l'associent aux festivités.

Une heure plus tard, le *layer* pénétra dans la taverne où il avait ses habitudes. Il fut tellement surpris d'apercevoir ses collègues qui lui faisaient de grands signes qu'il se figea net. Les autres durent venir le chercher et le pousser jusqu'à la table, où la bière coulait à flots.

À la fin de cette réunion festive et bien arrosée, les ouvriers du moulin à papier se trouvaient dans un état d'ébriété assez avancé. Joshua autant que les autres. Sans être ivre au point d'avoir oublié son nom et son adresse, il retomba néanmoins sur sa chaise dès qu'il tenta de se lever.

– Il faut que j'aille dormir, marmonna-t-il, la bouche pâteuse. Je dois partir très tôt demain.

Personne ne s'opposa à sa décision. À vrai dire, aucun de ses camarades ne prêta attention à ses propos. Le jeune homme fit donc une nouvelle tentative, couronnée de succès cette fois, et tituba vers la sortie.

En ce début de soirée, plusieurs personnes déambulaient dans les rues, savourant le temps doux. De délicieuses odeurs printanières parfumaient l'air et personne n'avait envie de s'enfermer entre quatre murs. Devant l'auberge, Joshua aperçut un vendeur ambulant. Chauve et bedonnant, mais le teint frais comme une rose, l'homme avait monté son étal à l'endroit le plus achalandé de la ville. Il proposait ses produits aux promeneurs en les alléchant avec des sucreries, une fleur ou un bijou.

— Pour votre belle! clamait-il avec une attitude débonnaire qui incitait les gens à s'arrêter.

Curieux, Joshua s'approcha de l'étal. Le marchand itinérant s'occupait d'autres clients. Il put donc jeter un coup d'œil sans être dérangé. À travers les articles disparates, allant du peigne au remède pour la toux, il découvrit une paire de lunettes. Aussitôt, il songea à sa mère. «Ça pourrait l'aider», se dit-il, soudain très désireux de lui offrir ce cadeau. Il voyait là une bonne façon de s'excuser pour son absence.

— Vous les vendez combien? demanda-t-il au marchand, dès que celui-ci se tourna vers lui.

L'homme hésita. Il jaugeait son client en tentant de deviner quelle somme ce jeunot accepterait de débourser. Jusqu'à la dernière seconde, Joshua espéra que le prix conviendrait à sa maigre bourse, mais lorsque le bonhomme lui déclara enfin le montant exigé, il crut que l'alcool lui embrouillait l'esprit.

— Vous vous moquez de moi! protesta-t-il.

— Écoute-moi bien, mon jeune. Je ne vends pas de la pacotille. Je me suis procuré ces lunettes à Montréal, et la personne qui les achètera ne le regrettera pas. Sa vie en sera transformée.

Le marchand exagérait, bien sûr, mais Joshua imaginait déjà le bonheur de sa mère s'il lui offrait la possibilité de mieux voir.

— Je n'ai pas l'argent sur moi, mais je l'aurai demain, expliqua Joshua. Vous trouverai-je au même endroit?

— Je pars à la première heure pour le Vermont.

— D'accord. Je vous verrai avant votre départ, sans faute. Vous pouvez mettre ces lunettes de côté.

Joshua s'éloigna aussi rapidement que ses jambes ramollies le lui permettaient. Son cerveau embrumé par l'alcool ne pouvait combattre une obsession pesante et incontrôlable qui obscurcissait son jugement. «Je dois apporter ces lunettes à ma mère.» Cette phrase s'imposait, impérieuse, incontournable. Les gens qu'il croisait la murmuraient sans cesse, avec des voix différentes, mais sans en changer un seul mot. Il l'entendait dans le grincement des roues, dans les aboiements d'un chien, dans les cris rauques du corbeau, jusque dans le rire des enfants. «Je dois apporter ces lunettes à ma mère.» Il aurait pu ajouter: «pour me faire pardonner», mais cet aveu de culpabilité ne franchit pas la barrière de ses pensées.

Après avoir mis une distance raisonnable entre lui et le marchand, le jeune homme se rencogna dans une ruelle étroite, un raccourci peu fréquenté. De cet endroit, il pouvait observer l'étal du vendeur sans être vu. Au bout d'un moment, incapable de se tenir debout plus longtemps, il s'accroupit. Il n'aurait su dire pourquoi il restait là. Ses intentions véritables lui échappaient. Il attendait, sans plus, convaincu qu'un événement fortuit lui permettrait d'accéder à son rêve.

Au fil des minutes, sa raison étourdie par l'alcool s'engourdit jusqu'à perdre la notion de l'espace et du temps. Il ferma les yeux et s'assoupit.

Il revint à lui au cœur d'une nuit obscure. Étonné de se réveiller dans ce lieu insolite, il mit quelques secondes à se rappeler pourquoi il avait dormi à la belle étoile, dans une position aussi inconfortable. Il se redressa en geignant. Une douleur aiguë lui frappait les tempes. Après avoir délié avec précaution ses muscles ankylosés, il sortit de sa tanière. Éclairée par un rayon de lune, la roulotte du vendeur ambulant se dressait devant lui, de l'autre côté de la rue. Aussitôt, la mémoire lui revint, crue et sans nuances : les lunettes, sa mère, l'urgence. Il jeta sur le véhicule un coup d'œil plein de convoitise et se mit en marche avec ce qui lui restait d'équilibre.

En scrutant les alentours, il s'approcha de la roulotte. Il était seul. Seul dans la rue, seul avec la tentation. La porte n'était pas verrouillée. Pas un instant, le voleur inexpérimenté ne songea à la possibilité que le marchand soit à l'intérieur. Il poussa les battants en grimaçant à chaque craquement.

La marchandise avait été rangée avec soin, chaque chose à sa place.

Joshua ne mit que quelques secondes à repérer les lunettes. Il s'en empara et vida les lieux à la hâte, mais sans courir, pour ne pas attirer l'attention d'un éventuel passant.

Il s'endormit aussitôt allongé dans son lit, trop épuisé pour réfléchir au délit qu'il venait de commettre, mais en caressant l'espoir diffus que cette mauvaise action, partie d'une bonne intention, serait pardonnée et oubliée le lendemain.

*

Au bout de la longue route qui le ramena chez lui le jour suivant, le regard émerveillé de sa mère lorsqu'elle chaussa les lunettes rondes cerclées de métal libéra Joshua de ses remords de conscience.

Prise de frénésie, Charlotte se déplaçait d'un bout à l'autre de la pièce, examinant une dentelle qu'elle semblait voir pour la première fois, lisant les titres d'un vieux journal qu'elle avait renoncé à déchiffrer. Elle redécouvrait son univers. Les plus petits détails lui apparaissaient sous un jour nouveau.

Suivie par la maisonnée au complet, elle courut jusqu'à l'atelier, où elle n'eut aucune difficulté à tricoter une laine très fine.

— Sans les lunettes, expliqua-t-elle, rouge de plaisir, je sautais toujours des mailles. C'est extraordinaire! Je vois beaucoup mieux qu'avant! Merci, mon grand. Quel merveilleux cadeau!

Joshua haussa les épaules.

— Ce n'est rien, marmonna-t-il, à la fois gêné et ravi par la joie de sa mère, et assurément très fier de son coup.

Il avait risqué gros, mais ça en valait la peine.

— Ces lunettes doivent coûter une fortune. Tu ne t'es pas ruiné, j'espère? s'inquiéta Charlotte.

— Bof! J'ai gagné des petits à-côtés ici et là pendant mes jours de congé, mentit Joshua en se dirigeant vers la sortie pour échapper aux questions embarrassantes de sa mère.

J'ai faim! clama-t-il. Si on allait manger... Je suis sûr qu'Isabelle nous a mijoté quelque chose de bon.

Il se tourna vers sa sœur, mais celle-ci ne le remercia pas du compliment. Depuis son arrivée, un froid persistait entre eux. Isabelle ne lui avait pas pardonné son absence à la corvée collective. À moins qu'elle n'ait encore sur le cœur les paroles fâcheuses et ambiguës qui s'étaient échappées de sa bouche à sa dernière visite. «J'espère que maman lui a expliqué ce que je voulais dire», pensa-t-il, encore navré d'avoir été si bête en criant sans plus d'explications qu'Isabelle n'était pas sa sœur.

La jeune fille se tenait auprès de François Caron, qu'elle ne lâchait pas d'une semelle. S'il avait eu une baguette magique, Joshua aurait fait disparaître cet adonis, dont la beauté troublante illuminait la pièce et dont la seule présence l'exaspérait. Il avait toujours l'impression que l'homme engagé de sa mère se moquait de lui. Devant Isabelle et son complice, il devenait un étranger dans la maison de son enfance. Il ne se sentait pas le bienvenu chez lui.

Par contre, Tom tournait autour de son grand frère comme un papillon autour d'un réverbère. Impatient, il tira sur la manche de Joshua en lui lançant un ordre.

— Suis-moi! J'ai quelque chose à te montrer.

— Où ça?

Tom l'entraîna à l'écart et scruta les environs pour être bien sûr que personne ne l'entendrait.

— Dans le bois de sapinage.

L'air mystérieux de son cadet intrigua Joshua. Il lui emboîta donc le pas avec plaisir, ravi de s'éloigner d'Isabelle et de François.

Tom le guida sur un sentier connu de lui seul, à peine assez large pour laisser passer une personne. Au bout de leur escapade, il lui désigna une tanière, creusée dans les résidus d'un tronc d'arbre. Au fond gigotaient trois bébés renards. Tom en prit un par le collet pour le montrer à son frère.

— Tu n'as pas peur que la mère te surprenne et qu'elle t'attaque ?

Le Métis rejeta cette éventualité d'un geste de la main.

— Les animaux ne m'attaquent jamais...

Prononcée d'une manière détachée, cette simple phrase exprimait pourtant son lot d'émotions et de certitudes. Troublé, Joshua questionna son frère sur le chemin du retour.

— J'ai cru comprendre que tu n'étais pas allé à l'école de monsieur Miner en fin de compte ?

— Non... Ça ne me disait pas grand-chose...

— Pourquoi donc ? Au début, tu avais aimé l'idée.

— Oui, c'est vrai. Mais après y avoir repensé, j'ai préféré ne pas y aller.

— Tu avais peur que ça recommence ?

Joshua n'avait pas besoin de préciser davantage. Son frère devinait à quoi il faisait allusion. Le passage de Tom à l'école du village n'avait pas toujours été facile. Pendant un certain temps, on lui avait fait des misères qu'il n'avait pas oubliées.

Le garçon émit un ronchonnement en guise de réponse. Puis ils continuèrent leur route en silence. Ils étaient en vue de la maison lorsque Tom murmura :

— J'aime mieux être dans les bois...

– Bien sûr! Et tourmenter de pauvres renardeaux sans défense!

Tom se montra offusqué par la remarque de son frère. Jamais il ne ferait du mal à ces mignonnes créatures. Il voulut rétorquer, mais Joshua interrompit son élan.

– Je me moque de toi, imbécile!

Ils rentrèrent chez eux en se bousculant et en s'invectivant, uniquement pour le plaisir immense de se savoir aimés.

13

Juin 1834

De retour à Stanstead, Joshua prit quelques jours pour bien mûrir sa décision. À vrai dire, la conversation qu'il prévoyait avoir avec monsieur Reed l'angoissait. Interrompre son apprentissage après seulement cinq mois le décevait, et annoncer la navrante nouvelle à son patron l'humiliait. Que penserait-on de lui ? Comment réagiraient ses camarades ? Verrait-on son départ comme une désertion ? De quelque côté qu'il se tournât, il avait le sentiment d'avoir trahi quelqu'un : son premier employeur à la fabrique de laine de Sherbrooke, ses patrons du Vermont, sa famille, les Reed, Isabelle... Lui témoignant une entière confiance, ces gens lui avaient offert des chances extraordinaires. Ils comptaient sur lui et il les avait abandonnés en cours de route, ne se rendant jamais au bout de ses projets.

« J'ai de bien bonnes raisons ; ce n'est pas toujours ma faute. » Il avait beau inventer des excuses, son manque de persévérance demeurait impardonnable à ses yeux. Certains matins, il se levait avec la ferme intention de poursuivre son apprentissage, quoi qu'il arrive. Pourtant, seul dans son lit le soir, il n'arrivait pas à ordonner les idées vagabondes qui le poussaient à partir. Puis des images de sa famille le touchaient en plein cœur. Sa mère avait besoin de lui, même si elle ne l'avouerait jamais. Un jour, Tom reprendrait sa route, il s'éloignerait, trop loin peut-être, et il ne le reverrait plus. Isabelle l'oubliait un peu plus chaque jour. Elle se noyait dans les charmants battements de paupières de François Caron. S'il tardait trop, il ne réussirait plus à la ramener vers lui. Il devait se rendre à Sherbrooke le plus tôt possible.

– Ça ne va pas, toi...

Monsieur Maguire, l'ouvrier le plus âgé et le plus expérimenté du moulin, observait l'apprenti depuis un certain temps. Il s'était attaché au jeune homme, et son air défait ne lui avait pas échappé.

– Accompagne-moi, dit-il sur un ton autoritaire. Je t'emmène manger à l'auberge et c'est moi qui paye.

Joshua allait refuser poliment l'invitation, mais Maguire lui enleva des mains le cadre qu'il s'apprêtait à plonger dans la cuve et le prit par les épaules.

– Que je ne t'entende pas me dire non! C'est l'heure du lunch et tu la passeras avec moi, que ça te chante ou non.

Il y avait de l'humour dans ses yeux, derrière son air sévère. Cinq minutes plus tard, Joshua le suivait sans protester.

*

Nageant en pleine confusion, l'apprenti ne tarda pas à se confier. Exprimer à haute voix les doutes qui le tourmentaient le soulagea un peu. Au fur et à mesure qu'il

parlait, parfois sans trop de cohérence, sa colère s'atté-
nuait, sa honte se dissipait.

Son vieux mentor l'écoutait sans jamais l'interrompre,
sauf pour l'encourager à continuer quand le silence menaçait de s'installer. Très souvent, ils avaient eu de longues
et intéressantes conversations, la plupart du temps au
sujet du travail ou de la vie en général, mais jamais ils ne
s'étaient ainsi hasardés dans le domaine de l'intime.

— Je n'aurais pas dû t'ennuyer avec ça, s'excusa Joshua
après avoir exposé ses préoccupations. Tu ne m'inviteras
plus jamais.

Maguire feignit d'être d'accord, mais son air moqueur
démentait tout le reste.

— Me permets-tu une remarque ? demanda-t-il.

— Deux, si tu veux ! lui répondit Joshua, incapable de
deviner si son interlocuteur plaisantait.

— Si je me fie à ton récit, on dirait que tu es malheureux
chaque fois que tu t'éloignes de ta famille. Tu essaies, mais
ça ne fonctionne jamais. J'en conclus que tu souhaiterais
être un autre, mais ta nature profonde te ramène toujours
à l'ordre.

Les paroles de l'ouvrier ébranlèrent Joshua. Il n'avait
jamais examiné la situation sous cet angle.

Les deux compagnons avalèrent leur dessert en silence.
L'essentiel avait été dit.

*

Quand Joshua, tendu comme un ressort sur le point
de se rompre, lui annonça qu'il désirait abandonner son
apprentissage, Stephen Reed, bien que déçu, fit preuve

de compréhension et d'empathie. Il aurait pu obliger son apprenti à respecter son contrat – il aurait été dans son droit –, mais il n'avait jamais gardé personne contre son gré. Joshua s'était inquiété pour rien.

– Si tu nous avais quittés pour des raisons professionnelles, lui dit le papetier, j'aurais eu du mal à comprendre et à te pardonner. Mais puisque tu ressens le besoin de te rapprocher de ta famille, j'approuve ta décision. Depuis notre dernière conversation, je me doutais bien que tu couvais quelque chose. J'aurais préféré te garder, mais je ne te sentais plus aussi heureux avec nous. Sache que si tu en as envie plus tard, tu seras le bienvenu au moulin. Nous aurons toujours besoin d'hommes vaillants et responsables.

Libéré d'un grand poids, Joshua remercia son patron en lui exprimant sa vive reconnaissance. Il revint ensuite auprès de ses collègues et leur apprit la nouvelle.

– Je pars dans trois semaines, leur annonça-t-il, le temps que monsieur Reed engage quelqu'un pour me remplacer.

Ses camarades le bombardèrent de questions. Quelles étaient les raisons de ce départ inopiné? Où comptait-il aller? Quelles étaient ses intentions? Reviendrait-il plus tard? Joshua ne put assouvir leur curiosité, car il ignorait presque tout de son avenir immédiat. Touché par leur intérêt, il peina néanmoins à garder une contenance virile et assurée. Il regretterait ces hommes qui l'avaient accueilli à bras ouverts. Mis à part le *layer*, qui se départissait rarement de son mutisme obstiné et de son air maussade, tous déploraient son départ et Joshua ne doutait pas de leur sincérité.

– Il va falloir qu'on organise une fête! lança Maguire, ce qui lui valut une volée d'applaudissements et détendit l'atmosphère.

Le travail reprit alors dans la bonne humeur.

*

Les semaines passèrent à la vitesse de l'éclair. Joshua dut entraîner son remplaçant, un gamin de treize ans dont c'était le premier emploi. Benjamin Gauthier montrait de la bonne volonté et une grande soif d'apprendre, mais il ne possédait pas la force herculéenne de son prédécesseur et il parlait mal anglais, ce qui créait déjà une distance entre lui et ses nouveaux collègues.

– Tu vas y arriver, l'encourageait Joshua. Il faut d'abord que tu inventes des trucs pour te faciliter la tâche en attendant de développer tes muscles.

Le dernier jour avant son départ, il confia l'apprenti aux autres travailleurs.

– Il faut l'aider comme vous m'avez aidé. Il vous fera un bon compagnon.

Les autres acquiescèrent sans trop d'enthousiasme, mais la perspective de la fête promise les ranima.

– N'oubliez pas: ce soir, en quittant le travail, leur rappela Maguire.

Joshua ne pourrait pas y échapper.

À son départ du moulin, en fin d'après-midi, il n'avait pas le cœur aux réjouissances, mais ses camarades ne lui donnèrent pas le choix. Ils l'encadrèrent et prirent la direction de l'auberge. Ils arrivaient à destination lorsque Joshua entendit une voix qui lui glaça le sang.

— Arrêtez-vous un instant, messieurs dames ! J'ai ce qu'il faut pour satisfaire vos caprices les plus fous !

Le marchand ambulant ne s'adressait à personne en particulier, mais Joshua était persuadé que son invitation ne concernait que lui. Il pressa le pas pour s'éloigner, mais Maguire eut soudain une idée qu'il s'empressa de partager avec ses camarades.

— Allons voir si ce vendeur n'aurait pas un cadeau pour notre ami. Il faudrait bien lui laisser un souvenir. Qu'en pensez-vous ?

Tous approuvèrent la proposition et Joshua dut les suivre jusqu'à l'étal du marchand. Il gardait la tête basse, terrorisé à l'idée d'être reconnu et accusé. Dans quelques secondes, son larcin serait révélé au grand jour et il serait puni. De plus, il perdrait le respect et l'estime de ses collègues, sans contredit le châtiment le plus cruel qui soit.

Poussé dans le dos par Maguire, Joshua se retrouva devant le présentoir garni d'une marchandise bigarrée. Sans lever la tête, au risque de paraître dérangé, il se mordillait les lèvres en espérant que le marchand s'occuperait d'autres clients, mais celui-ci braqua les yeux sur lui.

— Vous avez arrêté votre choix, mon petit monsieur ?

— Allez ! insistèrent ses compagnons. Nous t'offrons ce que tu voudras. De cette façon, tu ne nous oublieras pas.

Joshua faisait mine de se pencher sur chacun des objets étalés sur la table, mais à vrai dire il ne voyait rien. Il aurait bien voulu jeter rapidement son dévolu sur un article pour ensuite quitter cet endroit, mais la panique le paralysait. Les autres avaient beau lui suggérer une tasse, une écuelle, un chapeau, une hache, un collier, il n'arrivait pas à fixer son choix.

Las d'attendre, le vendeur lui présenta une montre.

— Avec ça, tu ne te trompes pas. Tu garderas ce présent ta vie entière.

— D'accord, marmonna Joshua.

— Eh! Tu as des goûts de luxe, mon bonhomme!

Ses amis se moquèrent de lui et rouspétèrent un peu, mais ils jouèrent le jeu jusqu'au bout. Ils lui avaient promis un cadeau de son choix et ils respecteraient leur engagement, même si quelques-uns tendirent les pièces de monnaie en maugréant.

— Il va nous ruiner, ronchonna le *layer*.

Joshua aurait voulu leur promettre qu'il les rembourserait. Déjà, il projetait de revendre la montre et de leur redonner leur argent, mais, dans l'immédiat, il souhaitait par-dessus tout s'éloigner de cet étal.

Le poids de la montre et sa beauté le troublèrent. Il releva la tête pour remercier ses amis et se rendit compte que le marchand le dévisageait. À son grand étonnement, l'homme était grand et maigre comme un clou, avec une tignasse qui lui retombait sur les yeux à chacun de ses mouvements. Rien à voir avec le commerçant qu'il avait volé.

Joshua éclata d'un rire libérateur, impossible à endiguer.

Il riait encore quand ses collègues le poussèrent jusqu'à l'auberge.

— Eh bien! Je crois que notre cadeau lui a fait très plaisir! se vanta Maguire.

— Tant mieux! lui répondit le *layer*, qui avait encore en travers de la gorge la somme qu'il venait de débourser. En voilà au moins un d'heureux…

*

Le lendemain matin, Joshua se leva avec un mal de tête. L'estomac dérangé et souffrant de nausées, il s'en voulut d'avoir fait bombance la veille. Une fois lancés, les ouvriers du moulin festoyaient toujours sans retenue. Ces hommes mûrs, que leurs responsabilités envers leur famille et leur employeur obligeaient à une certaine discipline de vie, s'accordaient le droit de fêter à l'occasion.

« Je suis sûr qu'ils sont au moulin, ce matin, se dit Joshua, et en très grande forme, comme si rien ne s'était passé. » Il avait beau être dans la fleur de l'âge et costaud, il n'avait pas leur endurance et supportait moins bien l'alcool qu'eux. « Je ne boirai plus jamais », se promit-il en se frottant le front pour calmer la douleur lancinante qui irradiait jusque dans sa nuque.

En cherchant ses vêtements jetés ici et là sur le plancher, il découvrit le présent que ses compagnons lui avaient offert. Ce magnifique objet lui causa une commotion nerveuse, qu'il réprima aussitôt parce qu'elle aggravait les élancements dans son crâne.

— Déjà huit heures ! grogna-t-il après avoir jeté un coup d'œil sur le cadran de sa nouvelle montre.

La diligence partait dans une heure. Il devait se hâter.

Après s'être débarbouillé en essayant sans trop de succès d'aviver son teint verdâtre, il fourra ses effets personnels pêle-mêle dans son baluchon et sortit.

Il pleuvait à torrents et il dut louvoyer de son mieux entre les flaques d'eau, suivant un parcours sinueux et s'abritant sous chaque auvent disponible pour ne pas arriver trop trempé au bureau de la diligence. Occupé à sautiller comme une sauterelle, il croisa Silas Dickerson qui marchait à pas lents en direction de son local, sans tenir compte du mauvais temps.

— Tiens, tiens! lança le journaliste en lui coupant le chemin. Bien le bonjour, monsieur l'apprenti.

Joshua ne voulait pas être impoli. Il s'arrêta quelques secondes, surpris que l'éditeur du *British Colonist* se souvienne de lui.

— Bonjour, monsieur Dickerson. J'espère que vous allez bien.

— Tu ne dois pas être au courant de ce qui m'arrive, sinon tu ne poserais pas cette question.

— Que se passe-t-il donc? demanda Joshua, intrigué.

Silas Dickerson ne pavoisait plus. Il semblait éteint, englouti sous cette pluie battante.

— J'ai perdu mon journal. Mes créanciers se sont donné le mot pour m'abattre, et avec moi la liberté de parole. Ton patron était du nombre. Ils m'ont tout pris, mon matériel, mes presses, ma raison de vivre! Je ne possède plus qu'un local vide et une chaise. Le *British Colonist* n'existe plus…

Le ton dramatique du journaliste et ses paroles acerbes tranchaient avec son air abattu. Joshua crut voir de l'eau dans ses yeux, mais il n'aurait su dire s'il s'agissait de larmes ou de gouttes de pluie. Le temps filait et le jeune homme souhaitait reprendre sa course. Il cherchait une manière polie de quitter son interlocuteur sans paraître indifférent à son malheur.

— Je suis désolé…

— Non, tu ne l'es pas du tout. Personne ne l'est, d'ailleurs, car personne ne réalise la gravité de la situation. Un peuple au grand complet vient d'être bâillonné.

Voyant le temps couler aussi rapidement que les rigoles de chaque côté de la rue, Joshua se remit en marche, après avoir interrompu le journaliste ruiné pour lui souhaiter bonne chance. « Il aura oublié jusqu'à mon existence dans quelques minutes, se dit-il. Il a senti le besoin de s'épancher et a apostrophé la première personne qui a croisé sa route. » Cette hypothèse déchargea sa conscience.

Il arriva à temps pour prendre la diligence. En raison de la pluie abondante et des chemins cahoteux, le voyage risquait de s'étirer. Rien pour le débarrasser de ses nausées et de son mal de tête. Des malaises qui tendaient d'ailleurs à s'aggraver chaque fois qu'il pensait à ses choix : tout abandonner pour retourner à Sherbrooke, où personne ne l'attendait. « Plus d'emploi, plus d'amis, plus de logis… », répétaient les roues du coche qui crissaient au moindre affaissement de la route.

Ballotté dans tous les sens et épuisé, Joshua finit par s'assoupir. Il rêva qu'une main géante le soulevait dans les airs et le secouait. Des objets hétéroclites tombaient de ses poches : une montre, une paire de lunettes, des écheveaux de laine effilochés, des fleurs et des feuilles de papier qui s'éparpillaient au vent, telle une pluie de samares.

14

Aussitôt débarqué à Sherbrooke, Joshua prit la direction de la maison. Passé le pont, un hennissement discret le fit se retourner. Il reconnut tout de suite la belle Shadow. La jument de sa mère tirait une charrette remplie de matériaux disparates : de la broche à clôture, quelques planches, des poches de farine, de la chaux, des clous.

— Bonjour, Joshua ! Je me demandais si j'avais la berlue. Je pense que Shadow t'a reconnu avant moi !

Heureux de le revoir, François Caron tenait les rênes avec nonchalance, mais ses sourcils relevés trahissaient sa surprise.

— Ta mère sera folle de joie ! s'exclama-t-il. Allez, monte !

Joshua hésitait sur l'attitude à adopter face à l'homme engagé. Il aurait aimé s'en faire un ami, mais il le considérait d'abord comme un rival qui lui volait l'affection de sa famille. Tom le respectait et en avait fait son mentor ; sa mère ne pouvait plus se passer de lui ; Isabelle l'adorait. Dans le cœur de ses proches, François avait pris une si grande place que Joshua croyait avoir perdu la sienne. Il avait quitté Stanstead pour tenter de la reprendre, et il lui paraissait incongru et dangereux de pactiser avec l'ennemi.

François Caron remarqua que son compagnon de route s'imposait une réserve à son égard. Il orienta donc la conversation vers des sujets plus généraux. Puisque leur première rencontre s'était déroulée lors d'une assemblée politique, il choisit de rester sur ce terrain, où ils s'étaient bien entendus.

— Il paraît que les bureaux de la Compagnie des Terres vont être transférés à Sherbrooke. L'emplacement a déjà été choisi. La construction de la maison débutera bientôt. Monsieur Dickerson en parlera sans doute dans son journal.

— Je ne crois pas…

— Pourquoi donc?

— Son matériel a été saisi. Il n'avait pas payé ses dettes. Le *British Colonist* ne paraîtra plus. C'est terminé.

Cette nouvelle laissa François pantois. Il n'osait y croire.

— Qui te l'a dit? demanda-t-il, sceptique.

— Monsieur Dickerson lui-même.

Joshua lui rapporta en détail son entretien avec le journaliste réformiste de Stanstead. François se tourna alors vers son compagnon et jeta sur lui un regard admiratif.

— Je suis impressionné, dit-il. À ce que je vois, tu es très intime avec Silas Dickerson. Je sens que tu vas avoir plein de choses à me raconter.

Joshua ne voulut pas le détromper. Conscient de posséder ainsi un atout de plus dans sa manche, il préféra laisser planer cette perception erronée.

*

À la ferme, Isabelle lui réserva un accueil plutôt tiède. À l'évidence, Joshua n'avait pas été absous de ses fautes. Un lien s'était rompu entre lui et sa sœur adoptive. Joshua n'eut pas le temps de s'en attrister, car Tom se lança sur lui et le bourra de coups de poing, histoire de bien reprendre contact. L'aîné feignit de reculer sous l'assaut, en levant les bras pour réclamer une trêve, mais il riait à gorge déployée.

— Combien de temps durera ton congé? s'enquit Charlotte d'une voix lasse, mais avec de l'espoir plein les yeux.

— Je ne repartirai plus, lui annonça son aîné. Je reste pour de bon.

Cette nouvelle eut l'effet d'un coup de tonnerre. Chacun la reçut à sa manière, avec ses propres émotions.

— Tu ne termineras pas ton apprentissage? s'étonna Charlotte.

Un froncement de sourcils lui donnant un air sévère trahit sa déception. Joshua voulut la rassurer.

— Monsieur Reed m'a bien dit que je pourrais revenir au moulin si je le souhaitais. Il est très satisfait de moi. Mais il comprend que je préfère être près de ma famille pour l'instant.

— Tu vas demeurer ici et travailler à la ferme? demanda Isabelle qui était restée silencieuse jusque-là.

Joshua devina une crainte mal dissimulée derrière cette question. La perspective de lui céder la place occupée par François rebutait sa sœur adoptive. Elle avait peur que sa présence bouleverse l'ordre des choses. Elle craignait surtout que son bel amoureux secret, se sentant exclu, ne cherche un emploi ailleurs. Ne plus le côtoyer au quotidien lui paraissait inconcevable.

— Non, répondit Joshua en détournant les yeux pour qu'elle ne puisse pas y lire son aigreur. Vous n'avez pas besoin de moi, ici. Vous vous débrouillez très bien. Dès demain, je me mettrai à la recherche d'un gagne-pain, le plus payant possible. J'ai entendu dire que les bons ouvriers étaient très recherchés à Sherbrooke, ces temps-ci, et j'ai bien l'intention de rapporter de l'argent à la maison.

— Tu peux habiter dans la cabane avec François et moi, suggéra Tom. Il y a de la place.

Le garçon s'était tourné vers l'homme engagé et le questionnait en silence. Celui-ci acquiesça d'un signe de tête.

— C'est réglé! s'exclama Tom. Suis-moi, je vais t'aider à t'installer.

*

La cohabitation des trois hommes de la maison, sans être harmonieuse, fut moins conflictuelle que Joshua ne l'avait anticipé. Dès les premiers jours s'établit une routine au cœur de laquelle chacun délimita son rôle et son espace.

Joshua partait très tôt. Il faisait le tour des employeurs éventuels. On le recevait avec politesse et on l'examinait de pied en cap. Il exposait avec le plus de sincérité possible les raisons pour lesquelles il avait abandonné deux postes d'apprentis en très peu de temps, mais aussitôt l'attitude de ses interlocuteurs changeait, la confiance disparaissait.

S'il s'était présenté à la Compagnie des Terres, on l'aurait embauché sur-le-champ, mais son âme d'artisan souhaitait davantage qu'un travail de journalier, anonyme et mal payé. Ses deux apprentissages inachevés lui avaient permis de goûter au bonheur d'exercer un métier passionnant et d'appartenir à une grande confrérie dont les membres se soutiennent et se reconnaissent.

— Mes échecs passés me nuisent, expliqua-t-il à son frère. Il faudrait que je mente pour être engagé. Les gens ne comprennent pas.

— On finirait par découvrir la vérité et tu serais congédié. Ça ne t'avancerait pas beaucoup. Allez! Ne te décourage pas. Tu arrives à peine. Je suis certain que tu vas trouver exactement ce que tu cherches. Un peu de patience!

Les deux frères s'étaient rendus à la rivière pour pêcher. Des nuées de moustiques bourdonnaient autour d'eux et ils les chassaient d'un geste machinal, sans trop leur prêter attention. Ils avaient l'habitude. De plus, l'immense plaisir qu'ils éprouvaient à être ensemble compensait les désagréments.

— Je devrais peut-être travailler à la ferme...

— Tu veux dire à la place de François?

— Ça te déplairait beaucoup que je le remplace?

Tom examina sa canne à pêche pendant quelques secondes avant de répondre. Après avoir donné de bons coups secs pour s'assurer qu'aucun poisson n'avait encore mordu à l'hameçon, il revint à la conversation.

— J'aurais de la peine pour lui.

— Et pour Isabelle!

— Que veux-tu dire?

– Notre sœur est folle de François Caron, non? Elle ne pourrait plus se passer de lui. D'ailleurs, je soupçonne que c'est pareil pour notre mère. Au bout du compte, je ne pense pas qu'elles accepteraient de congédier François. Ni l'une ni l'autre ne me pardonnerait d'avoir éloigné le cher homme engagé.

– Elles l'apprécient, en effet, et avec raison. Sans lui, maman aurait tout perdu, tu comprends? Mais tu es l'aîné de la famille et tu as des droits. Veux-tu que je m'occupe de ça? On pourrait trouver une solution qui accommoderait tout le monde.

Joshua se récria aussitôt, avec une véhémence teintée d'amusement.

– Jamais de la vie! La dernière fois que tu m'as proposé une offre semblable, le pauvre Adam s'est brûlé les deux mains sur le poêle rougi. Ça ne s'oublie pas!

Les deux frères s'esclaffèrent, mais leurs rires manquaient de naturel. Sans se réjouir du malheur du fils Thomson, ils avaient toujours trouvé la coïncidence curieuse. Tom n'avait jamais reparlé de l'incident, mais il ne se croyait pas totalement innocent dans cette affaire. Joshua ne lui avait fait aucune remarque à ce sujet, mais lui aussi s'était beaucoup questionné sur le rôle énigmatique de son frère dans la mésaventure d'Adam Thomson. Depuis toujours, et malgré les non-dits, ils sentaient qu'une malédiction planait au-dessus de leur tête. Cette perception, bien que confuse, les maintenait dans un état de perplexité qu'ils n'avaient jamais eu le courage d'examiner en profondeur.

– D'accord, conclut Tom, désireux de dissiper le malaise qui s'installait. Je te laisse t'arranger avec ça.

Mais j'espère que je pourrai vous garder tous les deux auprès de moi.

Joshua opina de la tête pour signifier qu'il comprenait, mais il mentait. À vrai dire, il aurait souhaité que son frère prenne son parti sans aucune restriction, que rien n'entrave le lien si précieux qui les unissait, que François Caron ne compte pas dans le cœur de Tom.

Ce n'était pas le cas, loin de là, et cela suscitait en lui une colère qu'il avait du mal à réprimer.

*

Ce soir-là, au souper, Isabelle accueillit les trois hommes avec des mines de conspiratrice.

– J'ai préparé un dessert spécial, annonça-t-elle. Vous allez voir…

Elle aurait aimé garder le secret jusqu'à la fin du repas, mais la cuisine embaumait une odeur si particulière que les autres devinèrent tout de suite.

– De la tarte au suif! s'exclama François. Mon dessert préféré!

Isabelle rougit de contentement. Bien sûr, elle avait cuisiné cette pâtisserie pour plaire à l'homme engagé. C'était son unique objectif.

– Tu as travaillé si fort, ces derniers jours, dit-elle. Tu méritais une récompense.

– Et nous? Tu crois qu'on a perdu notre temps à rêvasser? Il ne l'a pas construit tout seul, ce nouveau poulailler, ton François!

Tom s'amusait du penchant de sa sœur pour le beau Canadien français et il la taquinait volontiers à ce sujet.

Joshua, au contraire, n'avait pas envie de rigoler. Il se retira très tôt dans la cabane, et lorsque les deux autres le rejoignirent, il feignit de dormir.

– Ton frère est fatigué, chuchota François Caron. Il s'est couché à l'heure des poules.

– Il n'est pas habitué aux gros travaux, lui répondit Tom sur un ton moqueur.

Les deux complices mirent une main devant leur bouche pour étouffer leurs ricanements.

Le corps immobile et raide, pareil à une carapace le protégeant de sa propre fureur, Joshua serra les poings. Son frère s'acoquinait avec son ennemi pour le ridiculiser. S'il n'intervenait pas, ce Canadien français qui parlait anglais avec un accent déplaisant lui volerait ce qu'il possédait de plus précieux. Il monterait sa famille contre lui en cachant son jeu diabolique derrière des allures angéliques.

«Je le déteste», se répétait-il dans sa tête, incapable d'endiguer le flot de colère qui le submergeait. «Je le déteste, je le déteste.» Cette phrase mille fois ressassée, de différentes manières, le berçait telle une comptine et il finit par s'endormir, bien longtemps après ses compagnons de chambrée, sans jamais desserrer les poings.

*

– Aujourd'hui, j'abats le mur est de la bergerie et je commence l'agrandissement.

Maître des travaux et très excité à l'idée de réaliser un projet qu'il caressait depuis la mort inexpliquée des brebis, François Caron avait enfin obtenu l'assentiment de

Charlotte pour rénover de fond en comble le bâtiment désuet.

— Il va falloir que tu te contentes de ce que je t'ai donné, lui répéta celle-ci pour la centième fois. Tu n'auras pas un sou de plus.

— J'ai bien compris, la rassura l'homme engagé. J'ai promis de m'en tenir à ce budget et je tiendrai parole.

L'argent se faisait rare. Charlotte n'arrivait pas à reprendre le dessus. Les malheurs qui l'avaient frappée l'avaient plongée dans une situation financière précaire. L'aide si généreuse de ses amis lui avait permis de garder la tête hors de l'eau et de sauver sa fermette, mais elle ne jouissait plus de l'aisance d'antan. Elle vivait maintenant davantage au jour le jour, sans aucune réserve pour affronter les mauvais coups, ce qui l'angoissait et nuisait à sa santé, aussi bien physique que psychologique.

— Je te fais confiance, admit-elle en posant une main sur l'épaule de son employé. Je te fais confiance et te remercie.

Témoin de ce geste empreint de tendresse, Joshua blêmit. Sa dernière alliée se rangeait elle aussi du côté adverse. Il en avait la preuve.

«Depuis combien de temps ma mère ne m'a-t-elle pas témoigné autant d'affection qu'à cet étranger?» se demanda-t-il. Sa jalousie lui faisait oublier les gentillesses, les mots doux, les encouragements dont Charlotte l'avait toujours gratifié. Sa rage hypnotisait sa mémoire. Puis lui revint à l'esprit l'épisode des lunettes, la joie de sa mère, son rire cristallin, ses élans de gratitude. Et il eut une envie impérieuse de recréer cette ambiance de fête et de connivence. Il avait besoin de la main de sa mère posée sur lui.

— Tu auras un peu de temps pour aider aux travaux? lui demanda Charlotte.

— Peut-être, dit-il, surpris par cette question. Je dois d'abord me rendre au village pour rencontrer le charron. J'ai entendu dire qu'il cherchait quelqu'un. Je ne voudrais pas rater mon coup. Il paie bien à ce qu'on dit. Avec mon salaire, on pourra acheter les matériaux.

— Je te souhaite bonne chance, mon grand.

Joshua aurait aimé que sa mère le félicite pour sa persévérance et sa volonté manifeste d'aider, à sa manière. Elle lui tourna plutôt le dos et, suivie d'Isabelle, elle se rendit à l'atelier où l'ouvrage les attendait. Tom et François se dirigèrent ensuite vers la bergerie.

«Deux par deux, comme les roues du coche…», pensa Joshua alors qu'ils s'éloignaient. Il était la cinquième roue, celle qui n'a sa place nulle part.

15

Août 1834

Après deux rencontres pendant lesquelles il avait mis la force et l'endurance de Joshua à l'épreuve, Isaac Drummond, le charron, avait décidé de le prendre à l'essai. Cette nouvelle occupation absorbait Joshua la journée entière, sans discontinuer. Les longues heures passées devant le tour à bois ou le foyer, à fabriquer des roues, à réparer voitures et attelages ou à renforcer des socs de charrue, exigeaient une dépense d'énergie considérable. Depuis presque deux mois, il rentrait chez lui épuisé et les membres endoloris. L'ouvrage à abattre, du matin au soir, ne se comparait en rien à ses emplois précédents. Beaucoup plus physique, le métier de charron faisait appel à toute sa puissance musculaire.

Son patron était content de lui. Il aurait été malvenu de se plaindre, car après seulement quelques semaines, Joshua maîtrisait de mieux en mieux les rudiments du métier. Il assimilait les différentes techniques à une vitesse surprenante.

– Je t'avais dit que je te prenais à l'essai, lui annonça monsieur Drummond, alors qu'il quittait la charronnerie ce soir-là, mais je peux maintenant te rassurer : je te garde avec moi aussi longtemps que tu le souhaiteras. Je n'ai jamais eu un aussi bon apprenti. Dans quelques mois, tu seras aussi habile que moi. Et pour te démontrer mon appréciation, voici ta paie à laquelle j'ai ajouté un petit boni.

Fou de bonheur, Joshua ne savait trop quoi répondre ni de quelle façon manifester sa joie.

— Merci, finit-il par murmurer. Vous ne le regretterez pas.

— Allez! Prends ton argent et file! Je t'ai assez vu pour aujourd'hui. Mais n'oublie pas d'arriver tôt, demain matin. Tu sais qu'on doit changer les roues de la diligence. On nous a confié une grosse responsabilité et nous devons être à la hauteur. Ça nous prendra une bonne partie de la journée!

— J'arriverai à la première heure! promit Joshua. Vous pouvez compter sur moi!

Il sortit de la charronnerie en chantonnant, pressé de remettre sa première paie à sa mère et anticipant avec un plaisir sans nom le bonheur qui régnerait dans la cuisine grâce à lui. Pour vivre cette heure de triomphe, il avait sué sang et eau depuis des semaines, s'efforçant de tout mémoriser pour satisfaire son employeur et s'assurer une place. Il tenait enfin sa récompense au creux de sa main, bien cachée dans sa poche de pantalon.

À mi-chemin, une pluie fine se mit à tomber.

Joshua reçut cette ondée comme un cadeau du ciel. Cette pluie le lavait de ses craintes. Elle noyait ses hésitations, ses interrogations, sa méfiance. Il devenait un homme neuf devant qui un bel avenir se profilait enfin. Il aurait seize ans très bientôt et il exerçait un noble métier.

«Il me reste à dégoter une femme…», pensa-t-il avec malice. Le visage d'Isabelle s'imposa dans son esprit, mais il rejeta aussitôt cette idée. Avant de fonder une famille, il devait d'abord prendre soin de la sienne. Il avait d'ailleurs demandé à monsieur Drummond de continuer à habiter à la ferme. D'ordinaire, les apprentis logeaient chez leur maître, mais le charron avait accepté ses arguments. Joshua voulait veiller sur les siens et c'était tout à son honneur.

Alors qu'il bifurquait sur le chemin de traverse menant chez sa mère, le jeune homme entendit un bruit étrange.

– On dirait un cri de détresse, marmonna-t-il, intrigué mais trop pressé pour s'attarder. Une bête quelconque qui se sera pris la patte dans un piège…

Il continua donc sa route, mais quelques secondes plus tard, l'appel se fit plus persistant. Cette fois, aucun doute possible : une voix humaine appelait au secours.

Joshua aurait eu envie de passer son chemin, mais sa conscience lui imposait de s'arrêter. Si un de ses concitoyens se trouvait en difficulté, lui porter secours allait de soi.

La voix retentit de nouveau, plus intelligible cette fois.

– À l'aide ! Aidez-moi quelqu'un !

Joshua hâta le pas. Le son lui parvenait très clairement, porté par l'atmosphère tiède et un brin embrumée.

Après avoir franchi une courte distance dans King's Highway, il découvrit un imposant véhicule renversé sur le bord de la route. La vue voilée par la bruine, il distinguait mal les détails. Les cris redoublaient de vigueur. La personne accidentée avait senti sa présence, même s'il n'avait pas encore dit un mot.

— Je suis là! cria-t-il. Restez calme! Je vais vous aider.

— Par ici! répondit l'inconnu. J'ai la jambe prise sous une roue!

En s'approchant, Joshua aperçut le cheval couché sur le côté, les yeux hagards. La pauvre bête respirait par à-coups et tentait avec des soubresauts désordonnés de se libérer de ses entraves. À première vue, elle ne semblait pas blessée, mais la pluie, de plus en plus abondante, brouillait les contours et enveloppait la scène d'une brume opaque. Il lui caressa l'encolure pour la calmer, puis il la contourna pour enfin parvenir jusqu'au blessé.

En distinguant la silhouette de son sauveur, penchée sur lui, l'homme se mit à invoquer les saints du paradis.

— C'est le ciel qui t'envoie, conclut-il à la fin de sa litanie. Je ne me serais jamais sorti de ce pétrin tout seul.

Joshua tentait d'essuyer les gouttes qui perlaient sur son visage, mais l'effet ne durait jamais longtemps. Trempé de la tête aux pieds, il réussit à repérer l'endroit où la jambe du pauvre homme était restée coincée.

— Je vais soulever le véhicule, expliqua-t-il d'un ton rassurant. Dégagez votre jambe dès que je vous le dirai.

— Tu n'y arriveras jamais! Ça pèse une tonne!

— Ayez confiance. Je ne vois pas d'autre solution.

— D'accord.

Joshua prit une grande respiration, puis il se glissa sous la roulotte pour y prendre appui avec son dos. Dans un effort extrême, il souleva la roue.

— Maintenant! cria-t-il.

Deux secondes plus tard, l'homme, enfin libre de ses mouvements, exultait.

Il se leva sans aide et s'appuya avec mille précautions sur sa jambe blessée. Elle ne semblait pas fracturée. Il boiterait pendant quelque temps, mais ne garderait pas de séquelles de sa mésaventure.

— Merci, mon gars, dit-il en joignant les mains. Je te serai à jamais redevable. Maintenant, si tu veux bien, nous allons dégager mon cheval.

Ensemble, ils s'activèrent autour de la pauvre bête, défaisant ses liens jusqu'à ce qu'elle puisse se remettre debout à son tour. Elle aussi s'en tirait à bon compte. Un peu de sang sur la croupe et sur les flancs, mais rien de très grave.

— Dis donc! Tu nous as porté bonheur. On aurait pu y laisser notre peau!

Encore secoué par ce qui venait de lui arriver et par le drame qui avait été évité de justesse, l'homme parlait avec nervosité.

— Je vais vous aider à relever votre roulotte, proposa Joshua.

— Non, laisse. Je vais marcher jusqu'au village et demander de l'aide.

— Pas question. Votre jambe vous fait mal. Donnez-moi plutôt un coup de main. Nous allons réussir, je vous le garantis.

Les deux hommes et la bête unirent leurs efforts et la roulotte fut bientôt sur pied. Un peu chambranlante, mais en assez bonne condition pour rouler jusqu'au village.

— Tiens-tu cette force herculéenne de ton père? s'étonna le marchand.

Éreinté par l'effort qu'il avait fourni, Joshua ne répondit pas. Il n'avait qu'une envie: courir jusque chez lui, se sécher et annoncer la bonne nouvelle à sa mère. Si, en plus, il lui racontait qu'il avait sauvé la vie d'un homme… Quelle belle soirée il se promettait !

La pluie avait cessé. Il le réalisa quand il s'essuya une fois de plus le visage avec sa chemise. En s'approchant du blessé pour lui tendre la main et lui souhaiter bonne chance, il croisa le regard soudain méfiant du bonhomme fixé sur lui. D'abord surpris par ce changement d'attitude, Joshua se figea net, confronté d'un coup à la terrifiante réalité.

Un silence pesant enveloppa les deux hommes. Joshua avait reconnu le marchand ambulant qu'il avait volé à Stanstead, et l'autre se souvenait également de lui. Une chape de plomb s'abattit sur les épaules du voleur. Sa journée de rêve, son heure de gloire, cette gratification qu'il espérait depuis des semaines, tout cela risquait de lui échapper. Pire encore, il n'éviterait pas la prison si le vendeur le dénonçait. Il pensa en outre à la déception de sa mère, qui ne se séparait plus de ses lunettes. La bonne humeur lui était revenue depuis que sa vue s'était améliorée. Elle travaillait avec plus d'efficacité et ne réclamait plus l'aide d'Isabelle pour fignoler ses travaux d'aiguille. Si elle apprenait que ce présent était le fruit d'un larcin, elle renierait son fils et, châtiment suprême, elle se débarrasserait des lunettes par acquit de conscience.

Joshua serra les poings et se mordilla les lèvres jusqu'au sang.

L'autre ne disait rien mais le dévisageait toujours.

Il devait donc agir maintenant, n'écoutant que sa peur, avant que le bon sens ne le rattrape. Son avenir dépendait des quelques secondes qui allaient suivre.

— Je ne veux pas te laisser partir sans t'avoir remercié comme il se doit, déclara le marchand.

Sa voix calme et affable, de même qu'une lueur malicieuse dans ses yeux, déconcertèrent Joshua.

Avant que celui-ci ait esquissé un seul geste, l'autre reprit d'un ton posé mais avec un soupçon de moquerie :

— Dis-moi ce qui te ferait plaisir. Je tiens à t'offrir quelque chose de précieux, que tu pourras conserver longtemps, en souvenir de cet acte héroïque que tu viens d'accomplir.

Abasourdi, Joshua ne disait toujours rien.

— J'ai une idée ! s'exclama le marchand. Je t'offre une paire de lunettes. Je suis sûr que tu en feras bon usage.

Il avait tendu les deux mains vers son sauveur, lui présentant un objet invisible.

— Allez ! insista-t-il. Prends-les ! Ne sois pas timide ! Tu les mérites.

Toujours aussi estomaqué, Joshua se surprit à tendre les mains à son tour. Le bonhomme y déposa alors un objet imaginaire.

— Merci encore, mon grand ! Je n'oublierai jamais ce que je te dois.

— Merci à vous, bredouilla Joshua qui comprenait enfin qu'il était pardonné pour son crime et qu'il n'avait plus rien à craindre.

Le marchand ambulant haussa les épaules et lui fit un clin d'œil.

— Bonne route ! lança-t-il en montant à bord de sa roulotte.

— Attendez! cria Joshua, tout en détachant sa montre pour la présenter au marchand. Prenez, avec mes excuses, dit-il.

L'autre repoussa le bijou d'une main ferme.

— Garde-la. Tu ne me dois pas un sou. Certains actes valent leur pesant d'or. Celui que tu viens de poser, par exemple, ne pourra jamais être remboursé. Merci encore! Et bien du bonheur, jeune homme!

Il claqua la langue. Attelé d'une manière peu courante, car deux sangles étaient brisées, le cheval se mit en marche d'un pas incertain.

Encore sous le choc et incapable de poser un pied devant l'autre, Joshua resta longtemps immobile. Puis la pluie reprit, avec plus d'intensité cette fois. Recouvrant ses esprits, il se mit à courir, le cœur si léger qu'il lui semblait flotter au-dessus des flaques d'eau.

*

Dès qu'il entrevit la maison, un terrible pressentiment le prit à la gorge. Une odeur inhabituelle flottait dans l'air. Un silence plutôt, qui s'éparpillait dans le souffle du vent. Si léger. À peine un bruissement de feuilles. Le temps suspendu.

Il chercha les bruits familiers. Les bêlements des brebis, le cliquetis de la navette sur le métier, les casseroles qui s'entrechoquent dans la cuisine, les coups de hache fendant le bois encore vert, les plaisanteries de Tom. Mais il n'entendit rien.

Après une averse drue mais brève, la pluie avait cessé de nouveau. Un rayon de soleil perçait les nuages grisâtres. Fragile. Timide. Le battement d'ailes d'une libellule…

La maison et la cour, la forêt et la prairie… Son univers coutumier semblait s'être rétréci. Une lourdeur écrasante avait envahi l'espace. Pourtant, les brins d'herbe ruisselaient dans la lumière délavée. Une brume délicate, fine dentelle ajourée, s'infiltrait entre la terre et le ciel. Un paysage se créait, en douceur et en fraîcheur.

Joshua aurait dû être heureux. Désireux de s'imposer, le bonheur s'accrochait à lui, s'enroulait autour de lui, et cette vigne noueuse l'étranglait presque.

S'il n'y avait pas eu ce silence, oui, il aurait pu être heureux.

D'un coup sec, la porte de la maison claqua contre le mur extérieur. Tom apparut et se précipita vers lui, le regard affolé.

– Maman est malade! cria-t-il. Il faut aller chercher le médecin!

Joshua ne posa aucune question. Le terrible silence enfin rompu, il retrouvait sa vigueur.

– Reste auprès d'elle, ordonna-t-il. J'y vais.

Quelques minutes plus tard, il galopait à bride abattue, serrant les jambes autour du corps nerveux de Shadow. Il lui sembla que le temps s'écoulait à la vitesse d'un torrent dévalant une montagne et que jamais il ne le rattraperait.

Le médecin regagnait son logis après une journée chargée. Joshua lui hurla de se dépêcher sans prendre la peine de descendre de cheval. Habitué aux urgences et à l'angoisse qui étreignait les proches dans ces cas-là, le docteur Martin imposa aussitôt un brusque demi-tour à son attelage et fonça derrière Joshua.

*

Charlotte dormait quand son aîné revint à la maison en compagnie du médecin. Silhouette gracile dans son trop grand lit, le visage aussi pâle que les murs de la chambre blanchis à la chaux, elle respirait à peine. Sa poitrine ne réussissait pas à soulever la couverture qu'Isabelle ne cessait d'arranger, la repliant sous les bras de la malade, puis la resserrant autour de son corps frêle, pour ensuite la défroisser d'un geste délicat, presque amoureux.

Joshua avait beau observer sa mère, chercher le souffle de vie, il ne percevait aucun mouvement. La panique s'empara de lui. Il serrait les poings, se mordillait les lèvres, regardait son frère, sa sœur, puis sa mère et le médecin qui tournait autour, aussi impuissant que les autres.

Et ce silence béant, de nouveau omniprésent, où s'engouffraient les bruits qu'il aurait souhaité entendre…

16

Pendant trois jours, si longs, si sombres et si silencieux qu'ils parurent des mois, Charlotte ne put ni parler ni ouvrir les yeux. On aurait dit qu'une lassitude immense, vertigineuse, l'avait précipitée dans un gouffre obscur, sans issue. Parfois, elle émettait des sons qui ressemblaient à des mots, à des noms surtout. Elle appelait ceux qu'elle avait aimés.

Le matin du quatrième jour, avant que le soleil se lève, prise de délire, elle réclama François Caron, puis s'assoupit de nouveau. Joshua, qui avait passé la nuit à son chevet, sursauta. La veille, il avait déposé sa première paie sur le coffre, au pied du lit, en expliquant à sa mère combien monsieur Drummond l'appréciait. Il lui avait aussi raconté la mésaventure du marchand ambulant, sans parler de l'épisode des lunettes, bien sûr.

— Tu vas pouvoir te reposer sur moi, désormais, avait-il murmuré à son oreille. Tu ne manqueras plus d'argent. J'ai un bon emploi et je suis solide. Tu n'auras plus à te tuer à la tâche. Prends le temps nécessaire ; rien ne presse. Tu dois recouvrer la santé. La vie sera plus facile pour toi, dorénavant. Je te le promets.

Charlotte avait poussé un profond soupir sans jamais ouvrir les yeux. Son fils était néanmoins convaincu qu'elle l'avait entendu. Il s'attendait à ce qu'elle lui réponde par un signe, un sourire, mais ses espoirs avaient été déçus. La malade était restée inerte et silencieuse jusqu'à l'aube. Puis elle avait appelé François.

— Je suis là, maman. C'est moi, Joshua. Parle-moi.

Il criait dans sa tête, mais en réalité ses appels n'étaient que chuchotements. Il criait son désarroi, sa colère. «Tu ne dois pas réclamer François Caron! Il n'est rien pour toi. Je suis ton fils!» Pour se calmer, le jeune homme prit la main de sa mère. Au contact de la peau sèche et translucide, il eut l'impression de refermer ses doigts sur du vide, de n'avoir aucune prise. Désemparé, il serra un peu plus fort. Charlotte gémit et ouvrit les yeux.

Le souffle court, Joshua reprit vie après avoir cru se noyer. Il se pencha sur sa mère, assez près pour sentir son haleine âcre. Charlotte lui sourit et il écarquilla les yeux de bonheur en souriant à son tour.

— Mon chéri…, murmura la malade.

Cette voix porteuse de vie, lourde de souvenirs… Une source vive au cœur du néant, qui défie le gel, le froid, l'absence, les tempêtes et les orages. Qui défie la mort.

— Je reste près de toi, maman. Tout va bien aller. Ne t'inquiète pas.

Sans cesse en alerte, ne dormant que d'un œil, Isabelle et Tom avaient entendu leur échange. À vrai dire, ils n'avaient perçu qu'un frémissement, une vibration, mais cela avait suffi pour les réveiller. Ils se glissèrent dans la chambre, à pas feutrés.

En croisant le regard attendri de sa mère, Tom se couvrit la bouche de ses deux mains en retenant un cri de joie qui ne demandait qu'à exploser. Dans l'atmosphère ouatée et intime de la pièce, élever la voix lui aurait semblé un sacrilège.

Déjà agenouillée à son chevet, Isabelle caressait la joue de Charlotte en lui exprimant son soulagement.

— Tu nous as donné des sueurs froides. On croyait t'avoir perdue. Ne nous fais plus jamais une peur semblable.

Concentrés sur leur bonheur, les membres de cette étrange fratrie n'entendirent pas François qui venait aux nouvelles. Celui-ci les sermonna d'une voix très douce.

— Laissez-la respirer. Maintenant qu'elle va mieux, il ne faudrait pas la fatiguer avec vos bavardages.

Ainsi rappelés à l'ordre, les enfants de Charlotte examinèrent leur mère avec un œil plus attentif et plus serein. En effet, la malade montrait des signes de lassitude. Elle avait du mal à garder les yeux ouverts.

— Je vais dormir un peu, murmura-t-elle.

— Je cours te préparer un bon déjeuner, le meilleur que tu auras jamais mangé, déclara Isabelle. Repose-toi en attendant.

François confia une corvée à Tom pour lui changer les idées. Après ces journées d'inaction, les tâches inachevées s'accumulaient. Le Canadien français posa ensuite une main bienveillante sur l'épaule de Joshua.

— Va dormir, toi aussi, lui conseilla-t-il. Je vais veiller sur elle.

Joshua tombait de sommeil. Ses muscles le faisaient souffrir comme s'il s'était battu pendant des heures et avait été roué de coups. Il quitta le chevet de sa mère avec la démarche d'un vieillard, le dos courbé et les jambes flageolantes.

*

Quelques heures plus tard, Charlotte avalait à petites bouchées le déjeuner préparé par Isabelle. Pour rassurer sa fille, elle s'efforçait de masquer son peu d'appétit en la complimentant avec des yeux gourmands. Pendant ce temps, Tom aidait François à rentrer du foin.

Malgré les nausées qui la tenaillaient encore, Mary était venue prêter main-forte. Elle s'activait devant le métier à tisser, en compagnie d'Olive Burchard. Mère de famille nombreuse, celle-ci ne disposait pas de beaucoup de temps, mais après s'être beaucoup inquiétée pour son amie, elle tenait à être présente pour montrer son soutien et son affection.

En s'éveillant, après trois heures d'un sommeil pesant, Joshua constata avec soulagement que la vie reprenait son cours.

— Je me rends chez monsieur Drummond, dit-il à Tom et à François. Je dois lui expliquer la situation.

L'inquiétude le tenaillait. Le charron accepterait-il ses excuses ? Voudrait-il le reprendre même s'il n'avait pas respecté ses engagements ? Au chevet de sa mère, il s'était montré optimiste pour la rassurer. Il était prêt à lui promettre mer et monde pour hâter sa guérison, mais il redoutait grandement la réaction de son patron. Il lui avait fait parvenir un mot pour lui expliquer son absence. Le docteur Martin avait agi comme messager et avait plaidé sa cause. Cela suffirait-il ?

— Bonne chance ! lui lança François.

Joshua lui répondit d'un geste évasif de la main. Les amabilités de François Caron le mettaient toujours mal à l'aise. Il n'y croyait pas. Selon lui, il était impossible que l'homme engagé ne perçoive pas le ressentiment qu'il nourrissait à son endroit. Et encore plus improbable qu'il n'entretienne pas une semblable animosité à son égard. Il y avait sans nul doute réciprocité. Personne ne répondait à la froideur par la gentillesse. Non, Joshua n'y croyait pas. L'hypocrisie de François Caron sautait aux yeux, et il comprenait de moins en moins la vénération que lui vouaient les membres de sa famille.

Il se rendit au village en ressassant ces idées moroses et dérangeantes. Craignant d'avoir déjà perdu son emploi et de ne pas utiliser les bons mots pour inciter monsieur Drummond à reconsidérer sa décision, il eut bien envie de bifurquer vers la taverne de Francis Loomis et d'oublier ses soucis en dégustant une bonne bière. Le boulanger avait ouvert ce débit de boisson quelques mois plus tôt, à côté de sa boulangerie. Ce lieu très fréquenté volait la vedette à la forge de monsieur Walker. En effet, les hommes qui avaient depuis toujours l'habitude de se rassembler autour du feu rougeoyant avaient vite adopté ce nouvel endroit, où il faisait moins chaud et où ils aimaient boire et manger en parlant à bâtons rompus.

Joshua résista de son mieux et continua sa route mais, soumis à la tentation, il ralentit néanmoins le pas. «Je pourrais m'arrêter un instant à l'hôtel Adams, juste cinq minutes.» Ce nouvel établissement jouissait d'une bonne réputation. En plus d'une table très recherchée, on y trouvait un bar bien garni de vins et de spiritueux. Asahel Adams, longtemps gérant de l'hôtel King, où il avait appris son métier, désirait offrir à sa clientèle un environnement agréable et de qualité. Le nom affiché sur l'enseigne trahissait à lui seul les ambitions du nouveau propriétaire : British North American Hotel.

Joshua dut se raisonner pour ne pas céder à la facilité. Il serait tellement plus simple de se soûler et de remettre à plus tard la confrontation avec son patron.

« Je crois que je deviens fou… », se dit-il en poursuivant sa route. Jamais auparavant il n'avait ressenti aussi intensément, jusque dans ses tripes, le besoin de s'enivrer. Ses rares expériences de beuverie avec ses collègues de Stanstead n'avaient pas été très heureuses. Il en gardait un souvenir cuisant et peu glorieux : nausées et maux de tête, confusion et balourdise. Pourtant, son corps avait retenu la sensation grisante, presque voluptueuse, qu'il n'existe plus rien d'important, que seuls comptent la prochaine gorgée, le copain qui rit à ses côtés et l'autre qui entonne une chanson à boire. Le reste pouvait attendre. Et aujourd'hui, après ces heures angoissantes passées au chevet de sa mère, cette sensation de légèreté lui manquait.

Il hâta le pas, désireux de fuir cette part de lui-même qui l'effrayait.

*

Isaac Drummond ne leva pas la tête quand Joshua pénétra dans son atelier. Confronté à cette indifférence, le jeune homme eut envie de tourner les talons, mais une main le poussa dans le dos. Surpris, il fit volte-face. Il n'y avait personne.

— Tu ne pars pas déjà ? lui demanda le charron d'une voix moqueuse, sans quitter son ouvrage des yeux.

Joshua se racla la gorge. L'attitude de son patron le décontenançait. Il s'était attendu à des remontrances, voire à de la colère, mais jamais à ce sourire en coin dont il ne comprenait pas trop la signification.

— Je suis venu m'excuser, dit-il. Ma mère...

— Je sais, le coupa Isaac Drummond en se tournant vers lui. J'ai reçu ton message. Le docteur m'a expliqué. Les derniers jours n'ont pas été faciles, n'est-ce pas?

Le charron déposa ses outils. Il manifestait maintenant une compassion si sincère que l'apprenti sentit les larmes lui monter aux yeux. La sollicitude de son patron ravivait les craintes qu'il avait éprouvées au chevet de sa mère.

— Je suis désolé..., commença-t-il.

Il cherchait ses mots.

— Ne t'en fais pas. Je me suis très bien débrouillé.

— Ma mère va mieux, maintenant.

— Quelle bonne nouvelle! Je suis heureux de l'entendre.

— Je peux revenir à la charronnerie?

Isaac Drummond se frotta le menton. Il réfléchissait.

La gorge de Joshua se noua. En somme, la scène se déroulait comme il l'avait craint. Son patron ne le reprendrait pas.

— Tu es sûr de prendre la bonne décision? demanda le charron. Ta famille va avoir besoin de toi à la ferme.

Joshua serra les poings. Il ne saisissait pas bien les intentions d'Isaac Drummond. Cherchait-il une bonne raison de le congédier sans en assumer la responsabilité? Ou s'intéressait-il vraiment au sort de sa famille?

— Mon frère Tom et François Caron, l'homme engagé, s'occupent de la ferme. Dans les circonstances, ce dont ma mère a le plus besoin, c'est d'un revenu. Je dois rapporter de l'argent à la maison. Je suis le seul à pouvoir le faire.

Isaac Drummond pencha la tête, l'air pensif. Sa réponse fut longue à venir, si longue que Joshua crut avoir perdu sa dernière chance. Puis le charron se leva et lui tendit la main.

– D'accord, dit-il. Tu sais sûrement ce qui est le mieux pour ta famille. Je te fais confiance. Penses-tu pouvoir revenir bientôt ?

Joshua ne put dissimuler sa satisfaction et sa joie. Il serra la main tendue en riant.

– Je peux commencer maintenant.

– Installe-toi donc, mon gars. On a une grosse journée devant nous.

*

Après cet épisode malheureux qui avait rallié la maisonnée autour de Charlotte, la vie reprit son cours. Avec un peu plus de lenteur et un peu moins de certitude. Avec une conscience nouvelle de la finitude des êtres aimés. Et surtout, avec moins de hargne. Les enfants et l'homme engagé entouraient Charlotte de leur sollicitude et lui prodiguaient amour et soutien. Parce que les disputes la contrariaient, ils s'efforçaient de s'accorder, délaissant les sujets plus sensibles au profit d'un babillage sans conséquence. Tom excellait dans ce domaine. Il alimentait toujours la conversation en évitant avec une rare habileté les thèmes susceptibles de semer la controverse. Lorsqu'un différend pointait néanmoins à l'horizon, il calmait le jeu en résumant la pensée de chacun des protagonistes et en proposant un compromis acceptable par toutes les parties.

«Il a l'étoffe d'un grand sagamore, comme son grand-père», se dit Charlotte, le cœur rempli de nostalgie. Depuis quelques jours, elle vivait davantage au rythme de ses souvenirs que dans la vie réelle. Les autres la croyaient avec eux, car elle acquiesçait à leurs demandes, mais elle existait ailleurs, loin des siens. La maladie l'avait transportée dans le passé et elle n'arrivait plus à s'en extirper.

— Te sens-tu assez forte pour venir m'aider, aujourd'hui? lui demanda Isabelle. Nous avions promis à madame Felton de terminer sa commande dans une semaine, mais je ne crois pas pouvoir y arriver seule. Mary prévoyait venir demain. Je comptais sur elle, mais elle ne pourra pas. Sa petite Frances est malade.

— Bien sûr, ma chérie. Laisse-moi quelques minutes pour me préparer et je te rejoindrai.

Fière de sa victoire et pleine d'espoir, Isabelle adressa un clin d'œil aux autres. Si sa mère revenait enfin à l'atelier, ils reprendraient tous l'ancienne routine, si paisible et rassurante. La vie recommencerait. La jeune fille jubilait à cette seule pensée, mais ses frères ne partageaient guère son optimisme. Charlotte oublierait sa promesse dès qu'ils auraient quitté la maison, se désolaient-ils à l'avance. Le soir venu, ils la retrouveraient assise dans sa chaise berçante, à observer une scène imaginaire.

La tristesse au cœur, Tom et François se levèrent d'un seul élan. Les travaux d'agrandissement de la bergerie avaient été retardés, faute d'argent, mais, deux jours plus tôt, François avait réussi à conclure une entente avec un commerçant de bois. Celui-ci lui fournissait des planches en échange de quelques heures de son temps. Le jeune homme avait gardé cet accord secret. Le bonheur de cette famille lui tenait à cœur. Il était prêt à bien des sacrifices pour lui venir en aide, mais il ne voulait mettre personne mal à l'aise.

— Les travaux avancent bien, annonça-t-il à sa patronne pour raviver sa curiosité. Nous devrions avoir terminé dans quelques jours. Les brebis seront bien au chaud cet hiver.

Charlotte se contenta de hocher la tête. Elle aurait dû féliciter son homme engagé et son fils cadet. Ils l'auraient mérité ; tous les deux abattaient une besogne considérable. Mais elle n'en avait pas la force. La bergerie ne l'intéressait pas. Ne l'intéressait plus. Pendant de longues heures, elle oubliait son passé de bergère. Cette histoire appartenait à une autre vie, qu'elle avait vécue mais dont il ne subsistait plus rien. Ses souvenirs relevaient d'une autre intimité.

Une fois seul avec sa mère, Joshua voulut la rassurer.

— Ne t'en fais pas pour l'argent, dit-il. Monsieur Drummond me paye bien. L'hiver peut venir ; on sera prêts.

— Je ne m'inquiète pas, lui répondit sa mère en caressant la joue de son aîné. Je sais bien que je peux compter sur toi.

Joshua accepta ce compliment avec fierté. Il bossait dur pour mériter la confiance et l'approbation de sa mère, et cette simple phrase le comblait de bonheur. Malgré cela, il n'arrivait pas à se libérer d'une certaine crainte. Charlotte avait tellement changé en si peu de temps. La lenteur du geste, les réponses évasives... Elle ne posait plus sur son monde ce regard unique, si clairvoyant, qui la différenciait des autres. Plus rien ne la passionnait. Le jeune homme avait souvent l'impression de parler à un fantôme quand il s'adressait à sa mère. Personne n'en discutait jamais, mais il devinait que les autres membres de la famille, ainsi que les amis proches, ressentaient le même malaise. Si au moins Charlotte lui avait offert un véritable sourire, un seul, franc et spontané, il aurait été rassuré.

Avant de partir, il embrassa sa mère et lui formula ses recommandations.

— Tu prendras bien soin de toi, n'est-ce pas? Il ne faudrait pas que tu retombes malade. Il faut manger les bons plats qu'Isabelle te prépare si tu veux reprendre des forces.

— Je vais t'obéir, mon grand. Sois tranquille. Bonne journée!

Encore cette gaieté factice, cette amabilité forcée et si mélancolique. Déçu, Joshua scruta le visage de sa mère. Il s'attendait à y découvrir des larmes. Il n'y décela qu'un être hors d'atteinte, qui le fixait sans le voir.

Il se sauva à toutes jambes vers la charronnerie.

17

Septembre 1834

— As-tu déjà vu un plus beau gâteau, maman? Ça donne l'eau à la bouche, tu ne trouves pas?

Isabelle et Olive guettaient la réaction de Charlotte. Celle-ci écarquilla les yeux et leur présenta une mine épanouie, qui s'éteignit aussi rapidement qu'elle était apparue. Et son visage arbora de nouveau cette expression insondable qui semait le malaise chez ses proches: une absence, une indifférence polie, qui étouffait le moindre élan d'enthousiasme.

— J'espère qu'il te plaira, dit Olive Burchard. J'y ai ajouté des noisettes que j'ai cueillies derrière l'abattis du deuxième rang. Tu te rappelles? Nous y sommes allées ensemble, l'année dernière.

Chagrinée par l'apathie de son amie, elle tentait de rallumer sa flamme, de la ramener du bon côté de la vie. Charlotte fêtait ses trente-deux ans. Elle aurait dû chanter et danser, boire le vin que lui avait apporté Anna Maria Valls, se bercer au soleil dans la balançoire construite par John Mulvena, son ami et protecteur. Mary lui avait cousu une jupe; elle ne l'avait pas encore essayée. Les enfants lui avaient offert une brosse à cheveux qu'elle avait déjà admirée au magasin général de Richard Smith ; elle ne s'en était pas servi. Plusieurs lui avaient transmis leurs bons vœux, lui souhaitant santé et bonheur. François Caron avait fabriqué un nouveau rouet pour l'atelier, le sien ayant pris de l'âge ; elle l'avait à peine regardé.

Pourtant, la reine de la fête répondait à ces attentions de manière affable, certaine de manifester sa reconnaissance avec une belle vivacité. Or, sa voix faible, son ton monocorde et son visage blême et inexpressif ne reflétaient pas du tout son immense gratitude. Son corps si frêle constituait une barrière infranchissable, derrière laquelle l'émotion restait confinée.

Après un va-et-vient de visiteurs et de visiteuses qui dura une partie de l'avant-midi, Olive se retrouva seule avec son amie.

— Veux-tu que nous sortions un peu ? proposa-t-elle. Il fait un temps magnifique !

Charlotte secoua la tête, sans remuer les lèvres.

Cette inertie provoqua chez Olive une exaspération qu'elle ne put dissimuler.

— Qu'est-ce qui se passe avec toi ? lança-t-elle. Ça suffit, maintenant ! Tes enfants ont besoin de leur mère. Tes amis s'ennuient de toi. Tes clients te réclament. Ressaisis-toi, bon sang ! Secoue-toi un peu ! Ce n'est pas en restant assise sur ta chaise que le goût de vivre va te revenir. Si ta grand-mère te voyait ! Crois-tu qu'elle serait fière de toi ?

Charlotte leva la tête vers son amie. Ses yeux emplis de larmes la suppliaient de comprendre.

— Je ne peux pas, murmura-t-elle d'une voix si basse qu'elle semblait provenir de ses entrailles. Je ne peux pas…

Olive aurait voulu la secouer, la libérer de son fardeau, quel qu'il soit. Au nom de Rachel Martin, au nom d'Agnes Hamilton, au nom de ceux et celles qui avaient aimé cette jeune femme unique au cœur brisé, au nom de leur amitié, elle désirait sauver Charlotte du désespoir qui s'infiltrait en elle, l'arracher au passé et à ses histoires douloureuses, à ses croyances oppressantes, fondées ou non.

Pendant quelques secondes, Olive chercha en vain les mots qui délivrent et redonnent confiance. Puis elle choisit de prendre Charlotte dans ses bras. Elle la serra contre elle pour lui transmettre la vie, la faire renaître au monde. Son amie était si menue et si fragile qu'elle crut presser sur son cœur une libellule aux ailes soyeuses, qui ne demandait qu'à s'abandonner au vent. Olive tenta de la retenir, mais après quelques minutes, elle comprit que le vent avait gagné.

Pendant un bon moment, la femme du cordonnier pleura en étreignant sa compagne à l'âme meurtrie.

En les voyant ainsi enlacées, nul n'aurait su dire laquelle soutenait l'autre.

*

Joshua revint plus tard que de coutume, ce soir-là.

Il trouva la maison endormie. Seul un fanal était resté allumé sur la galerie. Sans doute une attention d'Isabelle. Depuis quelque temps, sa sœur adoptive se montrait plus aimable avec lui. Ils avaient presque retissé leur complicité d'antan. La maladie obscure qui frappait leur mère les obligeait à se serrer les coudes. Ils avaient déjà affronté d'autres épreuves ; ensemble, ils surmonteraient aussi celle-là.

Bien qu'épuisé, Joshua dormit mal. Il se réveilla souvent au milieu d'un cauchemar, mais incapable de se rappeler les détails. À l'aube, le sommeil le fuyant pour de bon, il décida de se lever et de s'habiller.

Un silence de plomb régnait aux alentours. Pas un bruissement, pas un craquement. À l'extérieur, les oiseaux de jour dormaient encore, et ceux de nuit étaient déjà retournés à leur refuge. Le vent s'était apaisé : pas un frisson n'agitait les feuilles des arbres.

Joshua se fit le plus silencieux possible, mais chacun de ses pas produisait un bruit sec, semblable à un coup de fusil. Il ne voulait pas réveiller Tom et François qui dormaient comme des souches. Il se dépêcha donc de sortir de la cabane.

Après avoir uriné contre un arbre, il s'apprêta à se rendre à la charronnerie, où son patron lui offrirait sans doute à déjeuner. Une grosse journée les attendait. Il nouait ses lacets de bottines quand Isabelle apparut sur la galerie, en robe de nuit, ses cheveux défaits tombant sur ses épaules. Joshua songea à une image d'ange qu'il avait admirée à la petite école de Rufus Miner. Avec sa candeur d'enfant, il avait alors cru que ces êtres célestes existaient en réalité et qu'un jour, peut-être, il en croiserait un qui se serait égaré sur la terre. Il l'avait souhaité très fort, et voilà que son rêve se réalisait. Ce fut la première pensée qui effleura son esprit. Puis il observa mieux le visage de sa sœur adoptive et y découvrit l'effarement.

Affolé à son tour, il se précipita vers elle et la prit par les épaules.

– Que se passe-t-il ? C'est maman ?

Incapable de répondre, Isabelle baissa la tête.

Joshua l'abandonna sur la galerie et courut au chevet de sa mère.

Charlotte s'était endormie pour toujours. Le premier matin de sa trente-troisième année de vie, la jeune femme, enfin apaisée, avait rejoint ses morts, laissant aux vivants l'obligation de continuer sans elle.

Deuxième partie

1

Novembre 1834

Le vent d'automne charriait ses tristesses, emportant dans sa course les dernières feuilles des arbres. Assis sur une souche, au milieu du pacage, Tom regardait en direction de la rivière Saint-François. Depuis la mort de sa mère, une idée le hantait, dont il n'arrivait plus à se débarrasser. Il voulait repartir auprès des siens, vivre de nouveau avec Talaz et son mari, le grand Simon aux yeux de biche. Il s'ennuyait des histoires de Mali, sa grand-mère. Il voulait reprendre les chasses d'hiver, à grandes enjambées dans la neige folle, et se réchauffer dans la clairière, près du feu entretenu par les femmes. Pour oublier cet immense chagrin qui le dévorait sans jamais lui laisser de répit, il souhaitait avoir froid, avoir faim, marcher pendant des heures en luttant contre les bourrasques, souffrir dans son corps pour soulager son âme. Du lever du soleil jusqu'à son coucher, ce projet l'obnubilait, mais il n'osait en parler à personne. Qui comprendrait?

— Te voilà enfin!

François Caron s'avançait vers lui d'un pas décidé. Les pans de son manteau lui battaient les flancs. En le voyant ainsi, le souffle court, sale et échevelé, Tom ressentit une certaine culpabilité. Il aurait dû mieux l'épauler plutôt que de fuir à la première occasion. François se démenait comme un diable dans l'eau bénite pour sauver les moutons et la ferme. Il réparait les bâtiments, trouvait de l'argent pour renflouer les coffres. Bref, il accomplissait des miracles et récoltait bien peu de reconnaissance.

— Je n'étais pas très loin, bredouilla le délinquant. Je partais justement.

— Tu n'étais pas très loin, mais tu y traînassais depuis longtemps! As-tu oublié qu'on réparait le toit de la cabane aujourd'hui? J'ai besoin de ton aide.

— As-tu les matériaux?

— Je les ai achetés ce matin. J'ai ce qu'il faut.

— Où as-tu trouvé l'argent?

François balaya la question d'un geste de la main.

— Ne te tracasse pas pour ça. Viens plutôt m'aider, si tu ne veux pas que ta paillasse se remplisse d'eau à la prochaine pluie. L'hiver sera bientôt là; pas question de lambiner.

Chemin faisant, François Caron ne fut pas long à constater que Tom traînait de la patte. Bien sûr, la mort de sa mère l'avait ébranlé, mais sa joie de vivre et son don pour le bonheur auraient dû prendre le dessus, ce qui tardait à se produire. Où était donc passé son éternel enthousiasme?

François s'arrêta pour l'attendre. Ils arrivaient à la maison et Tom gardait toujours ce pas nonchalant, presque chancelant, qu'il avait adopté depuis quelque temps. Son esprit refusait d'avancer. La direction qu'on lui proposait ne lui convenait jamais. Il souhaitait être ailleurs et ne réussissait plus à le cacher.

— Tu sais que tu peux me dire ce qui te tourmente, n'est-ce pas? lui demanda François. Je ne trahirai pas ta confiance.

Après l'avoir rattrapé, Tom s'était arrêté lui aussi.

Il se contenta d'émettre un son qui ressemblait à un assentiment.

— Je sais garder un secret, insista son compagnon.

L'adolescent de treize ans admettait volontiers qu'il n'aurait pu choisir meilleur confident. Il repoussait néanmoins le moment de se confier, car une fois qu'il aurait exprimé son plus grand souhait à voix haute, il lui semblait que le sort en serait jeté. Il ne pourrait plus reculer et devrait aller au bout de son désir.

— Dis-moi ce qui ne va pas, reprit François. N'aie pas peur.

— Je veux retourner chez moi, murmura Tom.

Voilà, il l'avait dit. Cette aspiration intime devenait un projet avoué. Un engagement.

— Mais c'est ici, chez toi, non?

Tom hésita, incapable d'expliquer cette dualité qui le constituait et à laquelle il n'échappait jamais en dépit de ses efforts.

— J'ai deux familles, dit-il. Je les aime également, mais parfois l'une me manque plus que l'autre.

— Je comprends. Je crois qu'en ce moment tu as davantage besoin de ta famille abénaquise. J'ai raison?

Le Métis acquiesça en silence. François avait bien saisi ce qu'il ressentait. Il ne le jugeait pas, ne l'avait pas accusé de lâcheté, n'avait pas parlé de fuite. Ils se remirent en marche et Tom, soudain plus léger, accorda son pas à celui de son compagnon.

*

Réconforté par la réaction compréhensive de François, Tom guetta le retour des Abénaquis avec frénésie, sans jamais manquer une journée.

Un soir qu'il rentrait plus tôt du travail, Joshua le surprit qui revenait de la pointe, les bottines souillées de boue et le bas du pantalon détrempé.

— Es-tu allé patauger dans la rivière? lui demanda-t-il, l'air narquois.

— Je suis allé sur la pointe pour guetter le retour des miens, lui répondit son cadet, la mine inquiète. Ils tardent à arriver, je trouve.

Joshua recula d'un pas comme s'il avait été frappé.

Tom regretta aussitôt sa franchise. Il n'aurait pas dû être aussi direct. Son désir de partance l'avait mal conseillé. Son frère n'était pas prêt à entendre la vérité et il n'en avait pas tenu compte.

— Que veux-tu dire? le questionna Joshua, la mine réprobatrice. Si ces gens sont les tiens, qui sommes-nous, Isabelle et moi?

— Vous êtes ma famille, le rassura Tom en tendant la main pour toucher l'épaule de son aîné.

D'un mouvement brusque, Joshua l'évita. L'attitude de Tom avait éveillé ses soupçons.

— Tu ne penses pas partir avec eux? Détrompe-moi, s'il te plaît!

Tom baissa la tête. Il aurait préféré ne pas avoir à affronter la colère et l'incompréhension de son aîné.

— Réponds! ordonna Joshua.

Tom soupira et baissa les paupières, le temps de rassembler ses forces.

— Je dois m'en aller, dit-il enfin. Je ne peux plus rester ici.

— C'est hors de question! N'y pense pas! Tu ne peux pas partir!

— Au contraire, je ne peux pas ne pas partir. Je t'en prie, essaie de comprendre. Je vais mourir si je reste ici. Je vois maman partout: dans la maison, dans la bergerie, dans les champs, dans les rues du village, sur la galerie. Elle est partout et nulle part à la fois. Je n'en peux plus. Je n'arrive pas à l'oublier, à accepter. C'est ma faute si elle est morte, je le sais. Je n'aurais jamais dû revenir. J'ai apporté le malheur dans cette maison et je ne pourrai jamais me pardonner si je ne me concentre pas sur autre chose. Je t'en prie, laisse-moi partir avant qu'un autre drame se produise.

— Tu dis des bêtises! La maladie a emporté notre mère et tu n'as rien à voir là-dedans. Tu t'inventes des prétextes pour partir! Penses-tu vraiment que c'est plus facile pour moi? Tu te crois le seul à souffrir? Moi aussi, je m'ennuie d'elle et je me fais des reproches. Tellement que j'en ai mal au ventre! Crois-tu que je dors la nuit? Non, je pense à elle, à ce que j'aurais aimé lui dire et à ce que j'aurais dû faire. Pour moi aussi, son absence est insupportable, et pourtant je reste. Alors que je comptais sur toi pour m'aider à sauver la ferme, tu ne pensais qu'à t'enfuir dans les bois, avec ta famille de sauvages.

Ulcéré, Joshua tourna le dos à son frère et courut se réfugier dans la cabane. Il y jouirait d'une agréable solitude pour une bonne partie de la soirée, car François suivait de près les élections qui avaient débuté quelques jours plus tôt, à Richmond. Les résultats s'annonçaient assez serrés, réformistes et conservateurs se faisant une chaude lutte, mais depuis que les bureaux de vote s'étaient déplacés à Sherbrooke, le vent semblait vouloir tourner en faveur des tories. François Caron avait tenté d'intéresser Joshua à la chose politique, mais celui-ci avait fait la sourde oreille, même si les arguments de l'homme engagé auraient dû le toucher.

— Tu ne peux pas imaginer les malversations dont sont capables ces damnés conservateurs! lui avait expliqué François. Peux-tu croire que Calvin Tolford, notre candidat, a été expulsé de son logement la semaine dernière? Quelle fâcheuse coïncidence, n'est-ce pas? Il n'a pas pu sortir son journal, évidemment.

Si les circonstances avaient été différentes, Joshua aurait accompagné François à Sherbrooke ce soir-là, et il n'aurait pas eu cette algarade avec son frère. Bien conscient des injustices subies par les partisans du parti réformiste, il aurait aimé en découdre avec ceux qui les intimidaient, surtout en ce moment, maintenant qu'il avait découvert les desseins secrets de Tom. Une bonne bagarre l'aurait soulagé. Le scrutin se faisant à main levée, certains marchands prenaient en note les noms des cultivateurs qui votaient du mauvais bord, puis ils leur rendaient une petite visite pour exiger qu'ils remboursent leurs dettes séance tenante. On leur refusait ensuite tout crédit.

Le jeune homme admettait également un élan de sympathie pour le journaliste du *St. Francis Courier*. Calvin Tolford avait eu le courage de se présenter comme candidat, malgré les dangers que cela représentait pour sa personne et pour son journal. Joshua admirait son audace. Cet homme lui rappelait Silas Dickerson.

Cependant, la mort de sa mère était trop récente pour qu'il s'attarde à autre chose qu'à son chagrin. De plus, il y avait tant à faire. Son salaire ne suffisait plus. François n'avait pas été payé depuis des semaines. Isabelle se tuait à la tâche sans véritables résultats. Les clients s'étaient volatilisés, sauf quelques amies qui lui restaient fidèles en souvenir de Charlotte. Ils pourraient tenir le coup encore quelques semaines, peut-être un mois ou deux, en se privant du nécessaire et en vendant des moutons, mais Joshua ne voyait pas comment ils pourraient s'en sortir à long terme. Il cherchait en vain une solution durable. Devant son incompétence, ses espoirs s'amenuisaient chaque jour. La fatigue, la peine, et maintenant l'immense déception d'apprendre que Tom songeait à l'abandonner, minaient sa faculté de réfléchir.

Après avoir ressassé pendant des heures ces idées sombres, il finit par s'endormir.

*

Une semaine plus tard, le résultat des élections plongeait François Caron dans une profonde consternation. À force de magouilles et d'intimidation, les conservateurs avaient battu les réformistes.

— Et dire que les nôtres ont gagné à Stanstead! s'indigna l'ardent partisan, qui n'arrivait pas à se résigner. C'était donc faisable! On ne s'est pas assez démenés. On aurait dû y mettre encore plus d'énergie et ne pas se laisser effaroucher par ces chenapans de tories. Si tous ceux qui en avaient le droit avaient montré plus de courage et étaient allés voter, on aurait pu les balayer.

Joshua ne dit rien; il saisissait le sous-entendu. Maintenant propriétaire de la ferme, il aurait peut-être pu se prévaloir de son droit de vote, ou du moins manifester son appui à la cause, mais il ne l'avait pas fait, trop englué dans les tracas du quotidien qui s'accumulaient. D'ailleurs, plusieurs autres personnes s'étaient abstenues, elles aussi. Un certain nombre craignaient les représailles si elles affichaient leurs convictions politiques et préféraient donc se tenir à l'écart; d'autres avaient juste manqué de temps. François Caron parlait de courage. Joshua considérait plutôt que la première responsabilité des hommes consistait à protéger leur famille, ce à quoi il s'appliquait, en dépit des difficultés.

— On a de la visite, murmura Isabelle qui sortait de l'atelier.

Joshua et François se tournèrent ensemble vers la route. Un cavalier chevauchait à bride abattue. William Felton avait décidé de faire une de ces entrées remarquées dont il avait le secret.

— Qu'est-ce qu'il nous veut? maugréa François, qui ne portait pas l'ancien militaire dans son cœur.

Monsieur Felton n'était pas étranger à la victoire des conservateurs. Il avait très souvent noyauté les assemblées réformistes en utilisant des stratagèmes astucieux mais malhonnêtes. Sa réputation de magouilleur, alimentée par François et ses amis, grandissait de jour en jour.

— Bonsoir, messieurs! Bonsoir, mademoiselle! lança le major en stoppant sa monture, qui encensait de la tête en renâclant.

Après être descendu de cheval, il tapota ses vêtements pour se débarrasser de la poussière de la route, puis se dirigea vers les jeunes gens qui, sous l'effet de la surprise, n'avaient encore rien dit.

— Je ne vous dérange pas, j'espère, commença le militaire de sa voix autoritaire. J'aimerais parler au nouveau propriétaire.

Il tendit la main à Joshua qui la prit à contrecœur. Peu rassuré, le fils de Charlotte gardait en mémoire les fréquents démêlés de sa mère avec cet homme. À une certaine époque, William Felton l'avait harcelée pour qu'elle lui vende sa fermette, ce qu'elle avait toujours refusé.

— Permets-moi d'abord de te présenter une fois de plus mes sincères condoléances. Ça ne doit pas être facile de se retrouver chef de famille à ton âge.

Tout en parlant, William Felton examinait les alentours, l'air de chercher quelque chose ou quelqu'un.

— Merci, marmonna Joshua, intimidé par la prestance de son interlocuteur.

L'autre le prit par les épaules et l'entraîna à l'écart.

— Allons marcher un peu, mon gars.

Isabelle et François comprirent qu'ils n'étaient pas conviés à la rencontre. Ils retournèrent chacun à leurs occupations. Resté seul avec son visiteur, Joshua s'efforça de faire bonne figure. Il redressa le torse et mit une distance raisonnable entre monsieur Felton et lui afin que le major ne puisse plus le toucher. Il aurait aimé que Tom soit dans les parages. Il se serait senti plus fort, mais son frère avait disparu depuis l'aube. Sans doute courait-il la forêt, s'emplissant les poches de cailloux et de mousse. À moins qu'il ne soit sur la pointe, à guetter le retour des Abénaquis.

— J'ai une offre à te soumettre, une offre formidable que tu es beaucoup trop intelligent pour refuser.

Cette introduction ne disait rien de bon à Joshua. Il attendait la suite avec appréhension. Monsieur Felton ne le fit pas languir.

— Je suis prêt à acheter ta propriété, la terre et les bâtiments, à prix fort.

— Ma terre n'est pas à vendre, rétorqua Joshua, avec moins de vigueur qu'il ne l'aurait souhaité.

William Felton secoua la tête en soupirant.

— Attends un peu. Laisse-moi d'abord t'expliquer. Tu comprendras très vite où réside ton intérêt.

Le major entreprit de lui exposer les changements provoqués par l'arrivée de la Compagnie des Terres, et pourquoi il aurait avantage à vendre sa propriété maintenant, avant qu'elle perde de la valeur.

Joshua n'écoutait pas. Il pensait à sa mère, à ses rêves jamais réalisés, à tous ces combats qui l'avaient épuisée. Elle avait résisté, avait lutté jusqu'au bout de ses forces pour leur offrir une vie décente, sur une terre qui leur appartenait. Aurait-il ce courage? Pourrait-il montrer une telle persévérance? Il en doutait. À seize ans à peine, il éprouvait déjà une immense lassitude devant les devoirs qui lui incombaient. Tout en muscles, fort et vigoureux, il aurait dû saisir la vie à bras-le-corps. Or, ses nouvelles responsabilités lui pesaient. Il était mal armé pour les assumer. Cherchant un soutien, il tourna la tête vers la maison. Il aurait aimé voir sa mère apparaître, si frêle, mais brave et chaleureuse comme aux jours heureux de son enfance. Il surprit plutôt Isabelle qui l'épiait derrière la fenêtre de la cuisine.

Elle lui adressa un signe de la main. Ce geste timide, presque enfantin, trahissait ses craintes et sa confusion. Depuis la mort de Charlotte, le chaos régnait dans la maison, un chaos que chacun s'efforçait de maîtriser à sa manière, mais qui menaçait d'éclater et de tout emporter. Isabelle avait déjà vécu un cataclysme similaire, de ceux qui engloutissent une vie, n'épargnant rien sur leur passage. Elle n'était encore qu'une fillette lorsque son père et sa mère avaient trouvé la mort dans des circonstances dramatiques. Elle en avait gardé des séquelles, mais elle avait survécu. La candeur de l'enfance l'avait sauvée, ainsi que l'amour de Charlotte et le soutien affectueux de ses frères adoptifs. Or, il lui semblait aujourd'hui s'approcher d'un gouffre aussi terrifiant, et elle se roulait en boule pour éviter de sombrer, se cramponnant des deux mains à ses rares certitudes pour ne pas être aspirée.

La présence de William Felton et l'attitude figée de Joshua face au militaire lui donnaient des frissons. Elle redoutait cet homme dont on disait autant de mal que de bien, et dont Charlotte s'était toujours méfiée. Elle aurait aimé que son frère le chasse ou fasse preuve de moins de soumission. Elle le devinait tendu, embarrassé. Le plaignant d'un côté, elle avait aussi très envie de le sermonner.

«Il faut que François vole à son secours avant qu'il prenne une mauvaise décision», se dit-elle, convaincue que seul son grand ami pourrait les sauver. Elle fondait tous ses espoirs dans la sagesse du jeune homme, dans son ingéniosité et sa générosité.

Elle quitta donc son poste d'observation avec l'intention d'aller chercher l'engagé, mais quand elle sortit de la maison, William Felton enfourchait déjà sa monture. Il adressa un salut militaire à Joshua et s'élança sur le sentier.

Isabelle rejoignit son frère.

– Que nous voulait-il? demanda-t-elle.

Troublé, Joshua prit quelques secondes pour rassembler ses idées avant de lui répondre, l'air détaché.

– Rien, dit-il en haussant les épaules. Rien d'important.

– Mais voyons! riposta Isabelle. Monsieur Felton ne se dérange pas pour rien. Que voulait-il?

À l'évidence, Joshua ne souhaitait pas répondre à cette question. Par chance, l'arrivée inopinée de Tom lui permit de se défiler.

– Où étais-tu donc? le sermonna son aîné.

Pas du tout impressionné, le jeune coureur des bois souriait de toutes ses dents. Malgré la fraîcheur de l'air, de la sueur coulait sur son visage. On l'aurait dit fiévreux, mais cette fausse impression résultait plutôt de son excitation.

– Devinez ce que je vous ramène! lança-t-il d'une voix frémissante de bonheur.

Curieux, les deux autres s'approchèrent et Tom écarta d'une main les pans de son manteau.

– Ne venez pas trop près, ordonna-t-il avec le plus grand sérieux. Vous risquez de l'effaroucher.

– Est-ce que c'est un aigle? demanda Isabelle, émerveillée.

La jeune fille avait du mal à ne pas tendre la main pour caresser la créature apeurée que Tom serrait contre son abdomen.

– Mais non! s'exclama le Métis. C'est un épervier. J'en ai vu souvent dans les territoires de chasse. Celui-là est encore un bébé.

– On ne dirait pas. Il est très gros.

Soulagé, Joshua s'amusait de l'enthousiasme de son frère. Chaque circonstance qui divertissait Tom de ses projets de départ insensés le réjouissait. En le regardant manipuler avec une grande habileté cet oiseau sauvage aux serres acérées et au bec redoutable, il se disait cependant que cet être qu'il aimait tant était bâti pour une vie différente. Ses mouvements se déployaient avec une ampleur trop grande pour une terre clôturée. Ses yeux voyaient trop loin; sa parole appartenait à une sphère étrangère. Joshua eut soudain des remords. Son frère serait certes plus heureux ailleurs. Or, lui ne supporterait pas son absence.

Attiré par leurs étranges chuchotements, François Caron se passionna lui aussi pour cet oisillon déjà prêt à quitter le nid. Peut-être avait-il raté son premier vol. Un corbeau mal intentionné l'avait-il obligé à fuir et à s'éloigner des siens? À moins qu'il n'ait été pourchassé par un grand-duc.

Les hypothèses ne manquaient pas et chacun y allait de la sienne, jusqu'à ce que Joshua, l'esprit pratique comme à son habitude, intervienne.

– Que comptes-tu en faire?

Les autres se turent, étonnés. L'oiseau ne suscitait chez eux que de l'émerveillement. Personne n'avait encore pensé à envisager l'avenir.

— Je vais en prendre bien soin jusqu'à ce que je puisse le renvoyer à ses parents, déclara Tom après une courte hésitation.

— Tu sais ce que ça mange, un épervier ?

— Je vais lui chasser une gélinotte. Ça devrait le satisfaire pour quelque temps.

Joshua soupira en secouant la tête. Son frère l'étonnerait toujours. Avant de retourner vaquer à ses occupations, il observa un moment l'oiseau de proie qui respirait plus calmement et ne tentait plus de fuir les mains qui le maintenaient immobile. Ses yeux effarés pétillaient maintenant de vivacité. Il devenait plus facile d'entrevoir le redoutable prédateur qu'il deviendrait dans quelques semaines.

2

Les jours suivants, Tom courut les bois en quête du couple d'éperviers. Ses tâches en souffraient, mais François comprenait que le garçon accomplissait une mission de première importance. Il ne lui en voulait pas. Au contraire, il l'avait même aidé à bricoler une cage assez grande pour son protégé, et facilement transportable. L'oiseau s'y était vite habitué, tout comme il s'habituait peu à peu à la présence des humains. Tom passait de longues heures assis sur un vieux tronc d'arbre, sur une pierre, ou allongé à plat ventre dans les fougères. Il plaçait la cage et l'oisillon un peu plus loin et attendait. Le petit épervier émettait des sons à peine audibles qui attiraient parfois une hermine ou un renard. Tom s'empressait de les chasser, et l'attente recommençait.

Après quatre jours de ce manège, le jeune Métis désespérait de rendre son protégé à sa famille. Il avait encore passé plusieurs heures à épier les alentours, installé à bonne distance de la cage, et s'apprêtait à revenir bredouille une fois de plus lorsqu'un mouvement furtif attira son attention. Il se cacha derrière un buisson en retenant son souffle.

Quelques minutes suffirent et il l'aperçut enfin. Perché à l'extrémité d'une branche qui oscillait sous son poids, l'épervier adulte observait la cage avec des mouvements saccadés, nerveux. Prêt à s'envoler à la moindre alerte, il déployait ses ailes à intervalles réguliers. Le petit avait décelé sa présence ; ses cris redoublèrent d'intensité.

Le cœur de Tom battait la chamade. Inondé par un flot d'émotions, il oscillait entre le rire et les larmes. Le jeune épervier retournerait avec les siens et cela le réjouissait, mais lui le perdrait à jamais. Peiné, il eut envie de repartir avec son oiseau, de le garder pour lui. L'épervier adulte lança alors son cri d'alarme semblable à un aboiement nasillard, à la fois menaçant et touchant. Puis il prit son envol et disparut. Sa décision prise, Tom se précipita vers la cage. Il ouvrit la porte qui ne tenait que par une cordelette et retourna vitement dans sa cachette.

Il n'eut pas à attendre longtemps.

Après quelques secondes, deux oiseaux adultes jaillirent de nulle part et se posèrent dans un arbre. L'un d'eux lança de nouveau son cri, qu'il répéta à plusieurs reprises, et l'épervier juvénile s'envola dans sa direction. En dépit de sa maladresse, il réussit à atterrir sans trop de dommages près de ses deux parents. Il pépiait, ouvrait les ailes puis les refermait, quémandant nourriture et protection.

Tom resta immobile jusqu'à ce que la famille disparaisse dans le feuillage dense et que le silence revienne dans les bois. Il avait le cœur gros, se sentait plus seul que jamais, un orphelin ne sachant plus à quelle communauté il appartenait ni quelle place il occupait dans le monde. Il prit la direction de la maison, marchant la tête basse, en assénant de grands coups de pied sur chacun des obstacles rencontrés.

En sortant de la forêt, il entendit de nouveau le cri de l'épervier.

Le son lui parvenait de loin. Curieux, il bifurqua à gauche, s'éloignant ainsi du sentier. Il voulait voir les oiseaux une dernière fois, comme s'il attendait d'eux une réponse à ses questions, une consolation peut-être. Les bêtes avaient toujours produit sur lui un effet bénéfique.

Sa quête le mena jusqu'au bord de la rivière Saint-François. Une neige légère et silencieuse virevoltait autour de lui. Les oiseaux se taisaient. Maintenant que la famille était réunie, peut-être les éperviers partiraient-ils ensemble vers le sud, à l'instar de leurs congénères.

Convaincu de ne plus les revoir, Tom allait rebrousser chemin lorsqu'il distingua un canot, puis un autre, qui semblaient flotter sur la neige fine. Le Métis frissonna d'excitation. Sans plus réfléchir, il courut jusqu'à la pointe, où les Abénaquis s'arrêtaient depuis toujours, où son père et sa mère s'étaient aimés. Les canots frôlèrent la berge, puis continuèrent leur route sans avoir ralenti.

— Par ici! cria Tom, fébrile. Je suis là! Arrêtez-vous!

Une des embarcations fit demi-tour. Il reconnut alors sa tante et le grand Simon, son mari.

— Que fais-tu là? demanda Talaz après qu'ils eurent accosté.

Elle dévisageait son neveu avec des yeux admiratifs, toute à sa joie de le revoir.

— Je vous attendais. Pourquoi les autres ne s'arrêtent pas?

— Il est tard dans la saison et nous avons décidé de camper plus loin, après le portage du coyote.

— Emmenez-moi avec vous! les supplia le Métis.

Les mots avaient jailli de sa bouche.

Une prière, un cri de désespoir.

Qui sèmerait la mort s'il n'était pas exaucé.

Dans sa confusion, Tom le croyait vraiment. Pour lui, il n'y avait plus de tergiversations possibles : il partait ou il mourait.

— Mais… ta famille…, bredouilla Talaz.

— Ma mère est morte…

— Je sais. La triste nouvelle nous est parvenue. Nous avons beaucoup pensé à toi.

— Emmenez-moi avec vous.

Ébranlée par cet appel si pressant, Talaz abandonna la décision à son mari. Forcé de se prononcer, le grand Abénaquis fixa l'adolescent droit dans les yeux pour sonder son âme. Tom soutint son regard avec une expression à la fois déterminée et implorante.

— Monte, ordonna finalement Simon.

Tom ne perdit pas une seconde. Il sauta dans le canot, persuadé de prendre la bonne décision, la seule possible. Il ne pensa ni à l'inquiétude de son frère et de sa sœur, ni à la déception de François. Peut-être le regretterait-il plus tard, mais pour l'instant, il n'envisageait aucune autre avenue. Lui aussi, comme le jeune épervier, filait vers le sud avec sa famille retrouvée. Ce n'est que quelques heures plus tard qu'il comprit à quel point sa conduite paraîtrait ingrate et cruelle. À l'étape suivante, il envoya donc un message à Sherbrooke, en espérant qu'on lui pardonnerait son départ précipité.

*

Quand Isabelle reçut le bout de papier tout chiffonné sur lequel Tom lui annonçait qu'il était parti avec les Abénaquis, elle n'eut d'abord aucune réaction. Puis, après quelques minutes, elle crut à une farce et chercha autour d'elle quelqu'un avec qui partager cette nouvelle absurde. Joshua se trouvait à la charronnerie. François travaillait aux champs. Il avait profité de cette journée voilée pour allumer un feu d'abattis. Les volutes de fumée se dissipaient dans le ciel, se mêlant aux nuages.

Incrédule, Isabelle relut le message une autre fois.

Peu à peu, la triste réalité se fraya un chemin jusqu'à sa conscience. Tom les avait quittés, peut-être pour toujours. Sans leur dire au revoir. Une bouffée de tristesse l'envahit et ses yeux se mouillèrent de larmes.

– Pourquoi? murmura-t-elle.

Elle posait la question, mais connaissait la réponse. D'une certaine façon, elle comprenait. Dans cette maison qui avait été si heureuse autrefois et où elle avait réappris à vivre ne subsistait plus que du chagrin. Tom avait fui en espérant rattraper le bonheur en chemin. Elle l'imiterait sans doute si elle savait seulement où se réfugier. Si François lui offrait de partir avec lui, elle le suivrait n'importe où, parce que dorénavant il était son foyer, son refuge. Elle voulait vivre dans son ombre. Alors, même si la maison de Charlotte lui paraissait aujourd'hui vide et triste, même si l'avenir s'annonçait morose, même si la tâche lui semblait insurmontable, elle resterait là tant que François habiterait la cabane.

La jeune fille fixa de nouveau le papier chiffonné. Elle devait avertir les autres. Joshua se faisait un sang d'encre depuis la disparition mystérieuse de son frère. La veille, il avait questionné plein de gens au village, sans succès. Il soupçonnait la vérité, mais ne voulait pas y croire. Tom ne serait pas parti sans lui dire au revoir. De son côté, François avait sillonné les alentours, parcourant les bois avoisinants et scrutant la rivière et ses berges jusqu'à la nuit tombée. Ils seraient rassurés d'apprendre que Tom était sain et sauf, avec les siens.

Son cœur hésitait entre deux options.

Elle avait surtout besoin de s'entretenir avec François, mais Joshua devait être le premier à être mis au courant. Tom était son frère. Le cœur serré, elle décida donc de se rendre jusque chez le charron pour dissiper les inquiétudes de l'aîné de la famille. Elle n'eut cependant pas le temps de mettre son projet à exécution, car François revint de la prairie plus tôt que prévu.

Elle lui tendit aussitôt le bout de papier.

Après l'avoir lue, le jeune homme resta le regard rivé sur la lettre. Isabelle crut qu'il pleurait. Pourtant, ses yeux étaient secs.

— Je vais avertir Joshua, déclara-t-il.

Isabelle le suivit des yeux avec le vague pressentiment qu'elle ne le reverrait plus jamais. Sa gorge se noua. La seule raison qui gardait François à la ferme venait de s'envoler. Incapable d'expliquer cette intuition diffuse, elle eut soudain très peur. Elle se rendit donc à l'atelier et s'y occupa de son mieux, en prêtant une oreille attentive aux bruits environnants et en jetant très souvent un coup d'œil à l'extérieur.

En fin de soirée, elle se résigna à se mettre au lit, épuisée et anxieuse.

Ni Joshua ni François n'étaient encore rentrés.

*

Le lendemain matin, à son réveil, Isabelle entendit du bruit dans la cuisine. Elle se leva, intriguée, et découvrit Joshua en train de tartiner de lard une tranche de pain épaisse.

— Tu t'es levé bien tôt, remarqua-t-elle, étonnée.

Elle n'obtint aucune réponse, mais en passant devant la chambre de Charlotte, elle constata que son frère y avait passé la nuit. Depuis la mort de sa mère, il n'avait jamais osé dormir dans cette pièce, ni même y pénétrer. Jusque-là, il avait toujours habité dans la cabane, avec François et Tom.

À son air bourru, Isabelle devina qu'il avait très mal pris la nouvelle du départ de son frère et qu'il n'était pas d'humeur à parler.

Elle se préparait un gruau lorsque François se présenta. L'homme engagé sursauta en apercevant Joshua et fit mine de ressortir aussitôt, mais Isabelle, trop heureuse de le voir après ses craintes de la veille, le tira par la manche pour l'obliger à s'asseoir à la table, malgré l'atmosphère tendue.

— Vous allez faire cette tête-là encore longtemps? demanda Isabelle, qui se méprenait sur les raisons de leur humeur maussade.

Joshua se mordit les lèvres et François baissa la tête.

— Tom n'est pas mort, les réprimanda la jeune fille. Il est juste parti pour un bout de temps. Je suis sûre qu'il va revenir très vite. Nous sommes sa famille et il va mieux le comprendre après avoir passé deux ou trois semaines loin de nous.

Le silence obstiné des deux autres dura encore quelques secondes, mais François Caron le rompit, à bout de patience.

— Je ne partage pas ton optimisme, grommela-t-il. Je ne comprends pas que vous vous contentiez de ce morceau de papier sans chercher à découvrir ce qui est réellement arrivé.

— Que veux-tu dire?

— Ces sauvages n'avaient pas le droit d'enlever Tom. Vous devez les poursuivre, alerter le shérif, s'il le faut. Cet enfant n'a que treize ans et il est influençable. Allez donc savoir ce que ces Abénaquis lui ont raconté pour le convaincre de les suivre!

— Ils ne l'ont pas enlevé! s'écria Isabelle. Il les a suivis de son plein gré. Ces gens sont aussi sa famille!

— Qu'en sais-tu? répliqua l'homme engagé. Tu ne peux pas en être sûre. Tu n'étais pas là.

Sa bouche méprisante et son ton colérique trahissaient son amertume. Isabelle ne l'avait jamais vu aussi bouleversé, aussi désarmé. Pour la première fois peut-être, la situation le dépassait et il exposait son impuissance avec gaucherie. Le départ de Tom le choquait et le blessait. Il souffrait de cet abandon qu'il avait pourtant pressenti. Quand Tom lui avait parlé de sa famille abénaquise, il avait compris son désarroi et l'avait soutenu. Or, jamais il n'avait imaginé qu'il puisse s'enfuir de cette manière. S'il avait pu discuter avec lui, il l'aurait sans doute convaincu de rester. Sa loyauté envers l'adolescent, qu'il croyait réciproque, avait été mise à mal, et cette blessure d'amitié le privait de son jugement et de son indulgence.

Isabelle tendit la main pour tenter de le consoler et le ramener à la raison, mais la voix dure de Joshua interrompit son geste.

— Toi, tu ne sais rien, dit le jeune homme en se levant et en pointant un doigt rageur vers François. Tu ne sais rien de notre histoire. Tu ne connais pas le passé de Tom, ses aspirations, où il a vécu, qui il a aimé. Tom est mon frère, mon seul frère, et j'ai décidé de le laisser vivre à sa manière et avec qui il en a envie. Chacun doit tracer son chemin, Tom comme les autres, et personne n'a le droit de se mettre en travers de sa route. Je ne le permettrai pas. Tiens-toi-le pour dit. Ce que nous faisons, mon frère et moi, ne te concerne pas.

François se leva à son tour.

— D'accord! Après tant d'années, je croyais faire un peu partie de la famille, mais si tu vois les choses de cette façon, tu peux chercher un autre homme engagé. Et je n'exigerai pas les sommes que tu me dois! Tu peux les garder! Tu en auras besoin…

— Comme tu voudras, lui répondit Joshua en haussant les épaules. Nous n'avons plus besoin de toi ici. Tu ne peux pas te plaindre. Ma mère et ma sœur t'ont traité aux petits soins et tu as toujours mangé à ta faim. Je ne te dois rien.

Ne laissant à personne le temps de réagir, Joshua repoussa sa chaise avec brusquerie et sortit de la maison, après avoir attrapé son manteau au passage.

Interloquée, incapable de donner un sens à cette querelle ridicule, Isabelle supplia François qui fixait la porte, l'air ahuri.

— Tu ne vas pas partir, n'est-ce pas? demanda-t-elle d'une voix étranglée par l'émotion.

Le jeune homme secoua la tête et cligna des yeux. Il tentait de se remettre du coup qu'on venait de lui asséner.

— Ai-je le choix? demanda-t-il. Tu as entendu ton frère?

— Ce n'est pas mon frère! lança Isabelle.

Une parole qu'elle regretta aussitôt, car elle lui rappelait un mauvais souvenir. Combien de fois Joshua et elle se renieraient-ils ainsi?

— Depuis la mort de maman, il est méconnaissable, se reprit-elle. De plus, le départ de Tom l'a bouleversé. Tu sais bien qu'il ne pensait pas ce qu'il a dit. Nous avons besoin de toi. Si tu pars, nous n'y arriverons pas. Je t'en prie...

— Ce n'est pas ce que je souhaite, mais je dois m'en aller. Ce ne sera peut-être pas pour toujours... Joshua reprendra peut-être ses esprits. Tu comprends dans quelle situation je me trouve, n'est-ce pas? Je ne peux pas rester dans de pareilles conditions. Ton frère et moi risquons de nous entre-déchirer, et ce n'est pas ce que je souhaite.

Sur le point de s'effondrer, la pauvre Isabelle affichait un air catastrophé. Son visage avait perdu ses couleurs. François Caron aurait voulu la prendre dans ses bras et la consoler, mais ayant depuis longtemps deviné les sentiments que la jeune fille nourrissait à son égard, il préféra s'en abstenir pour éviter toute ambiguïté. Il sortit sans se retourner, la mort dans l'âme.

3

Décembre 1834

La maison s'était figée dans l'hiver. Il y faisait parfois presque aussi froid qu'à l'extérieur, car Isabelle oubliait souvent de ranimer le feu. La plupart du temps, elle préparait un repas frugal, bien loin des délices auxquelles elle avait habitué sa famille. Elle s'assoyait ensuite à la table, attendant quelqu'un qui ne se présentait jamais, pendant que la nourriture refroidissait devant elle.

Le soir, Joshua regagnait un logis glacial. Dès son arrivée, il s'empressait d'attiser le feu, après avoir déposé une couverture sur les épaules de sa sœur.

— Tu vas tomber malade si tu ne prends pas soin de toi, insistait-il. Il faut manger et bien te couvrir. Il fait un froid de canard à l'extérieur. Je crois bien que l'hiver sera rude.

Isabelle approuvait du bout des lèvres et Joshua continuait d'animer la conversation de son mieux. Il aurait tout donné pour la distraire de son chagrin, dont il se savait en grande partie responsable.

— J'ai entendu dire que monsieur Felton s'est mis dans le trouble. Il va falloir qu'il rachète les terres qui ont été concédées à ses enfants, il y a plusieurs années. Selon les autorités, il les a obtenues d'une manière un peu louche.

Isabelle grimaça. Le sort de William Felton ne l'intéressait nullement. Il avait acheté un si grand nombre de terrains au fil du temps qu'il ne sombrerait jamais dans la misère, quoi qu'il arrive. Inutile de s'inquiéter pour lui alors que de si nombreuses sources de tristesse occupaient ses pensées.

Devant le silence obstiné de sa sœur, Joshua reprit ses explications.

— On dit que même ses collègues tories ne lui font plus confiance. Tout le monde se demande comment ses enfants ont pu obtenir mille deux cents acres de terre, puisque les autorités ne leur en avaient accordé que deux cents. Aurait-il falsifié des documents pour arriver à ses fins? Le major doit sentir la soupe chaude, crois-moi. Il paraît qu'il se défend de son mieux, mais ses explications sont boiteuses et ne convainquent plus personne. Carey Hyndman se moquait de lui aujourd'hui.

— Il va peut-être nous laisser en paix…, marmonna Isabelle.

— J'y compte bien! lança Joshua, heureux de la voir enfin participer à la conversation.

Il lui tendit un biscuit qu'il avait acheté pour elle chez le boulanger Loomis. La jeune fille le prit du bout des doigts et le dégusta à petites bouchées.

Joshua frémit de bonheur. Depuis des semaines, il entourait Isabelle de prévenances, ne recueillant que de l'indifférence. Et voilà qu'elle répondait enfin à ses attentions. Timidement, certes, mais il s'en contenterait pour l'instant. Cette réaction qu'il désespérait presque d'obtenir un jour le replongea néanmoins dans ses préoccupations. Il reprenait espoir de ramener Isabelle dans leur réalité, mais une fois cette mission accomplie, il faudrait lui offrir une vie décente. Or, l'argent ne tombait pas du ciel. Son salaire d'apprenti charron ne suffisait plus. Du troupeau si patiemment acquis par sa mère, il ne restait plus que quelques bêtes. Les autres avaient été mangées ou vendues. Depuis longtemps, plus rien n'était sorti de l'atelier. Sans Charlotte et sans Mary, qui s'occupait de ses deux enfants et n'avait plus de temps à lui consacrer, Isabelle avait renoncé à préparer la laine. Le métier à tisser n'avait plus été monté depuis un mois. Le rouet s'était tu, lui aussi.

Parfois, en écoutant le silence qui enveloppait la maison et les bâtiments, Joshua entretenait l'illusion désagréable de vivre en marge du monde, dans un univers immobile, immuable, où il ne se passait plus rien, où le temps s'était arrêté.

Or, au-delà des limites de la ferme, une ère nouvelle s'annonçait. La présence de la Compagnie des Terres se faisait de plus en plus sentir. Sans tambour ni trompette, Sherbrooke passait aux mains d'investisseurs ambitieux et visionnaires. À vrai dire, l'installation de colons venus de Grande-Bretagne, ardemment souhaitée par les dirigeants de la BALC, se déroulait plus lentement que prévu. Par contre, la Compagnie des Terres étendait petit à petit ses tentacules dans le village, s'imposant peu à peu dans la vie sociale et politique des cantons. Des gens influents fréquentaient ses bureaux, situés dans Factory Street. La belle et impressionnante résidence offrait une vue imprenable sur la gorge de la rivière Magog, là où la compagnie prévoyait construire de nouveaux barrages. Les plans se trouvaient déjà sur la planche à dessin de Samuel Brooks, agent et secrétaire de l'institution. Celui-ci s'ingéniait à satisfaire les actionnaires britanniques qui avaient investi de grosses sommes d'argent dans cette aventure. Grâce à eux, la compagnie disposait de capitaux importants, ce qui lui permettait de payer comptant les terres qu'elle acquérait, un atout majeur dans une région où le troc dominait les échanges depuis toujours.

Perdu dans ses pensées, Joshua sursauta en entendant des pas sur la galerie.

Heureux de cette diversion, il courut ouvrir aux visiteurs et ne put cacher sa surprise devant les jumelles Ryan, Fanny et Astrid, l'air enjoué sous leur capuche de fourrure. Derrière elles se tenait leur père, un géant irlandais, le cheveu en bataille et la face rougeaude, insensible au froid mordant.

— Est-ce qu'Isabelle est là? demanda Astrid, la plus délurée des deux, celle qui prenait toujours les devants.

Aussi étonnée que son frère, Isabelle se leva d'un coup et lissa ses cheveux vers l'arrière. Ses amies la surprenaient à un bien mauvais moment. Elle n'avait pas fait sa toilette depuis plusieurs jours. Elle portait ses plus vieux vêtements et n'avait rien à leur offrir, ni gâteau ni galette, encore moins une tasse de thé. Ses réserves étaient épuisées.

— Mais… Qu'est-ce qui vous amène? bredouilla-t-elle. Je ne vous attendais pas.

Les sœurs Ryan ne lui avaient pas rendu visite depuis le départ de François, et elle ne les avait pas relancées, car elle n'avait envie de voir personne. Elle se réjouit néanmoins de leur présence et retrouva un peu d'entrain quand elle s'attabla dans la cuisine avec elles.

– J'espère que tu ne nous en veux pas d'arriver sans prévenir, dit Fanny de sa voix timide, toute en retenue.

– Mais non ! Bien sûr que non ! Je suis seulement mal à l'aise de n'avoir rien à vous offrir. J'ai très peu cuisiné ces derniers temps.

– Tu n'es pas malade, au moins ?

– Non... Ça va...

Trop perspicaces pour ne pas deviner son désarroi, ses amies feignirent toutefois de ne rien voir pour ne pas ajouter à son trouble.

– Nous sommes venues t'inviter pour les fêtes du Nouvel An, déclarèrent-elles en chœur, les yeux pétillant d'excitation. Tu nous as si bien reçues l'année passée. À notre tour maintenant ! Et ton frère est le bienvenu, bien entendu !

Elles applaudirent de bon cœur à ce projet qui les enchantait. Ne pouvant résister à leur enthousiasme, Isabelle se départit de sa réserve et éclata d'un grand rire franc, sans entraves.

Joshua avait proposé à David Ryan de s'asseoir plus près du poêle. Veuf depuis plusieurs années, le joaillier considérait ses jumelles comme des pierres précieuses et il les maternait avec la même tendresse que l'aurait fait leur mère. Lui aussi avait entendu parler des déboires de William Felton et il aborda le sujet avec un rictus ironique. Joshua acquiesçait à ses propos en gardant un œil et une oreille sur les filles. La joie d'Isabelle lui réchauffa le cœur, bien davantage que n'aurait pu le faire un feu de bois. L'orpheline ressuscitait enfin, après s'être étiolée pendant une longue période. La vie – leur vie – pourrait reprendre son cours, ainsi que l'entreprise de séduction qu'il avait dû mettre de côté. Maintenant qu'elle respirait la gaieté, Isabelle ne pourrait lui refuser le bonheur auquel il aspirait depuis si longtemps.

L'année qui s'achevait avait été difficile, mais celle qui commençait s'annonçait plus favorable.

*

Les festivités soulignant la nouvelle année se déroulèrent dans une atmosphère joyeuse. Conscients du grand malheur qui avait frappé Joshua et Isabelle à l'automne, et de la peine que leur avait causée le départ de Tom, plusieurs familles les invitèrent à partager un repas ou à participer à des activités à l'extérieur. Moins occupé pendant cette période hivernale, John Mulvena multiplia ses visites et effectua quelques réparations, histoire de pallier l'absence de François Caron qu'il s'expliquait mal. Il y avait anguille sous roche – le jeune Canadien français, très attaché à cet endroit et à cette étrange fratrie, ne serait pas parti sans y être obligé –, mais il préféra ne pas insister pour connaître la vérité. Olive et Daniel Burchard reçurent eux aussi les orphelins à la table familiale en même temps que leurs enfants qui, sauf les deux derniers, volaient maintenant de leurs propres ailes.

Ce fut cependant avec Mary et Rufus Miner qu'ils passèrent la plus agréable journée. L'école était rouverte depuis deux semaines et le mois de février pointait déjà le bout de son nez. Mine de rien, Joshua et Isabelle reprenaient leur quotidien banal et routinier, croyant la période des agapes terminée. Or, un dimanche matin, l'instituteur et sa femme se pointèrent chez eux et leur proposèrent une activité qui, de prime abord, les étonna.

– Nous allons glisser dans le Deuxième Rang avec les enfants. Voulez-vous nous accompagner?

Se considérant comme trop vieux pour ce genre d'activité, tous les deux déclinèrent d'emblée l'invitation, mais devant l'insistance du couple, ils finirent par se joindre à la famille de Rufus Miner.

– La température est idéale! se réjouit Mary. Avez-vous vu ce soleil? Vous ne le regretterez pas.

La jeune femme ne croyait pas si bien dire. Joshua et Isabelle revinrent emballés de cette magnifique journée. Ils ne s'étaient pas amusés de la sorte depuis bien longtemps. Mary avait apporté un pique-nique qu'ils mangèrent assis dans la neige, sans enlever leurs mitaines. Les enfants avaient du mal à attraper leur nourriture, et les adultes s'amusaient de leur maladresse. Chacun d'entre eux se rappelait des souvenirs heureux, renouant du même coup avec l'insouciance de l'enfance.

Ce soir-là, devant un bon feu de bois, Joshua raconta à Isabelle les heures joyeuses que lui et Tom avaient passées avec Henry Brown, leur père adoptif, le seul qu'il ait connu.

– Nous partions souvent en fin d'après-midi, peu avant la brunante, pour aller glisser. La nuit nous surprenait chaque fois, alors que nous avions cru pouvoir la repousser. C'était magique. Je m'en souviendrai toujours.

Un voile assombrit son regard, mais il se ressaisit aussitôt. Rien ne devait gâcher cet instant.

— J'aime bien que tu me parles de ton enfance, lui dit Isabelle en posant une main sur celle de son frère adoptif.

Lorsqu'elle voulut la retirer, Joshua la retint.

— Isabelle, veux-tu devenir ma femme ? demanda-t-il à brûle-pourpoint.

Il préparait sa demande depuis des semaines. Les mots qu'il ressassait depuis si longtemps dans sa tête avaient jailli de ses lèvres sans qu'il puisse les retenir. Il ne contrôlait plus rien. Maintenant que la phrase avait été énoncée, il ne lui restait que l'espoir.

Estomaquée, Isabelle n'y comprenait rien. Avait-elle bien entendu ?

Son silence apeura Joshua, qui s'enhardit.

— J'aurais préféré te faire la grande demande avec des fleurs, et tout et tout, mais les mots ont été plus rapides que moi. Il ne faut pas m'en vouloir de ma gaucherie. Je t'aime depuis si longtemps ! Tu le sais, n'est-ce pas ?

— Oui…, bafouilla Isabelle. Mais… Je croyais…

— Je devine ce que tu vas dire, l'interrompit son prétendant. Non, tu n'es pas ma sœur ! Tu n'as jamais été ma sœur ! Je t'aime comme un homme aime une femme et je suis sûr que nous serons très heureux ensemble. Monsieur Drummond me paye bien. Nous ne manquerons jamais de l'essentiel. On pourrait vendre la ferme au major Felton et vivre au village. Tu serais plus près de tes amies, plus près des boutiques. Ce serait plus facile pour toi quand nous aurons des enfants.

Stupéfaite, Isabelle allait de surprise en surprise. Sans lui en parler, Joshua avait déjà planifié leur avenir. Son consentement à elle ne constituait que l'étape finale de son projet, une formalité, en somme. Les yeux du jeune homme brillaient de mille feux. Ses muscles se tendaient et les veines saillaient dans son cou et sur son front. Isabelle tenait sa vie entre ses mains. Si elle répondait par la négative, il risquait de s'effondrer, de s'évaporer.

— Je ne sais pas, dit-elle d'une voix douce, désireuse de l'épargner. Il faudrait que j'y pense, tu comprends? Je ne m'attendais pas à ça. Nous vivons depuis si longtemps comme frère et sœur…

— Bien sûr! Je jacasse comme une pie sans te laisser le temps de réfléchir! Je vais attendre que tu aies étudié ma proposition. On en reparlera plus tard.

Isabelle lui adressa un sourire plein de tendresse, mais qui trahissait néanmoins son appréhension. Elle se retira ensuite dans sa chambre sans rien ajouter.

Une fois seul, Joshua, ivre de bonheur, leva les bras au ciel en croisant les mains. Elle n'avait pas dit non.

4

Février 1835

Pendant quelques jours, une gêne perceptible subsista entre Joshua et Isabelle. Cette dernière n'avait pas donné de réponse définitive à son soupirant qui, de son côté, n'osait pas revenir à la charge. Chaque fois qu'ils se trouvaient en présence l'un de l'autre, ils bavardaient de la pluie et du beau temps pour masquer le malaise que suscitait leur situation ambiguë.

— Tu t'es levée bien tôt, s'étonna Joshua ce matin-là.

Habituellement, Isabelle ne commençait sa journée qu'après son départ, quand le poêle ronflant avait répandu sa chaleur dans toute la maison. Bien que réveillée, elle flânait un bon moment au lit, préférant ne pas avoir à converser de si bonne heure, surtout avec cette question des fiançailles toujours en suspens. D'une certaine façon, Joshua lui en savait gré, car il éprouvait de plus en plus de difficulté à garder une attitude neutre devant celle qu'il aimait davantage, à mesure qu'elle se laissait désirer. Il ne voulait pas la presser, mais espérait sa réponse avec une impatience grandissante.

– Je veux tisser un châle pour Mary. Ce projet me trotte dans la tête depuis que nous avons passé la journée ensemble. J'aimerais la remercier pour ses bontés.

– Bonne idée! Elle sera très contente.

Joshua partit pour la charronnerie quelques instants plus tard.

Isabelle rangea la cuisine, puis elle enfila son manteau et se rendit à l'atelier.

Elle n'y avait pas mis les pieds depuis des semaines et fut prise à la gorge par l'odeur de renfermé et d'humidité qui imprégnait la pièce. À peu près rien n'avait bougé depuis la mort de sa mère adoptive et les souvenirs affluèrent à l'esprit de la jeune fille. Elle avait passé de si belles années assise devant ce rouet, pendant que Mary et Anna montaient le métier. Charlotte régnait en souveraine dans ce minuscule royaume, dénouant les impasses, réglant les chicanes, consolant les chagrins. «Comme j'aurais aimé posséder une parcelle de son courage et de sa persévérance», pensa Isabelle. Elle regrettait de n'avoir pas eu accès à cet héritage. Qu'avait-elle donc reçu en partage? En se posant cette question, elle constata avec effarement qu'elle avait oublié jusqu'au visage de sa véritable mère, celle qui lui avait donné la vie. Elle avait peu à peu effacé cette partie de son passé lointain, sans doute pour se débarrasser des images intolérables qui l'avaient longtemps hantée. Son père avait assassiné sa mère sous ses yeux. Pour se décharger de ce fardeau, elle avait dû renoncer également aux évocations heureuses, faire le vide total.

Avant de s'enfoncer plus avant dans une nostalgie malsaine, la jeune fille s'empressa de rassembler tout ce dont elle aurait besoin pour réaliser le chef-d'œuvre qu'elle avait en tête. Elle réunit le matériel et les écheveaux nécessaires, mais après vérification, elle constata qu'elle n'aurait pas assez de laine bleue et qu'il valait mieux être prévoyante pour ne pas se trouver à court à la dernière minute.

— Je vais teindre deux écheveaux avant de commencer, déclara-t-elle d'une voix assurée. Ce sera plus sûr.

Après avoir fouillé partout, elle ne trouva pas les ingrédients nécessaires à la composition du bel indigo dont Mary avait inventé la recette et dont elle raffolait. « Peut-être madame Willard aura-t-elle ce qu'il me faut. Sa collection de plantes est impressionnante. »

Pleine d'espoir et chaudement habillée, Isabelle, son panier sous le bras, descendit par le sentier qui reliait leur maison à celle de la famille Willard.

Comme toujours, des émanations nauséabondes provenaient de la tannerie. Isabelle se boucha le nez et se rendit jusqu'au logis du tanneur. Madame Willard la reçut avec chaleur, s'enquérant de sa santé et lui répétant ce qu'elle lui avait déjà dit mille fois :

— Tu sais que tu peux compter sur nous, n'est-ce pas ? N'hésite jamais à nous demander de l'aide.

— Justement. J'ai besoin de laine bleue et je n'ai pas ce qu'il faut pour en préparer.

— Viens avec moi dans la remise. Je sais de quelle plante se servait ton amie Mary. Allons vérifier s'il m'en reste assez.

Trente minutes plus tard, Isabelle quittait sa voisine, le cœur en joie. Dans son panier, elle avait ce qu'il lui fallait pour teindre plusieurs écheveaux de la couleur désirée. Elle gagna la forêt pour remonter la piste étroite que plus personne n'empruntait depuis le décès de Charlotte et le départ de Tom.

— Isabelle ! Attends-moi !

Elle reconnut tout de suite la voix qui criait son nom avec un accent impossible à imiter.

— François ! Que fais-tu ici ?

Elle ne l'avait pas revu depuis leur brusque séparation, des semaines plus tôt. Il resplendissait toujours d'une beauté incomparable, avec des yeux qui hypnotisaient ses interlocuteurs.

— Monsieur Willard a loué le vieux moulin à écorcer, en bas du pont. Il nous a demandé de lui confectionner un comptoir et un meuble de rangement.

— Tu travailles toujours avec Joseph Gagnon, dans son atelier d'ébénisterie ?

Isabelle avait appris par les jumelles Ryan que François avait été engagé par son ami. Depuis l'arrivée de la Compagnie des Terres, l'artisan ébéniste ne suffisait plus à la tâche. Il avait offert à François de devenir son associé et celui-ci avait accepté avec plaisir. Déjà très habile de ses mains, le Canadien français avait appris le métier sur le tas, démontrant des aptitudes certaines qui avaient été vite reconnues. Leur entreprise prospérait.

— Oui, répondit François. Je peux te raccompagner ? Je n'ai jamais aimé te voir emprunter ce raccourci toute seule.

Isabelle opina de la tête et il prit son panier. La présence de François à ses côtés donnait des palpitations à la jeune fille. Elle humait son odeur envoûtante, plus puissante que celle de la tannerie et combien plus agréable. Elle observait ses gestes du coin de l'œil, son pas dansant qu'il retenait pour rester à sa hauteur. Elle écoutait sa respiration ample et paisible. Parfois, leurs mains couvertes de moufles épaisses se frôlaient et elle imaginait la douceur de sa peau.

— Tu vas bien ? lui demanda François alors qu'ils pénétraient sous le couvert des arbres.

Les feuilles jaunes des hêtres illuminaient le sous-bois, mais Isabelle se persuada que cette lumière étrange émanait de son compagnon de route, toujours aussi lumineux.

— Oui, je vais bien, mais ça pourrait aller mieux…

Elle s'interrompit brusquement. En poursuivant, elle livrerait ses états d'âme et perdrait ce qui lui restait de liberté et de dignité. Le chagrin qu'elle croyait avoir surmonté referait surface. Elle préféra réfréner son envie de se confier.

François devina ce qu'elle ne disait pas : ses réticences, ses espoirs, ses reproches. Mal à l'aise, il orienta la conversation vers des sujets moins sensibles.

— Je suis allé à Stanstead pour assister à la conférence de monsieur Louis-Joseph Papineau. Cet homme est un grand orateur. Un grand homme, en fait.

Isabelle se taisant toujours, il s'attarda aux déboires du *St. Francis Courier* qui en arrachait depuis la victoire des conservateurs.

— Les jours de ce journal sont comptés, déclara-t-il. Les tories n'ont pas pardonné à son propriétaire ses prises de position et ses bravades pendant les élections. La prochaine édition sera la dernière, j'en ai bien peur. La fin de ce journal constitue une cinglante et amère défaite pour les réformistes. Ce sera une grande perte pour nous tous et pour la liberté d'expression.

— Ces gens ne seront pas les seuls à avoir perdu quelque chose de précieux, murmura Isabelle.

— Que veux-tu dire ?

— Pourquoi n'es-tu jamais revenu me voir ? Je t'ai attendu. Je croyais que tu m'aimais un peu…

François s'arrêta et la prit par les épaules. Il la fixait de ses prunelles claires.

— Tu comptes beaucoup pour moi. Je veux que tu le saches. Je ne suis pas revenu te voir parce que je suis lâche. J'ai eu peur d'envenimer les choses avec Joshua. Mais j'ai pensé à toi très souvent, chaque jour ou presque. D'ailleurs, je t'ai confectionné un présent que j'avais l'intention de t'apporter pour souligner la nouvelle année. Mais je n'ai pas osé. Pardonne-moi.

— Joshua m'a demandé de devenir sa femme, déclara Isabelle, l'air frondeur comme si elle assénait une gifle à son compagnon.

Elle aurait voulu le blesser, en effet, lui lancer à la figure qu'elle n'avait besoin de personne, qu'elle vivait très bien sans lui. Mais le cœur n'y était pas. Son visage attristé démentait ses paroles.

— Vraiment ? Et tu as accepté ?

François Caron ne démontra ni déception ni enthousiasme. Son attitude pragmatique, dénuée de sensibilité, enragea Isabelle.

— Qu'en penses-tu ? demanda-t-elle en pinçant les lèvres. Ai-je un autre choix ? Se pourrait-il qu'un jour tu m'aimes assez pour m'épouser ? Est-ce que je devrais t'attendre ?

Abasourdi par la dureté avec laquelle la jeune fille scandait chacune de ses phrases, le Canadien français garda le silence.

– Réponds! cria Isabelle. Ne sois pas si égoïste! Tu sais bien que tu n'aurais qu'un mot à dire. Un geste.

Sa voix s'était radoucie. Malgré son amertume, elle débordait d'une tendresse touchante.

– Je ne peux pas…, se désola son compagnon, bien conscient de la peine qu'il lui causait. Je ne t'épouserai jamais. Mon affection pour toi est profonde, mais bien différente de l'amour d'un homme pour une femme. Tu es ma petite sœur, pas mon amoureuse. Ce ne serait pas honnête de prétendre le contraire.

Une lourdeur écrasante les enveloppa. Ils restaient immobiles, incapables l'un et l'autre de s'aligner de nouveau sur le fil du temps.

D'un coup sec, Isabelle arracha le panier des mains de François et elle se mit à courir dans le sentier. Honteux et triste, le jeune homme la laissa partir sans tenter de la retenir. Après quelques minutes, il rebroussa chemin.

*

La réflexion d'Isabelle dura trois longs jours pendant lesquels elle passa de la déception à la colère, du désespoir à la colère, de l'amertume à la colère, encore. Lorsqu'elle prit enfin sa décision, sa fureur persistait, en sourdine, mais elle ressentait par-dessus tout une immense lassitude. Cet épuisement de l'âme et du corps l'emporta sans doute sur ses réticences.

Ce matin-là, elle se leva à l'aube, une bonne heure avant Joshua, et elle l'accueillit avec des crêpes bien chaudes, arrosées de mélasse.

– Ça sent bon! se réjouit-il en se frottant les mains. Est-ce qu'on fête quelque chose?

– Oui. Nos fiançailles.

Son ton neutre ne diminua en rien la joie de Joshua. Elle avait dit oui; la manière importait peu.

– Je suis si heureux, lui murmura-t-il à l'oreille en la prenant dans ses bras.

Elle le repoussa en douceur.

– J'aurais une condition. Je ne sais pas si tu pourras l'accepter.

– Je t'écoute.

– Je voudrais qu'on reste ici, dans la maison de Charlotte. Je suis d'accord pour qu'on vende les moutons, car je ne suis pas très douée pour le tissage, mais j'aimerais qu'on achète des chèvres. Je ferais du fromage…

Joshua l'interrompit, prêt à se soumettre à toutes ses exigences.

– On fera à ta guise. Fais-moi confiance. Tu ne seras pas déçue.

Il exultait, et Isabelle se laissa griser par la fougue et la passion de son fiancé. Certes, un brin de culpabilité assombrissait son bonheur. Cette impression de ne pas jouer franc-jeu ne disparaîtrait pas de sitôt, mais elle s'en accommoderait.

Avant de partir, Joshua osa l'embrasser sur la joue. Le bonheur l'embellissait, accroissait sa force et son assurance. Une fois à l'extérieur, il se retourna plusieurs fois, juste pour le plaisir. Pour ne pas le décevoir, Isabelle

demeura à son poste d'observation jusqu'à ce qu'il disparaisse au tournant, puis elle rangea la cuisine avant de se
rendre dans son local d'artisane, où elle travailla jusqu'au
soir, avec un nouvel enthousiasme.

5

Mars 1835

Depuis des jours, Joshua flottait sur un nuage argenté, entouré d'arcs-en-ciel et d'étoiles scintillantes. Les giboulées de mars lui coulaient sur le dos sans qu'il les remarque. Il se dépensait à la charronnerie et ne ressentait aucune fatigue. Les tracas du quotidien l'effleuraient à peine et les clients les plus exigeants n'épuisaient pas sa patience exemplaire.

— Je n'ai jamais vu un amoureux aussi bête, se moquait monsieur Drummond. Il gobe l'air comme un poisson sorti de l'eau.

Ces taquineries amusaient Joshua, prêt à tolérer les pires sarcasmes pourvu que son beau rêve ne s'effondre pas.

— J'ai acheté une bague, annonça-t-il au charron, tout en continuant à façonner un moyeu. Elle devrait arriver ces jours-ci. Monsieur Edgell l'a commandée chez un fournisseur de Montréal.

— Tu ne vas pas te ruiner, j'espère! Ne fais pas de folies que tu regretteras.

— Mais non! J'ai ce qu'il faut pour payer et j'ai été très raisonnable. Mais il me fallait quand même du beau.

L'amoureux transi préféra cacher le fait qu'il avait vendu sa montre, le cadeau de ses anciens collègues de Stanstead, pour payer la bague.

Le charron soupira en levant les yeux au ciel. Il s'était attaché à ce gaillard fougueux mais discret, qui apprenait vite et bien. Il l'avait pris sous son aile et l'avait soutenu à la mort de sa mère. Veuf sans enfant, le charron considérait cet orphelin un peu comme le fils qu'il aurait aimé avoir. À leur façon, réservée et bourrue, ils constituaient une famille. Leurs liens allaient au-delà de la relation maître-apprenti. Pour cette raison, Isaac Drummond se permettait des remarques plus personnelles et quelques conseils que Joshua ne suivait pas toujours.

— Les femmes aiment les bagues et les bijoux en général, insista-t-il, mais ce n'est pas le plus important. Elles ont surtout besoin d'être protégées et rassurées. Il faut leur montrer qu'on les aime et le leur dire souvent.

— Je vais le lui répéter matin et soir! promit Joshua, les yeux brillants.

Le charron s'esclaffa devant son air niais et se remit au travail en riant aux larmes.

*

À la fin de la journée, Joshua fit un détour par le magasin général. La bague n'avait pas encore été livrée.

— J'attends ma commande d'un jour à l'autre, le rassura le commis. Ça ne devrait plus tarder.

Il lui adressa un clin d'œil pour sceller leur secret, et Joshua, déçu mais résigné, prit le chemin de la maison. Un visiteur l'y attendait, visiblement contrarié par son retard. Toutefois, Samuel Brooks surmontait toujours ses états d'âme quand il négociait avec un client potentiel. Il tendit donc la main à Joshua en affichant un air affable.

Une fois les présentations faites et les deux hommes assis à la table de la cuisine devant une tasse de thé fumante, l'agent de la Compagnie des Terres en vint à l'objet de sa visite.

— Nous voulons acheter votre ferme et nous vous en offrons un très bon prix.

Joshua leva les yeux et rencontra le regard affolé d'Isabelle. Elle se tenait debout près du poêle, en gardienne des lieux. Joshua aurait voulu la serrer dans ses bras et la rassurer. Il lui avait juré qu'ils resteraient dans cette maison et il tiendrait sa promesse. D'une voix résolue, il coupa court aux aspirations de Samuel Brooks.

— Je regrette que vous vous soyez déplacé pour rien, mais nous ne sommes pas à vendre.

— Je te conseillerais de réfléchir avant de donner une réponse aussi catégorique.

L'agent de la BALC, qui n'avait pas l'habitude d'être rabroué de cette façon, avait adopté un ton plus tranchant. Jusqu'à maintenant, ses offres d'achat avaient été acceptées avec des élans de reconnaissance. Depuis son installation à Sherbrooke, la compagnie avait acquis plus de treize mille acres de terres, la plus grande partie se situant dans le quartier Ascot, entre la rivière Magog et la forêt encore intacte, plus au sud. Dans le quartier Orford, elle avait mis la main sur de nombreux lots, où avaient été érigés des barrages et des moulins. À ce rythme-là, se disaient les habitants des environs, les rivières finiraient elles aussi par lui appartenir. Charles Goodhue avait même accepté de vendre sa fabrique de laine à la compagnie, ainsi que la scierie et la meunerie adjacentes. Cette transaction avait fait du marchand un homme fortuné qui se la coulait douce. Des rumeurs laissaient entendre qu'il déménagerait très bientôt au Vermont, où vivait son fils aîné. Samuel Brooks possédait donc de nombreux arguments de négociation, qu'il s'apprêtait à exposer, exemples à l'appui.

Joshua mit toutefois un terme à sa démonstration.

— Je vous le répète, dit-il d'une voix ferme. Ma terre n'est pas à vendre. Merci d'être venu. Je vous raccompagne.

Du coin de l'œil, le jeune homme observait sa fiancée. Le soulagement qui se lisait sur son visage le remplit d'orgueil.

Avant de partir, Samuel Brooks risqua une dernière tentative.

— Si tu penses vendre à William Felton, détrompe-toi. Le major rencontre de graves difficultés. Son fils a beau être avocat, il ne pourra pas le sortir du pétrin. Ne mise pas sur lui pour acheter ta terre.

Joshua secoua la tête. La réponse était on ne peut plus claire. Non, inutile d'insister. Il resterait propriétaire de son bien. Le sujet était clos.

*

Deux jours plus tard, la proposition de monsieur Brooks avait été mise aux oubliettes. Joshua partit très tôt. Il le fallait s'il voulait abattre toute la besogne qui s'accumulait. Le printemps fleurirait la terre très bientôt et les cultivateurs retourneraient aux champs. Ils auraient grand besoin des tombereaux, chariots, charrettes et brouettes qu'ils avaient apportés à la charronnerie pour des réparations. Le charron et son employé avaient d'ailleurs plusieurs roues en cours de façonnage sur le trépied. Et les clients, bien sûr, se montraient tous plus pressés les uns que les autres.

De son côté, Isabelle achevait le châle destiné à Mary. Le grand métier à tisser ronronnait du matin au soir et trois nouveaux tricots avaient été entrepris.

Un peu avant le dîner, la tisserande entendit un son venant de la cour. À travers la fenêtre, elle aperçut l'épervier perché sur la plus haute branche du vieux pommier, près de l'écurie. Elle le voyait régulièrement depuis quelque temps, mais n'arrivait jamais à l'approcher. Dès qu'il soupçonnait une présence humaine, dès qu'une ombre se faufilait entre lui et le soleil, le rapace s'enfuyait à une vitesse vertigineuse et avec une adresse incomparable. Il esquivait les obstacles et s'éclipsait bien avant qu'elle ait esquissé un premier pas. Chaque fois, elle pensait à Tom et s'inventait un récit qui tenait davantage de la fable que de la réalité. L'oiseau de Tom cherchait peut-être son sauveur. À moins qu'il ne veuille lui transmettre un message. Parfois, quand elle ne le voyait pas pendant plusieurs jours, elle se disait qu'il était parti donner de leurs nouvelles au jeune Métis. Grâce à l'épervier, elle gardait un lien avec son frère adoptif.

Cette fois encore, le rapace s'envola. Deux coups d'ailes et il avait disparu.

Quelqu'un pénétrait dans la cour.

*

Au même moment, Joshua admirait la bague qu'il avait commandée pour sa promise. Il avait fait un saut au magasin pendant sa pause du midi. Le marchand venait de la recevoir. Elle était encore plus belle que dans ses rêves. Il avait pris un gros risque, car il n'avait vu qu'un dessin et une description sommaire avant de l'acheter. Mais maintenant qu'il la tenait au creux de sa main, il ne regrettait pas son audace. Isabelle sauterait de joie.

— Je ne pourrai pas attendre ce soir, dit-il au commis.

— Je te comprends, lui répondit celui-ci, amusé par l'excitation de son client.

En quittant le magasin, Joshua espérait que son patron ferait preuve d'autant de compréhension. Il courut jusqu'à la charronnerie pour lui demander la permission de s'absenter une heure.

— Un aller-retour, promit-il. Et je travaillerai une heure de plus, ce soir.

— De toute façon, frétillant comme tu l'es, tu ne servirais à rien de bon, ici. Allez, va! Une heure, pas une minute de plus.

*

Isabelle tenait dans ses bras le magnifique présent qu'on venait de lui offrir.

— Ça te plaît? demanda François.

L'ébéniste avait sculpté dans une pièce de bois de tilleul un oiseau qui déployait ses ailes. L'ouvrage était d'une telle délicatesse qu'on l'aurait dit façonné dans une feuille d'automne.

— L'épervier de Tom…, murmura la jeune fille, médusée par la beauté et l'élégance de l'œuvre.

— Je suis bien content que tu l'aies reconnu, s'exclama François en riant. Le contraire m'aurait occasionné quelques doutes sur mes talents de sculpteur.

— Je ne soupçonnais pas que tu possédais ce don, lui avoua Isabelle en caressant la tête de l'oiseau. Tu ne me l'avais jamais dit.

— Bof! C'est juste un passe-temps… Mais assez parlé de moi. Donne-moi des nouvelles. Ça se passe bien à la maison?

Isabelle serra l'épervier de bois sur son cœur. Elle hésitait, ne sachant trop de quelle façon annoncer son mariage. Elle-même nourrissait des sentiments ambivalents face à cette décision. La présence de François et ce merveilleux cadeau qu'il avait réalisé en pensant à elle la rendaient davantage confuse, jusqu'à regretter son choix. Si elle avait été plus patiente, si elle ne l'avait pas traité aussi durement à leur dernière rencontre, peut-être son héros aurait-il fini par répondre à ses avances. Il l'aimait, elle en était persuadée. Sinon comment aurait-il pu réussir un si admirable chef-d'œuvre à son intention? Elle se figurait chacun des gestes de l'artisan comme autant de caresses lui étant destinées. Avec ce présent, François voulait-il insinuer qu'il regrettait de l'avoir rejetée?

— Joshua m'a demandé de l'épouser, tu te rappelles?

Elle avait lâché ces mots comme on exhale une plainte.

— Quand tu m'en as parlé, tu n'avais pas encore pris ta décision. Est-ce que c'est fait maintenant?

Son empressement à s'informer de sa réponse ajouta au trouble d'Isabelle. Elle crut avoir décelé une légère déception dans la question de François, mais elle ne se fiait pas entièrement à son jugement. Pour tout ce qui concernait François Caron, elle n'était guère objective.

– J'ai dit oui, mais si tu me le demandes, je reprendrai ma parole. Tu sais bien que c'est toi que j'aime. Je t'ai toujours aimé.

Ses yeux pleins d'espoir, braqués sur lui, troublèrent l'ébéniste qui la prit dans ses bras. Il lui causerait du chagrin encore une fois, mais il lui était impossible de mentir, bien que cela le torturât. En serrant Isabelle contre sa poitrine, il lui murmura à l'oreille des mots qu'elle aurait préféré ne jamais entendre.

– Tu dois m'oublier et épouser Joshua. Il t'aime à la folie. Tu seras heureuse avec lui. Je sais qu'il prendra soin de toi.

Devant ce nouveau refus, Isabelle ne put retenir ses larmes. Ses derniers espoirs s'effondraient. Elle pleura dans les bras de François, bien consciente de dire adieu à son rêve, à ses pulsions. Une profonde tristesse l'envahit, et même si le jeune homme desserrait son étreinte, elle n'avait pas le courage de le quitter. Si elle désertait ses bras, elle s'effondrerait et la maison s'écroulerait sur eux. Un terrible tremblement de terre secouerait son monde. S'éloigner de François provoquerait un désastre à coup sûr. Elle s'accrocha donc à lui, et, la voyant si démunie, il n'osa pas la repousser.

Dehors, l'épervier n'avait pas regagné son poste d'observation. Il ne reviendrait pas tant que Joshua épierait les deux jeunes gens à travers l'étroite fenêtre.

6

Avril 1835

Une fois de plus, Isabelle quitta son lit seulement après le départ de Joshua. Depuis plusieurs jours, celui-ci partait de la maison à l'aube et ne revenait que tard dans la soirée, bien après qu'elle se fut endormie. Si prévenant d'habitude, il ne laissait jamais un mot, ne donnait aucune explication. Intriguée, Isabelle l'attendait chaque soir jusqu'à ce que le sommeil la gagne. Elle résistait de son mieux, mais Joshua rentrait toujours à une heure de plus en plus tardive. Bien sûr, se disait-elle, son futur époux abattait une somme de travail considérable à la charronnerie. Son poste n'était pas de tout repos, surtout en cette période de l'année. Très exigeant, Isaac Drummond considérait de son devoir de satisfaire ses clients. Bien que compréhensif et équitable, le charron se révélait souvent à cheval sur les principes. Son sens aigu des responsabilités ne pardonnait aucune défaillance. Il prenait son métier très au sérieux et le pratiquait avec la conviction profonde de participer à l'essor de sa communauté. Il portait en lui la foi des artisans qui façonnent le monde, le bâtissent, le perfectionnent. «Sois fier de toi, disait-il souvent à son apprenti. Les charrons font rouler le monde. Sans nous, la terre entière s'arrêterait de tourner. »

Joshua admirait son patron et se dévouait à la tâche. « Un projet urgent doit les tenir occupés », statua Isabelle après réflexion. Cette conclusion ne la rassura pourtant qu'à demi. Elle s'inquiétait en effet de plus en plus. Fou d'amour quelques jours plus tôt, Joshua ne prenait même plus la peine de s'excuser pour ses absences répétées, et la jeune fille avait beau émettre toutes les hypothèses envisageables, elle ne trouvait pas d'explication vraiment plausible à ce changement d'attitude. Elle n'avait pourtant pas rêvé : Joshua lui avait bel et bien demandé de l'épouser et elle avait accepté. Pourquoi donc cet épisode de sa vie lui semblait-il appartenir à un passé si lointain qu'il n'en subsistait plus qu'un vague souvenir ?

— Je lui parlerai dès ce soir, sans faute. Je dois en avoir le cœur net.

Elle avait prononcé ces mots d'une voix forte et déterminée. Lasse de cette incertitude qui la faisait se sentir comme un pantin oublié au fond d'une boîte, elle avait besoin de se tracer un avenir. Son beau François l'avait repoussée. Elle n'attendait plus rien de lui. Après avoir pleuré à chaudes larmes, elle avait renoncé à ce grand amour. Elle ne méritait sans doute pas une telle passion. Trop faible. Trop ordinaire. Elle s'y serait brûlé les ailes.

Peu à peu, elle avait acquis la conviction que Joshua était l'homme de la situation. Il prendrait soin d'elle ; François l'avait affirmé. Leur passé commun et les épreuves qu'ils avaient traversées côte à côte comptaient pour beaucoup. Leurs secrets cimenteraient leur union. Et cela, parfois, importait davantage que le désir amoureux. La jeune fille voulait y croire et il lui pressait de renouveler son engagement auprès de son fiancé. Pourtant, chaque fois qu'elle contemplait l'épervier de bois, des larmes lui montaient aux yeux.

*

Isaac Drummond observait son apprenti depuis quelques jours. À son habitude, Joshua accomplissait ses tâches avec célérité et doigté, sans jamais se plaindre et en mettant toujours du cœur à l'ouvrage. Or, le charron décelait un changement important dans sa physionomie : un froncement de sourcils lui donnant un air revêche, un rictus méprisant qui déformait son visage, des gestes brusques et impatients, les yeux injectés de sang trahissant un manque de sommeil. Et souvent, lui vrillant le corps, une rage sourde qui s'exprimait dans un mutisme obstiné et des poings serrés. S'il n'avait pas fait des efforts énormes pour se contenir, le sacripant aurait frappé quelqu'un, craignait le charron.

Isaac Drummond aurait bien voulu aider son apprenti, mais parce qu'il ignorait de quelle manière, il laissait le garçon affronter seul ses démons. Il l'envoyait souvent à l'extérieur pour l'embattage, devant le foyer incandescent. Cette opération difficile du cerclage métallique de la roue demandait force, patience et endurance. « Le feu le ramènera à la raison », se disait chaque fois le charron, que le comportement de son apprenti préoccupait de plus en plus. Il avait raison : le rougeoiement des flammes hypnotisait la colère de Joshua. Par contre, cet effet purificateur ne durait jamais longtemps.

– As-tu terminé le graissage des roues ? demanda le charron, pendant que Joshua alimentait le feu.

– Il m'en reste une à finir.

– Très bien. Quand tu auras terminé, tu iras dans la réserve de bois me chercher du hêtre. Je vais en avoir besoin pour les essieux.

Joshua acquiesça d'un hochement de tête, mais lorsque le charron étira le bras pour attraper son rabot, il n'avait pas encore bougé. Il fixait les flammes et semblait vouloir s'enraciner devant le foyer incandescent.

– Que se passe-t-il ? s'enquit monsieur Drummond. Un problème ?

Joshua se mordilla les lèvres en se tournant vers son patron.

– J'aurais besoin de m'absenter cet après-midi, dit-il, mal à l'aise, mais avec cette lueur amère dans le regard qui ne le quittait plus depuis des jours.

Monsieur Drummond soupira en se frottant les mains. Il aurait aimé savoir ce qui rongeait son apprenti, mais n'osa pas se renseigner. À vrai dire, il ne pouvait guère lui refuser cette faveur, car Joshua avait travaillé très tard depuis une semaine. Il le soupçonnait en outre de n'être pas rentré directement à la maison après avoir quitté l'atelier, mais ce que son employé faisait de ses soirées ne le concernait pas.

D'un grognement, il signifia son accord.

Sans le remercier, Joshua retourna à ses tâches.

Il fila un peu avant que sonne midi.

*

Isabelle avait beau tenter de se raisonner et se concentrer sur son ouvrage, son esprit se mettait à vagabonder dès qu'elle relâchait sa vigilance. Ne pas comprendre pourquoi Joshua l'évitait et ce qui se passait dans sa tête la mettait dans tous ses états. Elle se sentait trahie, abandonnée, autant par son fiancé que par François et Tom, qui n'avait plus donné de nouvelles depuis sa fuite chez les Abénaquis.

– Tu n'aurais pas dû mourir, maman, marmonna-t-elle en caressant le métier à tisser qu'elle n'arrivait plus à monter correctement.

Sa mère adoptive s'était usé les yeux sur ce métier. Elle s'était épuisée à passer la navette derrière les brins pendant des heures et des heures, en s'inquiétant des uns et des autres, en chérissant un homme qu'elle n'avait pas le droit d'aimer. Isabelle la comprenait mieux maintenant. Triste à mourir, désemparée, elle appela au secours dans sa tête, mais personne ne répondit. Il n'y avait plus personne. Mary était trop occupée avec ses enfants pour venir l'aider. Olive Burchard paraissait réticente à la côtoyer, car le souvenir de Charlotte était encore trop douloureux. Madame Willard ne la visitait jamais. Elle l'aurait bien accueillie si elle s'était présentée chez elle, mais la jeune fille était gênée de la déranger. Restaient les jumelles Ryan, mais elles fréquentaient l'académie et préparaient leurs examens de fin d'année avec fébrilité et sérieux. Leur père leur avait promis un voyage à Boston si elles obtenaient de bonnes notes. Isabelle n'aurait jamais osé se présenter chez elles sans prévenir. D'ailleurs, Fanny et Astrid se trouvaient en ce moment à l'école, avec leurs camarades, et ne songeaient sûrement pas à leur amie orpheline, qui savait à peine lire et écrire.

Non, elle ne comptait plus sur personne, et personne ne s'intéressait à elle. Même Joshua, après lui avoir promis mer et monde, l'abandonnait. Et elle ignorait ce qu'elle avait pu faire ou dire pour lui déplaire.

De grosses larmes roulèrent sur ses joues et vinrent mouiller quelques brins de laine. Puis elle éclata en sanglots. Jamais elle n'avait éprouvé une si terrible solitude, même à la mort de ses parents, si lointaine dans son esprit. Grâce à Charlotte, elle avait grandi dans une vraie famille. Et voilà que cette famille éclatait elle aussi en mille morceaux, s'éparpillant aux quatre vents. Et voilà qu'elle se retrouvait esseulée, pauvre âme à la dérive ne sachant plus à qui s'accrocher pour ne pas se noyer.

Isabelle pleura d'impuissance et de désespoir, puis d'épuisement. Arrivée à bout de larmes, les yeux secs mais le visage ruisselant, elle quitta son repaire et se mit à marcher droit devant elle, ignorant où ses pas la mèneraient. Elle entendit les brebis qui l'appelaient. L'air embaumait le printemps, la délivrance. Elle aurait dû sortir les pauvres bêtes au soleil, mais n'en avait pas la force. Elle avançait à rebours, vers son enfance sacrifiée, à la recherche des origines. Sur sa route, elle rencontra Charlotte, celle qui l'avait sauvée puis désertée. Elle reconnut le visage épanoui d'Anna, sa grande amie dont une justice abusive l'avait privée. Tom l'accompagnait également dans son pèlerinage. Enveloppé dans l'ombre gigantesque d'un oiseau, il lui tournait le dos. Soudain, Isabelle ralentit le pas. Son père tendait les bras vers elle en titubant. Un mort-vivant, un fantôme errant... Il la croisa sans la voir. Puis sa mère lui apparut. Sa vraie mère dont elle avait oublié le visage depuis longtemps. Or, cette fois-ci, elle discernait chacun des traits de la disparue. Sa figure pâle mais sereine exprimait bienveillance et tendresse. Isabelle tendit la main pour la toucher. Elle avait besoin de sentir sa peau contre la sienne, de redevenir un petit enfant dans les bras de sa mère. Mais celle-ci se dissipa dans l'espace, telle une brume emportée par un rayon de soleil.

Isabelle tressaillit des pieds à la tête. Fiévreuse, elle dut s'arrêter. Ses pas l'avaient menée jusqu'au pont qui enjambait la Magog. Elle s'engagea donc sur les madriers raboteux, abîmés par le temps. L'eau jaillissait sous ses pieds. Attirée par le bruit et la puissance du courant, la jeune fille se pencha au-dessus du parapet. Blanche d'écume, la rivière dévalait du barrage, emportant avec elle neige d'hiver et ruisseaux de printemps. Des milliers de gouttelettes se perdaient dans la lumière ambrée de cet après-midi d'avril aux allures d'été. Hypnotisée par ce tourbillon incessant, Isabelle perdit toute envie de résistance. Elle aurait aimé être emportée par la crue des eaux et suivre la rivière, se laisser ballotter par les flots agités. Elle n'aspirait plus à rien d'autre qu'à devenir le jouet de la Magog, puis de la Saint-François, puis du fleuve et de la mer. Elle se souleva sur le bout des pieds pour s'approcher du cours d'eau et de ses remous. Le mouvement de l'eau lui donna le vertige et elle vacilla sur ses jambes.

– Hé, ma belle! Tu joues un jeu dangereux, là!

Isabelle sentit une main de fer la tirer vers l'arrière, puis des bras la saisir.

– Excuse ma rudesse, mais j'avais peur que tu tombes. L'eau peut parfois être envoûtante si on l'observe trop longtemps. Tu aurais pu être entraînée malgré toi.

Le jeune homme avait plié les genoux pour se placer à la hauteur d'Isabelle. Il plongeait ses yeux clairvoyants dans les siens. Elle n'aurait pas pu détourner la tête, même si elle l'avait voulu. L'autre la dévisageait de très près et elle respirait son haleine chaude et parfumée. Ils restèrent ainsi pendant une éternité. Ce passant inconnu désirait lui transmettre un message par la seule force de sa pensée.

– J'ai compris, murmura enfin Isabelle. Je vous remercie.

Surpris et ravi d'entendre sa voix, le bienfaiteur improvisé la lâcha à l'instant et, libérée de son étreinte, elle faillit tomber. S'appuyant au parapet, les jambes tremblotantes, elle l'examina plus en détail. Grassouillet, la figure ronde et aussi rouge qu'une pomme bien mûre, il affichait un air bienveillant. Il appartenait à cette catégorie de gens qui ne donnent jamais prise à la méchanceté. N'eût été de ses yeux noirs où perçait une lucidité désarmante, on aurait pu le qualifier de débonnaire et le croire inoffensif. Or, derrière ce visage poupin aux lèvres charnues et au nez court et retroussé, on devinait un esprit curieux et une âme vibrante.

Autour d'eux, la vie défilait à vive allure. Des voitures s'engageaient sur le pont sans tenir compte de leur présence, les frôlant parfois de très près.

– Allez vous bécoter ailleurs, les amoureux! leur cria un cocher. Vous allez vous faire renverser!

Rouge de honte, Isabelle salua son bienfaiteur d'un signe de tête et se remit en marche. Cet incident l'avait ramenée à la réalité. Elle devait voir Joshua, et maintenant plus rien ne la détournerait de son but. Aucune chimère, aucun fantôme.

À grandes enjambées, elle se rendit chez le charron.

Planté devant son feu, le bonhomme se réjouit de cette visite inattendue.

— Serais-tu la fille de la bague? demanda-t-il, l'œil moqueur.

Isabelle ne comprit pas à quoi il faisait allusion. Pour toute réponse, elle rougit jusqu'aux oreilles.

— Ton fiancé n'est pas ici. Il a pris quelques heures de congé cet après-midi.

— Où est-il allé? s'inquiéta aussitôt Isabelle.

Monsieur Drummond haussa les épaules.

— Il ne me l'a pas dit, mais ça semblait bien important.

Déçue, Isabelle rebroussa chemin. Il ne lui restait plus qu'à retourner chez elle et à attendre. Encore une fois. Attendre.

— Je lui dirai que tu es passée! lança le charron, tout en jetant une bûche dans le foyer, d'où jaillirent des milliers d'étincelles.

Isabelle s'enfuit sans le remercier. Elle ne voulait pas qu'il voie ses larmes. La solitude resserrait son emprise sur elle, et si rien ne se passait, elle l'engloutirait bientôt.

7

Ce soir-là, Isabelle attendit son fiancé, luttant contre le sommeil, s'assoupissant quelques secondes, puis se réveillant en sursaut. Il approchait minuit lorsque Joshua regagna son logis. Dès qu'elle entendit son pas, Isabelle quitta la chaise inconfortable sur laquelle elle patientait depuis des heures et lui ouvrit la porte.

L'homme qui s'introduisit dans la cuisine ressemblait davantage à un clochard qu'à un soupirant épris d'amour pour sa promise. Les vêtements déchirés, les cheveux en bataille lui retombant sur les yeux, du sang sur les mains et la lèvre fendue, Joshua ne payait pas de mine. De plus, il empestait l'alcool. En ajoutant à cela sa démarche chancelante, on devinait aisément où il avait passé la soirée.

– Viens t'asseoir, lui conseilla Isabelle en lui prenant le bras.

Il se dégagea avec rudesse.

– Je peux marcher tout seul ! Je n'ai pas besoin d'aide.

Il parlait d'une voix pâteuse en dodelinant de la tête, pareil à une poupée désarticulée.

En s'affalant sur la chaise qu'occupait Isabelle quelques instants plus tôt, il poussa un grognement semblable à celui d'une bête enragée. La jeune fille lui présenta une tasse de thé, qu'il repoussa de la main.

– Qu'est-ce qui t'arrive ? demanda Isabelle, d'une voix étranglée par le chagrin.

– Rien que du bon ! lança Joshua. Ça va très bien. J'ai tout vendu… La ferme, maison et bâtiments y compris. Vendus ! Tous vendus ! Les bêtes aussi ! Bon débarras…

Il accompagnait son propos décousu de gestes amples et désordonnés, tentant gauchement d'englober la maison, la terre, la bergerie.

– Qu'est-ce que tu racontes ? Tu as trop bu ; tu ne sais plus ce que tu dis.

Isabelle esquissa une grimace de dépit. L'alcool rendait fou. Elle l'avait toujours su. Depuis l'enfance, elle craignait les effets néfastes de l'eau-de-vie. Sa mère en avait souffert. Elle aussi. Sa vie entière avait été vampirisée par l'ivrognerie de son père. Les ivresses de cet homme avaient causé des ravages irréparables, la privant de son foyer, de son avenir.

Soûl comme une bourrique, Joshua continuait à délirer, inventant des méchancetés. Isabelle tentait de démêler le vrai du faux derrière ces paroles insensées. « Mais non ! Jamais il n'aurait vendu la ferme sans m'en parler. Il m'avait promis… » Pourtant, un tiraillement dans le ventre ébranlait ses certitudes. Pour en avoir le cœur net, elle voulut interroger Joshua, mais il s'était endormi d'un coup, les bras ballants, la tête rejetée vers l'arrière et le corps en équilibre instable.

Isabelle ferma les yeux. Ce spectacle consternant lui donnait la nausée. L'odeur nauséabonde qui émanait de Joshua lui en rappelait d'autres, imprégnées à jamais dans sa mémoire et ne demandant qu'à être ravivées. Désemparée, la jeune fille se retira dans sa chambre, le plus loin possible de son fiancé. Elle devrait attendre encore, une nuit de plus, une éternité, pour comprendre enfin ce qui leur arrivait.

*

Elle se leva à l'aube, après une nuit agitée.

La maison était déserte. Personne dans la cabane ni aux alentours.

Isabelle nourrit les brebis et nettoya la bergerie. Elle sortit ensuite Shadow qui s'empressa de se rouler dans la boue.

Puis elle replongea dans l'attente, un état qui lui collait maintenant à la peau et dont elle désespérait de jamais se libérer.

*

Joshua surgit de nulle part en début d'après-midi, alors qu'elle grignotait du bout des lèvres une tartine de saindoux. Elle ne l'avait pas entendu arriver et ne l'espérait pas si tôt.

Sans la saluer, il jeta un document sur la table.

— Voilà, dit-il, j'ai tout vendu à la Compagnie des Terres, les moutons y compris. Le nouveau propriétaire prendra possession des lieux dans une semaine. Ça te laisse donc quelques jours pour ramasser tes affaires et te dénicher un endroit où rester. Je ne suis pas inquiet pour toi. Tu sais où te réfugier, n'est-ce pas? Ton cher François t'attend avec impatience. D'ailleurs, tu peux prendre ce que tu veux. Je n'ai pas besoin de ces vieilleries et ça te fera un trousseau.

Il ne lui concéda rien, ni un battement de cils ni un espoir de pardon.

Isabelle n'avait pas encore réalisé ce qui se passait, les mots qui avaient été prononcés ne s'étaient pas encore inscrits dans son cerveau, que Joshua était déjà reparti.

La jeune fille posa une main nerveuse sur le document. Elle avait peur de s'y brûler. Les lettres valsaient devant ses yeux. Elle ne comprenait plus rien. Quel mauvais tour Joshua voulait-il lui jouer? Pourquoi la détestait-il à ce point après l'avoir aimée sans réserve et avoir quémandé son affection avec tant d'insistance et de candeur? Pourquoi cette vengeance cruelle et sans objet? Et que signifiait cette allusion à François Caron?

Il lui fallut plusieurs minutes pour se remettre d'aplomb. Elle s'empara du papier, enfila sa pèlerine et courut jusqu'au village, où elle espérait rencontrer quelqu'un qui la rassurerait. Ses pas la menèrent instinctivement chez le cordonnier Burchard, que son air égaré inquiéta.

— Qu'est-ce qui se passe? Tu n'es pas malade au moins?

— Non, je voudrais voir votre femme.

— Je crois qu'elle est en train de nettoyer les chambres des enfants. Vas-y. Elle sera contente de te voir.

Olive Burchard offrit en effet un accueil chaleureux à la visiteuse. Peinée par le désarroi palpable de l'orpheline, elle lui offrit une tisane bien chaude.

— Raconte-moi ton histoire depuis le début. Ne te presse pas, j'ai tout mon temps.

Isabelle se livra sans retenue. Elle déversa le trop-plein d'amertume qui l'empoisonnait. Sans pudeur, en révélant son amour à sens unique pour François Caron et l'attachement fraternel qu'elle ressentait pour Joshua. Puis elle présenta le document attestant la vente de la ferme.

— Je ne comprends pas, dit-elle. Pourquoi Joshua est-il si cruel?

Troublée, Olive ne chercha pas à la consoler.

— Je crois que Joshua a deviné ton attirance pour François, ce qui a provoqué sa colère. Crois-tu qu'il pourrait vous avoir vus ensemble sans que tu le saches, et s'être mépris sur vos intentions?

Isabelle secoua la tête. Elle l'ignorait, mais c'était possible. Dorénavant, elle douterait de tout.

— Détends-toi, ma belle fille. Tu sais bien que je ne te laisserai pas tomber. Et puis, il n'est peut-être pas trop tard. Joshua pourrait changer d'idée et faire annuler cet acte de vente. Le bon sens va lui revenir.

Isabelle ne l'espérait plus. À vrai dire, elle était convaincue que seul le châtiment qu'il lui réservait assouvirait la rancœur de Joshua. Olive avait raison sur un point. La jalousie le tourmentait. Il l'avait sans nul doute surprise en compagnie de François et ne croyait plus à son désir de l'épouser. Ou peut-être avait-elle mal dissimulé ses appréhensions et ses réticences. Elle avait sous-estimé sa perspicacité. Il avait deviné ses motivations profondes et n'acceptait pas qu'elle devienne sa femme par dépit.

— J'aurais pu l'aimer, murmura-t-elle.

— Joshua est un être entier et possessif. Il ne peut pas se contenter de ton affection sincère. Il veut davantage.

— Je suis navrée…

Isabelle aurait souhaité du fond du cœur pouvoir offrir à Joshua ce qu'il exigeait. Pour y arriver, il lui aurait fallu apprendre à mentir et feindre un amour inexistant. Au bout du compte, il aurait peut-être mieux valu avouer à son fiancé, dès le départ, la tendresse qu'il lui inspirait, une tendresse qui n'avait rien à voir avec sa passion pour François. Elle n'avait pas menti, mais elle avait manqué de transparence.

Olive ne la laissa pas partir avant qu'elle se soit détendue.

— Tu ne dois pas te sentir coupable, lui répéta-t-elle plus d'une fois. L'amour ne s'impose pas. Tu as offert ton affection à Joshua et il a choisi de la refuser. Sa décision lui appartient. Demain, j'irai t'aider à rassembler tes effets personnels. Ne t'en fais pas. Même les plus gros problèmes finissent par se résoudre.

Après le départ d'Isabelle, Olive Burchard se précipita dans la cordonnerie de son mari. Entre deux clients, elle lui expliqua la situation.

Touché par son air décontenancé, l'artisan lui prit les deux mains pour l'obliger à se calmer.

— Ce sont des choses qui arrivent, dit-il. Tu n'y es pour rien.

— Mais si, au contraire! Après la mort de Charlotte, j'ai délaissé ces enfants. Ils avaient besoin de mon aide et je me suis écartée d'eux parce que le souvenir de mon amie me déchirait. À bien y penser, je les tenais responsables du décès de Charlotte. J'aurais dû surmonter ma peine pour mieux les accompagner dans leur deuil. Je m'en veux tellement!

— Tu ne pouvais pas prévoir…

— Oui, justement! Tu te rappelles ce que je t'avais dit à la naissance de Joshua?

Daniel Burchard répondit par une moue dubitative.

– Je t'avais dit que cet enfant causerait des problèmes, qu'il deviendrait un être excessif. Je me rappelle très bien t'avoir prédit qu'il ne supporterait pas d'être contrarié. Tu devrais t'en souvenir, car tu t'étais moqué de moi en m'accusant d'être trop rapide à juger.

Le cordonnier se contenta de soupirer. Sa femme s'emballait parfois et il n'était guère recommandé d'argumenter. D'ailleurs, elle avait souvent raison. Ce genre de remarque lui appartenait en propre et il devait bien avouer qu'elle se trompait rarement.

– Enfin, conclut Olive Burchard. On verra bien… Mais je vais suivre tout ça de près.

*

Le lendemain matin, fidèle à sa promesse, la femme du cordonnier se rendit à la petite maison du bout du rang. Elle avait toujours appelé ainsi la maison de Charlotte. En montant sur la galerie, elle eut bien du mal à ne pas sombrer dans la mélancolie. Son amie lui manquait beaucoup. Elle ne comprenait pas encore pourquoi la mort l'avait emportée si tôt. Pendant plusieurs semaines, ce décès l'avait révoltée, puis l'indignation avait cédé la place à une profonde tristesse. Les femmes de cette lignée avaient disparu avant leur temps : Rachel Martin, Agnes Hamilton, Charlotte Brown. Parentes par le sang ou par choix, elles s'étaient donné la main, se passant le flambeau pour que chacune poursuive l'œuvre de la précédente. Elles avaient joué leur rôle de leur mieux et s'étaient éteintes, veilleuses fragiles soufflées par le vent. À son tour, Isabelle affrontait la tourmente et Olive craignait qu'elle ne succombe elle aussi. Elle se battrait pour protéger la pauvre enfant, qui avait hérité de ces femmes une émouvante vulnérabilité, assortie d'une ténacité hors du commun. «Elle a survécu à tant de malheurs dans sa courte vie, se dit Olive. Elle surmontera cette nouvelle épreuve.»

Côte à côte, les deux complices rassemblèrent les effets personnels d'Isabelle, des souvenirs, des vêtements, quelques plats, pichets et ustensiles qu'elle affectionnait, le coffre que Tom avait confectionné pour elle plusieurs années auparavant, l'épervier sculpté dans le tilleul par François et dont elle ne pourrait plus jamais se séparer. Son unique richesse. Pas de quoi se forger une nouvelle vie.

Elles entassèrent ensuite cette maigre récolte au fond de la charrette qu'Olive avait empruntée à un voisin. Le temps était venu de dire adieu aux années passées dans cette maison inondée de lumière, où Isabelle avait renoué avec le bonheur perdu.

– Je dois dire au revoir aux brebis.

Trop de fois abandonnée, l'orpheline s'inquiétait pour les quelques bêtes qui restaient. Enlisé dans sa hargne jusqu'à ne plus rien voir autour de lui, Joshua penserait-il à les soigner?

Elle pénétra dans la bergerie et les animaux se collèrent contre elle. Une heure plus tôt, elle les avait nourris en attendant Olive. Ils n'avaient pas faim, mais ils réclamaient ses caresses.

Isabelle leur parla longuement, en leur expliquant ce qui se passait, dans l'espoir d'obtenir leur pardon.

– Quelqu'un s'occupera de vous très bientôt. Vous ne serez pas négligés.

Chaque fois qu'elle faisait un pas dans une direction, les bêtes la suivaient.

Quand elle voulut sortir de la bergerie, elles s'agglutinèrent derrière elle.

Sur un coup de tête, Isabelle les poussa à l'extérieur. Le sol détrempé aurait eu besoin d'un peu de temps encore avant d'être piétiné, mais peu lui importait. Ses brebis avaient besoin de soleil, de grand air. Et si Joshua les oubliait, elles pourraient toujours brouter dans le pré, quitte à sauter les clôtures qui avaient souffert de l'hiver. Elle les voulait libres de se promener à leur guise, de se nourrir où bon leur semblait. Elle leur offrait ce cadeau pour les belles années d'affection réciproque.

Témoin attendri de ce qui se passait, Olive décida de ne pas intervenir. Elle comprenait les désirs de la jeune fille et ses motivations. Et puis, les brebis n'iraient pas très loin. Elle ressentit cependant un pincement au cœur en voyant Isabelle relâcher aussi la jument. Shadow sortit en galopant de l'écurie et sema la panique dans le troupeau. Elle manifesta sa joie avec exubérance, conjuguant demi-voltes, ruades et cabrioles. On aurait dit une pouliche de l'année, célébrant à sa manière le retour du printemps.

Isabelle l'observa un moment, jusqu'à ce qu'elle se calme et s'attaque à une touffe d'herbe fraîche. Une dernière caresse, puis la jeune fille monta dans la charrette, l'air aussi abattu qu'une condamnée conduite au gibet.

– Tout ira bien, déclara Olive, bien consciente de l'impuissance des mots. Les animaux sont capables de se débrouiller.

Isabelle ne l'écoutait pas. Elle contemplait pour une dernière fois ces lieux qui avaient servi de décor à sa renaissance. Un jour, il y avait de cela très longtemps, elle avait été morte. On avait amené son fantôme dans cet endroit et elle était revenue à la vie. Mais pourrait-elle ressusciter une deuxième fois?

8

Mai 1835

Robert McGovern et sa femme, les nouveaux propriétaires, venaient tout juste de quitter la ferme. Ils prendraient possession des lieux le lendemain et avaient voulu discuter des derniers détails avec Joshua. Ils paraissaient très satisfaits de leur acquisition. La maison et les bâtiments avaient besoin de réparations, mais ça ne leur causait aucun problème, car monsieur McGovern était habile de ses mains. En connaisseur, il avait apprécié la beauté du troupeau, et la docilité de Shadow l'avait emballé. Il savait y faire avec les bêtes. Après dix minutes, la jument mangeait dans sa main et les brebis le suivaient en bêlant leur contentement.

Rassuré sur le sort des animaux, Joshua aurait dû rassembler ses affaires, mais il retardait l'échéance. Il prit plutôt sa hache et commença à fendre du bois pour s'occuper et éviter de trop penser. Il suait à grosses gouttes lorsqu'un cavalier arriva au galop dans la cour. John Mulvena sauta à bas de sa monture, puis il s'avança vers lui à grands pas hardis, ceux d'un soldat en guerre montant à l'assaut. Sans un geste de salutation, il se planta devant Joshua, qu'il dominait de son impressionnante stature.

– On vient de me mettre au courant de ta dernière bêtise. Je te félicite! Tu t'es surpassé!

Le ton ironique employé par John Mulvena ne dissimulait en rien son exaspération. Joshua voulut répondre, mais son interlocuteur lui coupa la parole d'un geste impatient.

– Regarde autour de toi! Regarde bien! Ouvre grand les yeux! Que vois-tu?

Intimidé par la colère contenue du vieil ami de sa mère, Joshua marmonna une réponse.

– La maison… l'écurie…

– C'est vraiment tout ce que tu vois? Une maison, une écurie, des moutons, des champs? Tu ne comprends donc rien à rien, pauvre imbécile? Ce que tu vois, c'est le travail acharné de ta mère, ce qu'elle vous a légué, à toi et à ton frère. L'œuvre d'une vie de labeur. L'endroit où elle vous a mis au monde, où elle a préparé votre avenir à la sueur de son front. Et tu te débarrasses de ce trésor du revers de la main! Tu ne comprends rien à rien!

– Je n'y arrivais plus, plaida Joshua. J'avais besoin d'argent et la Compagnie des Terres m'offrait un bon prix. Je n'avais pas le choix.

– Oh que si! On a toujours le choix et on ne peut pas se tromper si on choisit avec son cœur. Je ne pensais jamais que tu irais jusque-là. Quelle ânerie! Si elle te voit, ta pauvre mère doit pleurer de rage et de désespoir. À moins qu'elle n'ait préféré détourner les yeux pour ne pas assister à cette sottise.

Joshua ouvrit la bouche, mais encore une fois le grand Mulvena l'interrompit.

– J'ai appris aussi pour Isabelle. J'avoue que je n'ai pas voulu le croire. Tu as jeté à la rue ta propre sœur, la fille que ta mère a recueillie et aimée !

– Ce n'était pas ma sœur !

– Tu n'as pas de cœur !

– Vous ne pouvez pas dire une chose pareille, répliqua Joshua. J'aimais Isabelle comme un fou. Je voulais l'épouser, mais elle en a choisi un autre.

– Et pour cette raison, tu te croyais en droit de la maltraiter de cette façon ?

– Je ne l'ai pas maltraitée…

– Oui ! Tu t'es comporté en barbare. Il y a longtemps de cela, j'ai dû corriger ton père parce qu'il brutalisait ta mère. Jamais je n'aurais pensé devoir remettre ça avec le fils. J'ai vieilli, mais je peux encore te donner une bonne leçon si tu m'y obliges.

La menace brandie par le grand Mulvena ainsi que sa vive indignation troublèrent Joshua. Pendant un instant, il eut peur qu'ils en viennent aux coups. Le jeune homme ne voulait pas se battre. Il désirait plutôt rester seul avec sa honte et ses remords, avec cette rancœur tenace qui alimentait sa colère et tendait ses muscles. Les paroles acerbes de John Mulvena le hanteraient à jamais, car elles lui renvoyaient l'écho de ses propres condamnations. Il avait mal agi et en était conscient, mais pour lui, il était trop tard. Il n'avait plus confiance en personne, ne dormirait plus jamais en paix. Sans cesse, désormais, il lutterait contre lui-même pour ne pas mourir, pour ne pas disparaître, avalé par ses accès de culpabilité.

– Vous ne comprenez pas…, dit-il.

— Je pense, au contraire, que je comprends trop bien. Je veux que tu te raplombes et que tu répares tes grossièretés. D'accord, il est trop tard pour la ferme. Le contrat est signé et tu ne peux plus reculer. J'espère d'ailleurs que le nouveau propriétaire respectera cet endroit et en prendra bien soin. Mieux que tu ne l'as jamais fait. Par contre, tu peux honorer la mémoire de ta mère en devenant l'homme qu'elle rêvait que tu deviennes. Et tu peux te racheter auprès d'Isabelle. Si tu t'y prends bien, en écoutant ton cœur et non ta colère, elle te pardonnera ta méchanceté, j'en suis certain.

Joshua baissa la tête. Il souffrait dans sa chair et dans son âme. En écoutant les reproches de John Mulvena, il entendait sa mère, qu'il avait trahie. Il avait aussi trahi Tom. Dépossédé de ses racines, son cadet ne pourrait jamais revenir à l'endroit où il avait grandi. Quant à Isabelle, il l'avait blessée et sacrifiée par pur désir de vengeance. Une douleur sourde irradiait dans ses membres, insupportable. S'il le fallait, il irait jusqu'à tuer pour engourdir cette souffrance. Lui-même ou quelqu'un d'autre.

Regrettant de lui avoir parlé avec tant de rudesse, Mulvena posa une main sur l'épaule de Joshua qui recula, comme s'il craignait d'être frappé.

— Pense à ce que je t'ai dit, lui suggéra l'ami et protecteur de Charlotte, d'une voix radoucie. Tu es un bon petit gars, je le sais mieux que personne. Tu as commis des erreurs, mais ça arrive à tout le monde. À toi maintenant de reprendre ta vie en main. Tu en es capable, si tu le désires vraiment.

Conscient que le jeune homme avait besoin de réfléchir, Mulvena remonta sur son cheval et s'éloigna sans se retourner.

Trop bouleversé pour y voir clair, Joshua rassembla vaille que vaille ce qu'il voulait emporter. Il bougeait, se dépensait pour endormir son mal. Même s'il avait prévu ne déménager que le lendemain matin, avant l'arrivée des nouveaux propriétaires, il attela Shadow à la charrette avec l'intention de transporter ses biens au village, dans la soirée. Monsieur Drummond lui avait proposé de demeurer avec lui pour un temps. Il pourrait ranger son fourbi dans l'appentis jouxtant la maison du charron et s'installer dans le cabanon derrière la réserve de bois. Il avait accepté.

Avant de partir, il lui restait à vider la cabane, où il avait entreposé quelques outils. Isabelle avait emporté le rouet, des écheveaux de laine et quelques instruments ayant appartenu à Charlotte, ce qui le dispensait de se rendre dans le local de sa mère. Il ne l'aurait pas supporté. Ces souvenirs-là ravivaient ses blessures et son dégoût de lui-même.

Alors qu'il transportait une table de chevet dont il aurait besoin dans son nouveau logis, il entendit un cri provenant du boisé, derrière la bergerie. Persistant et nasillard, perturbant le silence et dominant les autres chants, le son s'élevait, pareil à un avertissement. Joshua eut l'impression que l'épervier le sermonnait à son tour. En portant davantage attention, il remarqua que les cris venaient de deux endroits différents. Un congénère, compagnon ou compagne, avait rejoint l'oiseau. Un couple s'était formé ou reformé. Mâle et femelle se feraient la cour, construiraient un nid, élèveraient leur progéniture. Puis la nichée se disperserait. Certains s'envoleraient vers des contrées plus clémentes, d'autres affronteraient les rigueurs de l'hiver.

Évoquer cette vie simple, de rudesse et de liberté, tracée d'avance, immuable dans sa finalité et pourtant soumise aux aléas du quotidien provoqua chez le jeune homme tourmenté un accès de colère irrépressible. Il courut décrocher son fusil et se lança dans une chasse insensée. Pris d'une folie furieuse, il attribuait au rapace l'entière responsabilité de ses malheurs. Il avait grandi dans une atmosphère trouble et fausse : son père n'était pas son père, Tom n'était pas tout à fait son frère et Isabelle n'avait jamais été sa sœur. Des morts l'avaient hanté et très souvent il avait surpris dans les yeux de sa mère une peur viscérale, issue d'une longue histoire dont il ne comprenait pas l'essence mais dont il ressentait les effets dévastateurs. Depuis que Tom avait ramené cet épervier chez eux, un mauvais sort semblait s'être abattu sur la maison et ses habitants. Un mauvais sort semblable à celui dont sa mère avait toujours eu si peur. Une malédiction. Tout allait à la débandade et basculait dans le chaos depuis l'intrusion dans leur vie de cet oiseau de malheur.

Tuer l'épervier ramènerait un peu d'ordre. Il en était convaincu.

En se faufilant dans le boisé, Joshua se buta à un silence frissonnant. La nature au complet, bêtes et plantes réunies dans une conspiration collective, se tenait sur ses gardes. Il se glissa entre les arbres, le plus discrètement possible, mais chacun de ses pas produisait un bruit assourdissant.

Ces craquements, froissements et bruissements révélaient sa présence.

Il ne distinguait plus avec certitude la proie du prédateur. Des dizaines d'yeux l'observaient. Animées d'une vie propre, des branches lui fouettaient parfois le visage, se liguaient contre lui. À quelques reprises, il trébucha, évitant la chute de justesse. Les obstacles se dressaient devant lui. Sa rage ressemblait davantage à du désespoir. Sa volonté de tuer, de faire souffrir, d'anéantir se retournait contre lui et son immense chagrin.

Il ralentit le pas, jusqu'à s'arrêter tout à fait pour écouter sa respiration saccadée, son seul lien avec la vie, le dernier rempart contre la mort. Un souffle, un désir.

Une ombre furtive attira alors son attention. Un oiseau s'était envolé au-dessus de lui. Le chasseur leva son arme et tira. Des arbres et des buissons s'échappèrent des créatures affolées. Puis, avec une soudaineté stupéfiante, le silence reprit possession de la terre. Joshua baissa son fusil. Une solitude immense, peuplée de fantômes, l'environnait.

D'un pas pesant, il se remit en marche, cherchant ici et là le cadavre de l'épervier. L'avait-il touché? Avait-il rêvé ce mouvement fugace, cette silhouette floue? Après quelques minutes, il vit virevolter une plume. Il l'attrapa, et son incroyable légèreté, son extrême délicatesse, le touchèrent droit au cœur. En revenant à la maison, il pria le Seigneur pour que l'épervier ne soit pas blessé. Il savait maintenant que le tueur souffre parfois autant que sa victime.

*

Un homme et une femme tournaient autour de la charrette, l'air incrédule. À l'arrivée de Joshua, ils reculèrent de quelques pas, se campant sur leurs deux jambes pour l'attendre. Joshua crut déceler dans leur attitude une certaine crainte, mais lorsqu'il reconnut Talaz et Simon, il constata qu'ils démontraient davantage de timidité que de peur. Le grand Abénaquis le toisa néanmoins avec un brin de méfiance, aussitôt démenti par la douceur de ses yeux. C'est cependant la sœur d'Atoan qui vint vers lui, le visage souriant.

– Une lettre de ton frère, dit-elle en tendant le pli.

Joshua se saisit du papier et commença à lire avant même d'avoir remercié ses visiteurs. Les premières phrases le rassurèrent. Tom allait bien. Il regrettait de les avoir quittés et s'en excusait encore une fois, mais avec le recul, il affirmait que son départ – sa fuite, pensa Joshua – s'était révélé la meilleure solution pour lui. L'éloignement l'aidait à surmonter son deuil.

J'ai été accepté au Darmouth College. Je suis les traces de mon père et j'en suis très heureux. Je travaille très fort pour que maman soit fière de moi. Je lui parle chaque jour et je suis certain qu'elle m'entend. Je pense constamment à toi et à Isabelle, et c'est en songeant à vous deux et au plaisir que j'aurai à vous revoir que je trouve le courage de continuer.

Il promettait de venir dès qu'il le pourrait, mais dans l'immédiat il se consacrait à ses études, qu'il qualifiait «d'exigeantes mais passionnantes». Il ne disait pas un mot à l'intention de François Caron, et Joshua s'en réjouit.

Talaz et son mari lui laissèrent le temps nécessaire pour lire et relire le message de Tom, mais ils attendaient une réponse. Joshua hésitait. Devait-il révéler ses fautes à son frère? Il pensa malgré lui à l'épervier et sa gorge se serra. «Pourvu que son oiseau ne soit pas mort», pensa-t-il. L'étrange coïncidence le troublait. Il recevait une lettre de son frère quelques minutes après avoir voulu tuer son oiseau.

— Que dois-je dire à Tom? demanda Talaz.

— Dis-lui que nous allons bien et que nous avons bien hâte de le revoir. Le reste n'a pas d'importance.

9

Après avoir quitté la ferme pour de bon, Joshua se lança dans le travail, besognant de l'aube au coucher du soleil, jusqu'à l'épuisement. Il dormait quelques heures puis recommençait. En se concentrant sur ses tâches, il oubliait de s'accabler de reproches ou de se consumer en regrets.

Isaac Drummond s'inquiétait un peu pour son apprenti, mais les commandes affluaient et le zèle excessif qui animait Joshua tombait à point nommé. Grâce à lui, le charron arrivait à honorer ses contrats sans trop de retard et il se disait que cette frénésie ne durerait qu'un temps. À son âge, et vigoureux comme pas un, Joshua pouvait tenir la cadence encore un bon moment. « Il se reposera quand la situation reviendra à la normale », se répétait le charron. Il songeait parfois à engager un journalier, mais il manquait de temps pour s'en occuper. Tomber sur l'employé idéal n'était pas si fréquent. Surtout en cette période d'effervescence.

Les maîtres artisans, qu'ils soient charpentiers, ébénistes ou de quelque autre confrérie, profitaient de la présence de la Compagnie des Terres. Certains d'entre eux, plus audacieux, s'étaient transformés en entrepreneurs pour tirer un meilleur parti des circonstances. De cette façon, ils engageaient eux-mêmes des ouvriers qui exécutaient sous leurs ordres différents travaux – construction de routes, de maisons ou de moulins –, commandés par la BALC. Ils bénéficiaient ainsi de la manne qui pleuvait sur le village et les environs, et empochaient des gains substantiels qui faisaient l'envie de leurs confrères moins téméraires ou moins fortunés.

Isaac Drummond n'avait pas osé s'aventurer sur cette voie. Son métier lui plaisait et l'occupait à temps plein, très plein même. Il ne souhaitait pas délaisser son atelier pour diriger une entreprise. Il vivait bien de son gagne-pain, assez pour s'offrir ce dont il avait besoin et satisfaire quelques caprices. Il s'était d'ailleurs acheté à prix fort un cheval de course qu'il bichonnait dès qu'il avait un peu de temps libre. Il en tirait une grande vanité qui amusait ses amis et enrageait les autres.

John Mulvena appartenait à la première catégorie. À vrai dire, il se pâmait d'admiration pour la bête racée et fougueuse.

– Vas-tu te décider à l'atteler, un jour? Si tu ne la dresses pas, tu ne seras jamais prêt pour les prochaines courses.

– Je sais bien, se désola le charron, mais je manque de temps. J'ai proposé à Joshua de l'entraîner, mais ça ne l'intéresse pas vraiment. Je le comprends: il travaille quasiment jour et nuit.

Les deux hommes jetèrent un regard discret à l'apprenti qui perçait des mortaises, debout devant le jantier. Joshua les avait entendus, mais il ne leva pas la tête. Depuis que le grand Mulvena l'avait sermonné, il éprouvait toujours un certain malaise en sa présence et préférait donc se tenir à l'écart.

— Ce serait dommage qu'une bête de cette valeur ne puisse pas courir, reprit Mulvena. Tu devrais peut-être la vendre.

— Je suis en partie d'accord avec toi, mais je ne suis pas prêt à m'en départir. Samuel Brooks, l'agent de la BALC, m'a fait une proposition d'achat l'autre jour, très avantageuse, mais j'ai refusé parce que ça me fendait le cœur.

— Je ne sais pas quel prix il t'en offrait, mais j'espère qu'il a été plus généreux avec toi qu'avec certains cultivateurs qui lui ont vendu leur terre.

— Que veux-tu dire ?

— Il paraît que ses offres fluctuent selon la prospérité du vendeur. Les plus démunis n'ont eu droit qu'à soixante-dix-sept cents l'acre, alors que les cultivateurs les plus riches ont pu obtenir jusqu'à trois dollars soixante-quinze l'acre.

— Un pur non-sens, s'indigna le charron. En somme, la Compagnie des Terres enrichit les plus riches et appauvrit les plus pauvres. J'ai du mal à y croire.

— C'est pourtant la vérité vraie. L'argent attire l'argent, c'est bien connu.

— Et la misère engendre la misère…

Sur ces paroles sentencieuses, John Mulvena posa son chapeau de travers sur sa tête et salua la compagnie. Il jeta un coup d'œil à Joshua, qui persista à l'ignorer. « Il m'en veut encore », constata Mulvena. Cela le peinait, mais parce qu'il avait eu de l'affection pour la mère, il n'aurait pas pu assister aux errements du fils sans broncher. Il ne regrettait rien et espérait que Joshua comprendrait un jour qu'il avait agi dans son intérêt, pour le sauver de la débâcle.

Il s'inquiétait pour rien, car le jeune homme ne lui gardait pas rancune. Au contraire, il avait bien saisi les motivations de John Mulvena. Seule la honte l'empêchait de rassurer l'ami de sa mère. En outre, il ne l'avait pas salué aujourd'hui parce qu'il écumait de fureur contre lui-même. En son for intérieur, il se traitait de tous les noms, et cela n'avait rien à voir avec son comportement envers Isabelle ou avec ses décisions des dernières semaines. Qu'il avait été stupide! On l'avait leurré avec de belles paroles! Lui qui se félicitait de sa bonne fortune et croyait avoir négocié un accord mirobolant avec la Compagnie des Terres! Samuel Brooks riait certainement encore de sa naïveté! L'agent avait réussi à berner un autre de ces pauvres ignorants en lui offrant le prix le plus bas pour sa ferme, comme venait de le laisser entendre John Mulvena. Il l'avait ensuite revendue à profit aux McGovern.

En furie contre sa stupéfiante incompétence, Joshua inventa un prétexte pour sortir afin de prendre une grande bouffée d'air. Il étouffait.

Dehors, l'atmosphère s'alourdissait. De fines goutte-lettes tombaient dans la poussière, s'évaporant aussitôt sans laisser de traces et sans importuner les passants qui déambulaient dans les rues. Depuis le matin, une averse menaçait, mais on l'attendait encore. L'air instable créait une ambiance d'incertitude, un espace de flottement où le pire et le meilleur devenaient possibles.

Pour se calmer, Joshua décida de marcher un peu. Il quitta la cour du charron et s'engagea dans la rue, sans destination précise. L'esprit vidé de ses repères, il avançait en se fiant à son seul instinct, peu rassuré, espérant néanmoins emprunter la bonne voie, celle qui le mènerait à la quiétude.

Les nombreux travaux démarrés par la Compagnie des Terres exigeaient divers outils et matériaux. Les nouveaux colons et les ouvriers avaient besoin de semences, de nourriture. Les commerces ouvraient donc les uns après les autres et les coffres des marchands s'emplissaient d'argent sonnant. Cette apparente abondance qui favorisait les plus rusés et modifiait la configuration du village décupla le courroux de Joshua. Un goût de vengeance se répandit dans sa bouche et obstrua sa gorge. Il retint de justesse un haut-le-cœur.

Sans s'en rendre compte, il traversa le pont et parvint au secteur des tavernes. Elles se succédaient en enfilade, rassemblées au sud de la rivière Magog. Une envie irrépressible de boire le prit à la gorge, mais il se rappela, dans un éclair de lucidité, que monsieur Drummond l'attendait. Le charron devait d'ailleurs déjà se demander où son employé était passé.

Un client éméché sortit du débit de boisson devant lequel Joshua s'était arrêté. L'ivrogne le bouscula et continua sa route sans s'excuser. Exaspéré, Joshua l'invectiva. Il aurait aimé en découdre avec ce soûlard. Il gardait les poings serrés ; l'envie de se battre le taraudait.

C'est alors qu'il remarqua, de l'autre côté de la rue, Isabelle qui l'observait. Elle se tenait devant la boutique du joaillier. Sans doute avait-elle rendu visite à ses amies, les jumelles Ryan. Joshua sentit la rougeur lui monter aux joues, non plus de rage, mais bien d'humiliation. Son ex-fiancée était bien la dernière personne qu'il aurait voulu rencontrer dans les circonstances. Isabelle ne devait pas être témoin de ses faiblesses. Elle ne devait pas soupçonner le mal qui le rongeait, l'ennui d'elle qui le tenaillait. Son orgueil ne le supporterait pas. Dans son esprit, il la considérait toujours comme sa promise, mais il l'avait tellement blessée qu'il n'envisageait pas qu'elle puisse lui pardonner un jour.

De son côté, Isabelle n'osait plus avancer.

Croyant déceler de la peur dans les traits tendus de la jeune fille, Joshua choisit de fuir une fois de plus. D'un pas nerveux, il remonta la pente jusqu'au pont et revint presque en courant à l'atelier de monsieur Drummond. Pendant sa course, la réprobation muette d'Isabelle lui brûla le dos, même lorsqu'il sut qu'elle ne pouvait plus le voir.

*

De son côté, Isabelle respirait par à-coups et peinait à reprendre haleine. Elle n'avait pas bougé pourtant, et n'avait donc aucune raison d'être à bout de souffle. À l'évidence, revoir Joshua l'avait remuée bien davantage qu'elle ne l'aurait cru. Depuis leur douloureuse séparation, elle avait souvent craint de le rencontrer, car il habitait à quelques maisons des Burchard. Elle observait toujours les alentours avant de sortir et gardait les yeux fixés sur ses bottines quand elle marchait dans les rues du village. Si elle l'avait pu, elle se serait sauvée très loin.

Mais où? À Sherbrooke, elle pouvait au moins compter sur quelques personnes. Elle avait ses amies, et François avait promis de l'aider en cas de besoin. Il ne l'aimait pas comme elle l'aurait souhaité, mais il se rendrait toujours disponible si elle réclamait son soutien. De plus, Olive et son mari la protégeaient, la réconfortaient.

Bien que reconnaissante, Isabelle restait persuadée de déranger. Olive avait besogné fort pour élever sa famille, et maintenant que les plus vieux volaient de leurs propres ailes, elle aurait eu droit à une vie tranquille, en compagnie de son époux.

Sans le vouloir et malgré de louables efforts de discrétion, Isabelle s'immisçait dans l'intimité du couple, ce qui créait chez elle un inconfort. Elle aurait aimé ne dépendre de personne. À seize ans, bien des femmes étaient déjà mariées et mères de famille. Domestiques, ouvrières ou couturières, plusieurs gagnaient leur vie à l'extérieur de la maison. Pour ne pas encombrer les Burchard plus longtemps, Isabelle s'était donc mise à la recherche d'un emploi qui lui procurerait l'indépendance dont elle rêvait. Contrairement à ce qu'avait pensé Joshua, elle ne sortait pas de la joaillerie après avoir visité ses amies, mais bien parce qu'elle avait offert ses services à monsieur Ryan.

– Je regrette de te décevoir, lui avait répondu le bijoutier, mais je n'ai besoin de personne. Astrid et Fanny me donnent un bon coup de main. Une fois les classes terminées, elles m'assisteront à temps plein à la boutique. L'automne prochain, peut-être…

Elle avait obtenu une réponse similaire chez plusieurs commerçants. La plupart comptaient sur leurs proches, enfants, épouse, cousins ou cousines, neveux ou nièces, pour les épauler. De cette manière, l'argent restait dans la famille et était réinvesti dans l'entreprise. Isabelle comprenait très bien. Elle-même avait travaillé longtemps avec sa mère adoptive. Or, ces refus répétés la démoralisaient. Jusqu'à maintenant, elle s'était présentée chez les marchands Smith, Edgell et Ball, ainsi qu'à la boulangerie Loomis. Ces gens faisaient des affaires d'or, mais elle s'était trompée en croyant qu'ils l'engageraient.

Quelques jours plus tôt, elle avait proposé ses services comme femme de ménage ou cuisinière à l'école de Rufus Miner, puis à l'académie que fréquentaient une quarantaine de garçons et une dizaine de filles, dont les jumelles Ryan. On l'avait bien reçue partout, mais ses talents aux fourneaux et ses années de tissage auprès de Charlotte n'avaient impressionné personne.

D'un endroit à l'autre, les gens la renvoyaient gentiment, non sans l'avoir gratifiée d'avis éclairés et de recommandations.

Par exemple, le joaillier Ryan lui avait suggéré une rencontre avec le curé McMahon. Cet Irlandais catholique, premier missionnaire résident dépêché à Sherbrooke par l'évêque de Québec, fréquentait beaucoup de monde, et de différents milieux.

— Il pourra peut-être plaider ta cause auprès de quelques personnes plus fortunées, avait-il laissé entendre. Je suis certain qu'il sera de bon conseil.

David Ryan accordait une confiance aveugle aux membres du clergé, quels qu'ils soient. Fidèle aux enseignements de l'Évangile, il considérait tout homme d'Église comme un berger possédant la vérité et la sagesse.

Avant de se rendre auprès de l'abbé McMahon, une démarche qui l'intimidait au plus haut point, Isabelle résolut de tenter sa chance à la fabrique de laine, où ses compétences devraient attirer l'attention. Elle s'engagea donc dans King's Highway, bien consciente de la distance à parcourir. La fatigue se faisait sentir, mais la jeune fille persévérait dans sa quête. Bien que désespérée certains matins, elle ne voulait pas abandonner avant d'avoir épuisé l'éventail des possibilités. « Il doit bien y avoir une place pour moi quelque part », se dit-elle en implorant le secours de ses mères disparues.

Après être passée devant le palais de justice, elle arriva essoufflée en haut de Factory Street, une rue en pente douce qui longeait la rivière Magog. À mesure qu'elle avançait, le bruit redoublait d'intensité. Des ouvriers allaient et venaient, transportant madriers, briques et autres matériaux. La partie de Sherbrooke appelée Upper Mills grouillait d'activité. En face de la fabrique de laine, sur la rive opposée, la BALC avait érigé une scierie après avoir fait construire un pont, le Factory Bridge. Ce pont débouchait sur un nouveau chemin en construction, où travaillaient des dizaines de journaliers. Réclamée à cor et à cri depuis des années par les habitants du village, cette route relierait Sherbrooke à Montréal, en passant par Orford, Stukeley et Shefford. Elle ouvrait également un nouveau secteur, très intéressant pour les acheteurs. La Compagnie des Terres y offrait d'ailleurs déjà des lots qui se vendaient de mieux en mieux.

Isabelle n'avait jamais mis les pieds dans cette partie du village, encore sauvage quelques mois plus tôt. Elle ne soupçonnait donc pas l'ampleur des travaux en cours.

Étonnée, elle s'arrêta pour observer le flot d'ouvriers. Un petit groupe l'aperçut et les hommes, taquins, se mirent à la houspiller en sifflant et en criant des mots lourds de sous-entendus qu'elle n'aurait pas osé répéter. Gênée, elle se hâta vers la fabrique de laine.

Contrairement aux autres employeurs potentiels, le fils Thomson la reçut avec son acrimonie habituelle. Isabelle ne l'avait jamais rencontré, mais Tom lui avait très souvent parlé de lui. Elle le reconnut d'ailleurs immédiatement, car il correspondait à la lettre au portrait que son frère en avait dressé.

— Est-ce que je pourrais parler à ton père? demanda-t-elle, peu encline à traiter avec cet arrogant personnage.

— À quel sujet?

— Je cherche un emploi.

Le fils Thomson l'examina des pieds à la tête en affichant une moue méprisante.

— Nous n'avons besoin de personne, répondit-il, avant de lui tourner le dos.

— Je suis sûre que ton père voudra me recevoir, cria Isabelle, plus fort qu'elle ne l'aurait voulu. Il a toujours bien apprécié mon frère.

Curieux, le jeune homme revint vers elle.

— Le nom de ton frère, s'il te plaît?

Le visage d'Isabelle s'empourpra. Quelle erreur monumentale! Voilà que ses chances d'être embauchée à la fabrique de laine s'évaporaient aussi sûrement que la brume, un matin d'été.

— Joshua, marmonna-t-elle, puisqu'il lui fallait bien répondre.

Adam Thomson blêmit et recula d'un pas, comme si une bête sauvage le menaçait. Il n'avait pas oublié sa mésaventure avec les frères Brown. En levant le bras, il indiqua la sortie, et Isabelle n'osa pas insister.

10

Juillet 1835

Après de nombreuses démarches, aussi vaines que les précédentes, Isabelle se résolut à solliciter l'abbé McMahon. L'aîné des enfants Burchard était revenu à la maison, après un séjour de plusieurs mois dans la région de Québec. Il avait entendu dire qu'on cherchait des journaliers à Sherbrooke, dans les différents chantiers de construction. Désireux de revenir auprès des siens, il avait donc tenté sa chance et avait été engagé aussitôt par la Compagnie des Terres. Installé chez ses parents depuis son retour, il leur versait un loyer très abordable. Trop heureux d'accueillir leur plus vieux, Olive et Daniel Burchard le traitaient aux petits soins.

Isabelle se sentait de trop. Parce qu'elle occupait son ancienne chambre, le fils de la maison passait la nuit en compagnie de sa sœur et de son frère cadets, une situation qui n'enchantait personne. Prête à dormir n'importe où, même dans un coin de la cuisine, Isabelle avait beaucoup insisté pour que le jeune homme récupère son lit, mais Olive n'avait rien voulu entendre.

— Tu as été assez bousculée, avait-elle déclaré. Tu as déjà perdu ta maison. Il n'est pas question que tu perdes aussi ta chambre.

Touchée par tant de sollicitude, Isabelle craignait de plus en plus d'abuser de la générosité de ses hôtes. Il lui tardait donc de décrocher un emploi.

Une fois ses tâches terminées, ce matin-là, elle demanda la permission de s'absenter.

— Vous n'aurez plus besoin de moi?

Olive secoua la tête.

— Voulez-vous que je vous rapporte quelque chose du magasin général? insista Isabelle. Je passerai sûrement par là.

Encore une fois, Olive se contenta de secouer la tête. Elle n'avait besoin de rien.

— Je vais essayer de rencontrer l'abbé McMahon, expliqua Isabelle. On le dit de bon conseil.

La jeune fille avait déjà jeté un châle sur ses épaules et s'apprêtait à sortir.

Olive Burchard lui toucha le bras.

— Je sais que tu as très hâte de ne plus dépendre de personne, mais ne te presse pas trop. Sois très prudente. Avant d'accepter quoi que ce soit, j'aimerais bien que tu m'en parles. Je ne suis pas une parente, mais je t'aime comme ma fille et je ne voudrais pas que tu te mettes dans le pétrin. Ça bouge au village. Des étrangers arrivent en masse. J'ai peur que tu fasses de mauvaises rencontres.

Très émue, Isabelle se lança dans les bras d'Olive, qui la serra contre sa poitrine.

— Vous êtes bien plus qu'une parente, lui murmura-t-elle à l'oreille. Vous êtes mon ange gardien.

La femme du cordonnier essuya une larme.

– Je ne prendrai aucune décision sans vous en avoir parlé, lui promit sa protégée.

Rassurée, Olive Burchard la poussa à l'extérieur et elles se quittèrent en riant.

*

Isabelle espérait trouver le prêtre dans le hangar construit par la Compagnie des Terres pour héberger les travailleurs les plus démunis, incapables de payer un loyer, aussi modeste soit-il. Dans cet abri de fortune s'entassaient une douzaine d'hommes, des immigrants pour la plupart, récemment arrivés d'Europe. À plusieurs on avait fait miroiter la possibilité de se procurer une terre ou, à tout le moins, d'occuper un emploi rémunérateur. Ils étaient arrivés en chariot de Port-Saint-François, où la BALC possédait un entrepôt. Toutefois, aucun d'entre eux n'avait les moyens d'effectuer un versement sur un lot. Ils avaient très vite constaté qu'ils devraient bosser très fort pour amasser l'argent nécessaire. Par chance, la Compagnie des Terres avait besoin d'hommes pour les travaux de défrichement et d'ouverture de routes qu'elle finançait. Sans compter les constructions diverses mises en chantier dans tout le village. Elle payait ses journaliers douze dollars par mois, ce qui leur permettait de subvenir à leurs besoins et de mettre un peu d'argent de côté.

Isabelle n'aimait pas fréquenter ces étrangers de trop près. Mal à l'aise, elle allait repartir lorsqu'elle entendit qu'on élevait la voix derrière une baraque. Elle avança de quelques pas. L'abbé McMahon discourait en compagnie de deux hommes dans la vingtaine, très maigres, mais avec des faciès si déterminés qu'ils suscitèrent de nouvelles craintes chez la jeune fille. On les aurait dit prêts au pire.

— Que fais-tu là, mon enfant? lui demanda le prêtre en remarquant sa présence. Ce n'est pas un endroit pour une demoiselle.

Son ton réprobateur intimida Isabelle, qui regretta cette démarche hasardeuse.

— Est-ce que je pourrais vous parler? dit-elle d'une voix tremblante. J'aurais un conseil à vous demander.

Avant que l'homme d'Église ne lui réponde, elle savait qu'elle était venue pour rien. L'abbé McMahon ne lui apporterait aucun secours. Le front moite de sueur, la soutane déchirée, la barbe trop longue et mal taillée, les semelles de ses bottines usées à la corde, le pauvre homme ressemblait davantage aux immigrants sans le sou qu'il tentait de soutenir qu'à un ministre du culte respecté et respectable.

Isabelle lui exposa néanmoins son problème mais, comme elle s'y attendait, le prêtre haussa les épaules en signe d'impuissance.

— Tu vois dans quelle indigence vivent ces gens, lui dit-il sur un ton indigné. Ils sont catholiques pour la plupart et subsistent de peine et de misère. Beaucoup seront repartis dans quelques semaines, quelques mois peut-être, dès qu'on n'aura plus besoin d'eux. Ces pauvres hères, tout comme les quelques paroissiens de confession catholique qui habitent les environs, ne peuvent pas s'acquitter de la dîme. Ils ne peuvent même pas remercier leur missionnaire avec des patates ou du grain. J'ai dû emprunter à des marchands pour régler mon loyer.

L'abbé semblait intarissable. Devant une oreille attentive, il se déchargeait le cœur avec une vive satisfaction. Isabelle l'écouta pendant un moment, cherchant un moyen de s'échapper sans se montrer impolie.

– Certains s'en mettent plein les poches depuis l'arrivée de la Compagnie des Terres, reprit le pasteur, indifférent au malaise de son interlocutrice. Mais ils s'enrichissent souvent au détriment des plus démunis qu'ils exploitent impunément.

Plein de hargne, l'homme d'Église soufflait son haleine au visage d'Isabelle. Elle crut y déceler une odeur d'alcool.

– Excusez-moi, dit la jeune fille, je dois partir. J'ai un rendez-vous.

L'abbé McMahon l'escorta sur une courte distance, sans cesser de se plaindre et de condamner les marchands et propriétaires fonciers qui ne pensaient qu'expansion et développement, et s'enrichissaient sur le dos des plus pauvres, totalement indifférents à la misère qu'ils créaient autour d'eux.

Isabelle perçut dans ses propos une profonde lassitude. L'abbé était au bout du rouleau. Elle le quitta donc avec le sentiment d'abandonner le pauvre homme à son malheur, et ses problèmes personnels lui parurent tout à coup plus légers qu'à son arrivée. En fin de compte, l'abbé l'avait aidée.

*

Isabelle se dirigea d'un pas résolu vers le centre du village. Elle comptait se présenter à l'auberge King, puis à l'hôtel de monsieur Adams. Ces deux établissements voisins se livraient une rude concurrence. Cependant, au fil du temps, un clivage naturel s'opérait et leur clientèle tendait de plus en plus à se différencier, les notables de la place préférant ne pas frayer avec la populace.

Finalement, Isabelle décida de tenter d'abord sa chance à l'hôtel Adams. Elle aurait aimé travailler dans ce décor somptueux, où la promiscuité avec les clients lui apparaissait moins probable. Elle avait cependant peu d'espoir d'être engagée, compte tenu de son inexpérience.

En poussant la porte, elle tomba nez à nez avec François Caron.

Celui-ci transportait une paperasse encombrante qu'il avait du mal à rassembler. Isabelle rougit sous l'effet de la surprise. Ils restèrent donc ainsi l'un en face de l'autre, obstruant le passage, jusqu'à ce qu'un client impatient les bouscule en maugréant.

François se secoua en riant.

— Excuse-moi, dit-il en tendant ses bras chargés. J'aurais bien voulu te saluer avec plus de chaleur, mais ce ne sera pas possible…

Isabelle s'esclaffa à son tour.

— On dirait un notaire embourbé dans ses scribouillages ! Tu dois être devenu un personnage important pour posséder tant de paperasse.

— Pas tant que ça ! Sinon, j'aurais un clerc pour transporter tout ce barda.

D'un geste malhabile, François invita sa compagne à s'asseoir un instant dans le hall de l'hôtel.

Isabelle se laissa choir avec bonheur dans le fauteuil le plus confortable. Sa matinée l'avait épuisée, elle s'en rendait compte maintenant. La présence toujours aussi réconfortante de François lui permettait enfin de se détendre.

— Je sors d'une réunion avec monsieur Adams et son gérant, lui expliqua l'ébéniste. Nous allons rénover la salle à manger.

— Mais c'est encore neuf!

— Je sais bien, mais le propriétaire n'est pas satisfait. Il souhaite créer une ambiance plus classique.

— Vous ne manquez pas de boulot, ton ami et toi.

— Oh non! On pense engager un apprenti pour nous aider.

Isabelle soupira.

— Si j'étais un homme…, murmura-t-elle.

Sa remarque exprimait un tel désappointement que François crut nécessaire de la réconforter.

— Ce serait bien dommage, dit-il en lui offrant son plus beau sourire.

Isabelle aurait eu envie de se jeter dans ses bras et de le supplier de l'aimer, de la garder près de lui. Elle rêvait de la chaleur de cet homme qu'elle ne cesserait jamais d'admirer et de désirer. Mais elle se retint pour ne rien gâcher, pour conserver leur amitié.

— Je cherche du travail, reprit-elle. Ce n'est pas facile.

Elle lui résuma l'essentiel de ses démarches, en terminant avec une liste des endroits où elle comptait encore se rendre. Après avoir visité les différents commerces, elle prévoyait solliciter une place de domestique chez quelques notables, dont les Felton. Elle se disait qu'elle aurait peut-être de la chance auprès d'Anna Maria Valls, qui avait toujours montré de l'affection pour Charlotte.

– Je ne te le conseille pas. Le clan Felton traverse une période mouvementée. Monsieur Gugy, le député de Sherbrooke, vient d'accuser le major de fraude. Il semblerait qu'il possède des documents compromettants qui prouveraient que William Felton a vendu des lots qui ne lui appartenaient pas. Avec ces accusations qui s'accumulent et qui touchent également son frère, je ne serais pas étonné qu'il perde son poste de commissaire des terres de la Couronne. Sa femme doit être très affectée. Les plus vieux de leurs douze enfants occupent de bons emplois, mais les autres sont toujours à leur charge.

Isabelle ressentit un léger pincement au cœur. Elle se rappelait, bien sûr, les embêtements que William Felton avait causés à sa mère adoptive, mais elle n'oubliait pas la complicité qui s'était établie entre Anna Maria Valls et Charlotte. Combien de fois celle-ci avait-elle pu compter sur la châtelaine de Belvidère. La femme du major avait toujours été là pour soutenir son amie tisserande et lui passer des commandes quand elle en avait le plus besoin.

– Madame Felton ne méritait pas ça, déclara-t-elle.

François lui répondit par un haussement d'épaules. À vrai dire, le sort du major lui importait peu. Ce conservateur s'opposait depuis toujours aux propositions du parti réformiste auquel lui-même adhérait. À ses yeux, cet adversaire politique récoltait ce qu'il avait semé.

– Ne t'en fais pas pour eux, conclut-il. Ces gens-là finissent toujours par s'en sortir. On n'a qu'à penser à Charles Goodhue qui a causé la perte de tant de pauvres fermiers. Maintenant qu'il a fait fortune, il passe de plus en plus de temps aux États-Unis, chez son fils. Je suis sûr qu'il va quitter le village très bientôt pour aller dépenser son argent à l'étranger, auprès de ses petits-enfants.

En levant la tête, François constata que l'horloge de l'hôtel indiquait midi. Le temps filait. Il quitta Isabelle après lui avoir souhaité bonne chance.

Son odeur persista longtemps dans l'atmosphère. Quand elle s'évapora enfin, la jeune fille se leva à son tour et se rendit au comptoir, où on lui affirma que ni monsieur Adams ni le gérant ne pourraient la recevoir ce jour-là.

11

Une semaine s'était écoulée depuis sa rencontre fortuite avec François, mais Isabelle n'avait cessé de penser à lui. Elle se représentait l'ébéniste devant sa planche à dessin, esquissant les plans d'une table ou réfléchissant à la meilleure manière de réaliser le dossier d'une chaise, et un frisson la traversait. Elle aurait aimé le revoir, mais n'oserait jamais se présenter chez lui, ne sachant trop comment on l'accueillerait. La boutique qu'il tenait avec son collègue, Joseph Gagnon, jouissait d'une excellente réputation, et les meubles qui sortaient de leur atelier étaient de plus en plus recherchés.

Distraite par ces songeries qui ne menaient à rien, Isabelle avait négligé sa recherche d'emploi. Elle avait plutôt passé ces derniers jours à aider Olive, mais le grand ménage étant maintenant terminé, elle jouissait de plus de temps libre et se promettait bien de reprendre ses explorations quotidiennes. Elle avait écrit sur une feuille de papier les noms des familles les plus susceptibles d'engager des domestiques et envisageait de les visiter une par une.

Ce matin-là, elle quitta donc la maison du cordonnier plus déterminée que jamais. Une surprise de taille l'attendait à l'extérieur.

— Monte, je t'emmène !

Une lueur moqueuse et un brin mystérieuse illuminait le visage de François Caron, comme s'il préparait un mauvais coup. Ses yeux sans malice, plus bleus qu'un ciel d'hiver, témoignaient cependant de ses bonnes intentions.

Isabelle grimpa dans la charrette sans aucune hésitation. Jamais elle ne pourrait se départir de l'excitation qui la gagnait chaque fois qu'elle côtoyait ce jeune homme avec qui elle avait vécu les joies et les tumultes du quotidien. François la frôla en claquant les rênes sur le dos du gros cheval de trait qui somnolait, la tête tombante, le flanc gauche appuyé sur le brancard. Le cœur amoureux de la jeune fille battait la chamade.

Sans s'émouvoir le moins du monde, la brave bête se mit en branle d'un pas nonchalant. Le soleil inondait le jour de sa lumière dorée. Malgré l'heure matinale, la sueur perlait sur le front des passants et des ouvriers déjà à l'œuvre.

— Où allons-nous ? demanda Isabelle.

À vrai dire, la destination lui importait peu. Elle serait allée au bout du monde au rythme lent du percheron, dans l'odeur boisée qui émanait de la charrette et de son conducteur. Cette promiscuité lui rappelait le temps d'avant, les temps heureux, quand sa famille adoptive vivait sous le même toit. À cette époque, elle s'inventait un avenir serein, prévisible. Elle se permettait également de rêver, même à l'impossible.

— Je dois livrer une bibliothèque à Sleepy Hollow. J'ai pensé que tu pourrais m'accompagner.

— Sleepy Hollow ? Où est-ce ?

– C'est la ferme que monsieur Hale a achetée sur le chemin de Brompton.

– Sleepy Hollow… Quel joli nom.

Isabelle jeta un coup d'œil derrière elle et découvrit le meuble en question, enveloppé avec soin dans une bâche. Trop heureuse de retrouver François, elle n'avait pas remarqué cette silhouette imposante, qui prenait la forme d'un corps sans tête. Sa distraction l'amusa.

– Tu pourrais profiter de l'occasion pour offrir tes services. Je suis sûr que madame Hale apprécierait tes talents de cuisinière.

La jeune fille grimaça. Bien sûr, elle espérait un emploi de ce genre, mais il lui paraissait quelque peu présomptueux de se présenter chez des gens qui jouissaient d'une notoriété aussi enviable. Elle n'avait même pas osé les inscrire sur sa liste. Elle eut honte soudain de l'ourlet effiloché de sa jupe, des couleurs délavées de son bonnet. Si elle avait su, elle aurait emprunté à Olive de plus beaux vêtements. De quoi avait-elle l'air, sinon d'une pauvresse maigrichonne?

Percevant ses craintes, François s'empressa de la rassurer.

– Eliza Hale est une femme charmante et d'une grande générosité. Elle a beau être la fille du juge Bowen, elle ne méprise pas les petites gens. De plus, elle m'aime bien. Elle ne refusera pas de te rencontrer, tu peux en être certaine. Détends-toi. Tu es parfaite, adorable et très talentueuse. Aie confiance en toi.

Isabelle déglutit puis tenta de reprendre une respiration normale. Son estime de soi était au plus bas, mais elle se fiait au discernement de François. Il ne risquerait jamais de la plonger dans l'embarras. Elle remit donc son sort entre ses mains et en conçut une certaine légèreté.

– Parle-moi d'eux, dit-elle, désireuse de mieux les connaître afin de mieux les comprendre. Ça m'aidera à les aborder de la bonne manière.

Elle souhaitait bien paraître pour faire honneur à François.

L'ébéniste en avait long à dire sur les Hale, à qui il vouait une surprenante mais réelle admiration. Il ne partageait pas les opinions politiques de l'homme d'affaires, tant s'en faut, mais la remarquable érudition d'Edward Hale, son sens de l'humour, son élégance naturelle et sa volonté manifeste d'apprendre des uns et des autres, même des plus humbles, l'avaient séduit.

– Il a séjourné aux Indes pendant cinq ans. Il parle de cette contrée lointaine avec passion. Mais le plus surprenant, c'est qu'il discute avec autant d'enthousiasme des graines de semence ou du commerce du bois. Il démêle les différentes essences d'arbres et sait apprécier un ouvrage bien exécuté. Je ne pourrais pas lui présenter n'importe quel meuble. Il exige le meilleur. C'est un fin connaisseur, et en plusieurs domaines.

L'ébéniste discourut tout le long du trajet, ce qui permit à Isabelle de se ressaisir un tant soit peu. Son cœur se serra de nouveau lorsqu'elle découvrit la maison de campagne des Hale, sise un peu en retrait de King's Highway. Comme le lui avait expliqué son compagnon, le couple s'était fait construire une belle résidence dans le quartier Orford, mais il avait aussi acheté cette ferme, située à peu près à mi-chemin entre Sherbrooke et Brompton. Abandonnée depuis un certain temps, la maison ne payait pas de mine au départ, mais quelques rénovations avaient suffi pour la convertir en un endroit agréable, où Eliza Hale aimait passer du temps en bonne compagnie. D'ailleurs, plusieurs chevaux attelés à des calèches attendaient dans la cour. Des cochers s'étaient assoupis, la tête renversée sur le dossier de leur siège. Certains tenaient encore les rênes dans leurs mains, par habitude, même si les bêtes somnolaient, elles aussi.

— On dirait que nous tombons en pleine réception, s'inquiéta Isabelle. Ce n'est peut-être pas la journée idéale pour...

— Ne t'en fais pas. Ça se passera très bien.

François avait à peine posé le pied à terre que déjà madame Hale sortait de la maison pour l'accueillir.

— Enfin, vous voilà! lança-t-elle d'une voix enjouée, exempte de reproche. Je n'en pouvais plus d'attendre!

Tout de suite, elle se précipita à l'arrière de la charrette et souleva un coin de la toile qui recouvrait la bibliothèque. Devant la finesse du grain, la couleur chaude et cuivrée du bois, elle ne put retenir une exclamation de ravissement.

— C'est exactement ce dont j'avais besoin! J'en ferai la pièce maîtresse de notre demeure.

Deux hommes engagés apparurent alors. On les avait avertis de se présenter dans la cour dès l'arrivée de l'artisan. En se conformant aux recommandations de François, les colosses s'emparèrent de la bibliothèque et l'emportèrent à l'intérieur en la manipulant avec une délicatesse surprenante, compte tenu de leur forte carrure. Ils avaient plutôt l'habitude de charroyer des briques ou de transporter des poches de blé sur leur dos.

François et Isabelle suivirent le cortège en silence, retenant leur souffle tous les deux, mais pour des raisons différentes. Le premier s'inquiétait pour son œuvre et espérait qu'elle se rendrait à bon port sans une égratignure. Isabelle, de son côté, frissonna en pénétrant dans cette maison qui respirait la simplicité. Elle avait été construite des années plus tôt par des gens sans trop de moyens, mais les rénovations entreprises par madame Hale lui conféraient déjà un cachet particulier. En outre, le magnifique cadre champêtre dans lequel elle avait été plantée égayait l'ensemble en apportant une note d'insouciante légèreté. À la seconde où elle mit le pied dans le vestibule, Isabelle se sentit à son aise, comme si elle reconnaissait les lieux. Peut-être un détail lui rappelait-il le logis de ses parents, ou l'atelier de Charlotte... De toute façon, elle ne chercha pas à comprendre ce qui lui causait cet apaisement fort bienvenu.

— Ce meuble est absolument parfait !

Suivant les indications de madame Hale, les employés avaient déposé la bibliothèque dans la pièce centrale et ils enlevaient la bâche avec précaution. La propriétaire des lieux ne se tenait plus de joie et elle ne se gênait pas pour exprimer son admiration.

— Vous avez accompli une œuvre de grand maître, s'extasia-t-elle.

François accueillit ces compliments avec humilité, mais sa mine réjouie trahissait son immense satisfaction. Il avait consacré de nombreuses heures et mis tout son cœur dans la fabrication de ce meuble, sa plus imposante réalisation depuis qu'il apprenait le métier avec Joseph Gagnon. Le bonheur de sa cliente constituait sa plus belle récompense. Le jeune homme avait trouvé sa place. Il pratiquait un art qui le passionnait et qui lui permettait de se dépasser sans jamais cesser d'apprendre. Il appartenait désormais à la confrérie des ébénistes, ces orfèvres du bois, le matériau le plus noble qui soit.

— Je suis fière de toi, lui glissa Isabelle à l'oreille.

L'artisan sembla alors redescendre sur terre.

— Permettez-moi de vous présenter une personne qui m'est très précieuse, dit-il en s'adressant à Eliza Hale et en poussant Isabelle dans le dos d'une main ferme. Mon amie est une cuisinière hors pair et elle cherche à se placer. Peut-être pourriez-vous la recommander à une de vos nombreuses relations.

Timide, Isabelle prit la main que lui tendait madame Hale. L'intérêt que lui manifestait cette dernière la troublait. Elle aurait voulu disparaître.

— Vous ne pouviez pas mieux tomber, mademoiselle! s'exclama son interlocutrice. C'est le ciel qui vous envoie! Vous excuserez mon effronterie, mais j'ose vous demander un immense service, comme ça, à brûle-pourpoint.

Rouge comme une pivoine, Isabelle ne put que marmonner une réponse insignifiante qui décupla sa gêne.

— Si je peux vous aider…

— Je reçois quelques amies et j'avais prévu un goûter léger à l'heure du thé. Ma cuisinière s'est foulé un poignet et elle souffre beaucoup. Lui donneriez-vous un coup de main? Je vous ferai reconduire dès que la fête sera terminée.

Les jambes flageolantes, Isabelle regarda ses vêtements, comme si, dans les circonstances, le costume se révélait de la plus haute importance.

— Je peux vous procurer une tenue plus appropriée si vous craignez de vous salir, proposa Eliza Hale.

— Mais non, mais non, bredouilla la jeune fille.

Elle paraissait si mal à l'aise que François crut bon de venir à son secours.

— Merci, dit-il. Nous n'en attendions pas tant. Je vous en prie, retournez à vos invitées pendant que j'emmène mon amie à la cuisine. Tout se passera à merveille, je vous le garantis.

La dernière précision s'adressait plutôt à Isabelle. Terrorisée, celle-ci tardait en effet à reprendre ses esprits.

— Détends-toi, lui souffla François en la poussant gentiment. Tu dois avoir confiance et cesser d'avoir peur. Tu sais bien que tu es la meilleure. Je n'ai jamais goûté cuisine plus savoureuse que la tienne.

Isabelle s'efforça de se ressaisir. Que lui arrivait-il donc ? Elle avait l'habitude d'être plus fonceuse.

— C'est la surprise, dit-elle. Je ne m'attendais pas à ça. Et je suis trop heureuse. Je n'arrive pas à y croire.

*

Madame Munroe suait à grosses gouttes derrière une table grossière débordant de victuailles. La cuisinière, une femme costaude aux cheveux grisonnants sous son bonnet enfariné, ne savait plus où donner de la tête. Elle leva des yeux épouvantés vers les visiteurs, bien prête à les rabrouer sans ménagement. Comment osait-on la déranger en un moment aussi critique ? Elle n'avait pas une minute à accorder à ces importuns.

— Je vous emmène de l'aide, madame Munroe! lança François d'une voix assurée.

La cuisinière plissa les yeux. Il lui fallut quelques secondes pour identifier l'ébéniste qu'elle avait croisé à quelques reprises et qui lui avait fait très bonne impression.

— Voilà donc notre beau monsieur Caron! s'exclama-t-elle, sa mauvaise humeur envolée. Quelle agréable surprise! Viens plus près donner un bisou à une vieille femme.

François s'exécuta en riant. Il plaqua deux baisers sonores sur les joues ridées de madame Munroe.

— On me dit que vous vous êtes blessée? demanda-t-il en la tenant toujours par les épaules.

— Bof! Rien de grave… Mais ça me retarde dans mon ouvrage. Et madame qui reçoit!

— Je vous présente Isabelle, une bonne amie à moi. Elle a encore des tas de choses à apprendre, mais je crois qu'elle a du talent. Si vous voulez bien la guider, elle va vous donner un coup de main. Madame Hale est d'accord.

La cuisinière examina Isabelle de la tête aux pieds pendant de longues minutes qui parurent interminables à la principale intéressée. Or, l'expérience, bien que stressante, se révéla positive, car madame Munroe finit par lui tendre un tablier.

— Enfile ça, nous avons assez lambiné!

D'un geste impatient de la main, elle chassa François de la cuisine.

— Laisse-nous travailler, maintenant.

Avant de partir, le jeune homme, taquin, vola un autre baiser à la cuisinière qui gloussa de plaisir, puis s'esclaffa.

— Va-t'en, garnement!

Après avoir adressé un clin d'œil à Isabelle, François Caron déguerpit. Une fois sorti de la maison, il entendait encore les joyeuses envolées vocales de madame Munroe par la fenêtre ouverte. Il lui sembla percevoir aussi la respiration précipitée d'Isabelle, mais cela, bien sûr, n'était que le fruit de son imagination et une preuve de son affection pour la jeune fille. Il ressentait ses appréhensions et son agitation, mais ne doutait pas de sa réussite. Après avoir passé une journée avec elle, madame Munroe ne pourrait plus se passer de son aide ni de sa présence, car Isabelle, en plus d'être talentueuse, était très attachante.

L'ébéniste grimpa dans la charrette en chantonnant.

12

Isabelle déploya un zèle empressé auprès de Martha Munroe, faisant appel à toutes ses connaissances culinaires et à toute son efficacité, et la journée se déroula comme par enchantement. À plusieurs reprises, alors qu'elle apportait les plats aux convives installées dans la véranda, madame Hale la gratifia d'un clignement discret des paupières qui diminua son anxiété. Après quelques heures, la jeune fille savourait enfin sa chance incroyable ; ses craintes s'étaient envolées. D'autant plus qu'elle s'entendait à merveille avec la cuisinière.

Il avait fallu bien peu de temps à Martha Munroe pour constater les talents indéniables de son nouveau marmiton. Quoique délicate et timide, Isabelle réussissait à soulever des poids considérables et elle préparait les plats avec une minutie et une ferveur non feintes. La cuisinière la laissa donc aller, se contentant de donner son accord chaque fois que son assistante prenait des initiatives. D'ailleurs, son poignet enflé la faisait souffrir et elle ne s'en servait plus qu'en geignant et grimaçant. Elle s'en remit donc à Isabelle pour le gros du travail.

À la fin de la journée, pendant qu'elles rangeaient ensemble après avoir lavé la vaisselle, l'aimable cuisinière complimenta Isabelle.

— Tu es une vraie perle, ma fille. Compte sur moi, je vais parler en ta faveur. On ne sera pas trop de deux ici, surtout pendant l'été. Madame Eliza est tombée sous le charme de cet endroit et elle y passe de plus en plus de temps. Elle préfère maintenant recevoir ses amies à la campagne plutôt qu'au village, dans leur luxueuse résidence. Elle dit que cette maison respire et que son souffle la berce.

— Je la comprends, confessa Isabelle en passant un chiffon humide sur la grande table qui emplissait la pièce étroite. Je me suis tout de suite sentie chez moi dans cette maison.

— Espérons que tu pourras y revenir très bientôt.

Isabelle joignit les mains et leva les yeux au ciel.

— J'en serais très heureuse !

Ni l'une ni l'autre n'avait entendu entrer Eliza Hale. Elles sursautèrent quand celle-ci se mêla à la conversation.

— D'après ce que je peux voir, chère amie, vous avez apprécié l'aide de cette jeune fille.

— Oh oui, madame !

La cuisinière se lança dans une énumération enthousiaste des nombreuses qualités d'Isabelle. Elle n'alla certes pas jusqu'à proposer à sa patronne de l'engager – ce n'était pas de son ressort –, mais elle se montra assez persuasive pour que celle-ci réfléchisse à la question.

Après un court silence, que Martha Munroe brûlait de combler en encensant davantage son assistante d'un jour, Eliza Hale s'adressa à Isabelle en touchant le bras de son employée pour lui signifier qu'elle en avait assez entendu. Son idée était faite.

– Présentez-vous lundi prochain, à ma résidence du quartier Orford, mademoiselle. J'aurai peut-être quelque chose à vous offrir.

Les joues rouges d'excitation, autant de joie que de fatigue, Isabelle hocha la tête en signe d'assentiment. «Je n'y manquerai pas. Merci beaucoup, madame. J'adore votre maison. Si vous m'engagez, vous ne le regretterez pas.» Elle avait tant à dire. Mais les mots restèrent bloqués dans son cerveau, incapables de franchir ses lèvres. Par chance, son ravissement sautait aux yeux.

– À lundi! lança Eliza Hale en les quittant d'un pas sautillant.

*

Isabelle revint au village en soirée, en compagnie de la cuisinière qui somnola tout le long du trajet. Le jardinier des Hale avait été chargé de les ramener chez elles. Cet homme d'un certain âge respirait la gentillesse et une joyeuse désinvolture. D'ailleurs, il sentait aussi bon que ses fleurs. Il traita Isabelle en demoiselle, s'inquiétant de son bien-être et l'aidant à monter et à descendre de la calèche.

En la déposant devant la maison des Burchard, après avoir laissé madame Munroe chez son fils, où elle habitait, il lui souhaita une très bonne nuit et lui offrit une rose qu'il sortit de sous son siège, comme un magicien sort un lapin de son chapeau.

– J'espère bien qu'on se reverra bientôt, dit-il en s'inclinant à la manière d'un chevalier servant.

Jouant à la dame, Isabelle le remercia par une gracieuse révérence. Sous ses allures moqueuses, elle cachait une vive émotion. On ne lui avait jamais offert de fleurs. Elle pensa alors au coffre que Tom avait confectionné pour elle, plusieurs années auparavant. Son premier présent… Elle prit une décision : elle ferait sécher cette rose et en déposerait les pétales dans son joli coffre. Elle y conservait ses trésors, ses souvenirs les plus chers, et cette fleur en faisait partie, car elle marquait le début de sa nouvelle vie.

Débordante d'optimisme, ragaillardie par cette journée remplie de surprises, la jeune fille oublia sa fatigue. La nuit descendait sur le village avec ses bruits étouffés, et les dernières lueurs du jour disparaissaient derrière la colline. Ne subsistaient plus que des ombres, qui semblaient vouloir plonger dans un gouffre sans fin. Les contours des bâtiments s'estompaient. La rue se fondait dans le décor ambiant, à moitié forêt, à moitié rivière. Un grand calme enveloppa Isabelle. Elle accostait enfin quelque part, après une longue route sans but véritable. Il lui était dorénavant permis d'espérer. Ses deuils l'habitaient toujours, mais ils avaient cessé de l'accabler. Elle n'avait plus envie de ruminer ses déceptions, mais plutôt de les apprivoiser pour mieux les comprendre et les surmonter.

Elle souhaitait prolonger l'enchantement de cette délicieuse soirée, jouir encore de cette nuit d'été, vibrante et chaude. Elle descendit donc vers le confluent des rivières, accordant son pas aux stridulations des cigales. Leur chant battait la mesure. Elle croisa un cavalier qui la salua de la main, puis un couple d'amoureux qui remontait vers le village. Deux fillettes accompagnées de leur père la dépassèrent en courant. Elles essayaient d'attraper des lucioles et leurs jupes virevoltaient autour d'elles. Quelques instants plus tard, elles revinrent sur leurs pas, semblables à des papillons voltigeant de fleur en fleur. Puis leurs voix rieuses s'éloignèrent peu à peu, jusqu'à se dissiper dans la nuit.

Isabelle constata alors qu'elle se trouvait seule au milieu d'une profonde obscurité et d'un silence opaque. Les insectes s'étaient tus. Les villageois avaient regagné leurs logis. Les enfants se préparaient pour une nuit de rêves merveilleux. Elle était seule, et pourtant il lui semblait entendre une autre respiration que la sienne.

Prise de frayeur, la promeneuse tourna les talons, bien décidée à regagner la maison des Burchard en un temps record. Elle pressa le pas, puis se mit à courir, toujours poursuivie par un souffle autre que le sien.

Elle arrivait chez le cordonnier lorsqu'une silhouette trapue surgit devant elle. Face à ce spectre sorti des ténèbres, la jeune fille se figea net.

Le fantôme se rapprochait. Impossible de le contourner ou de fuir.

— N'aie pas peur, murmura l'apparition. C'est moi…

Paralysée, Isabelle mit quelques secondes à identifier la voix.

— Es-tu devenu fou? cria-t-elle. J'ai failli mourir de frayeur!

— Je m'excuse… Je ne voulais pas…

Joshua bafouillait, la mine consternée. Il n'avait pas prévu que leur réconciliation se passerait de la sorte. Il avait attendu Isabelle pendant des heures, promenant son impatience et sa nervosité d'un côté à l'autre de la rue, descendant jusqu'à la rivière puis remontant jusqu'au pont avec l'espoir de la croiser. Daniel Burchard, auprès de qui il s'était renseigné, lui avait dit ignorer à quelle heure sa pensionnaire rentrerait. Il n'avait pas pu lui préciser non plus les différents endroits où sa recherche d'emploi l'avait menée.

En apercevant Isabelle en conversation presque galante avec le jardinier des Hale, Joshua n'avait pas osé l'aborder. La longue attente lui avait laissé du temps pour réfléchir et avait semé la confusion dans son esprit. Il l'avait donc suivie sans manifester sa présence. Puis, la voyant revenir au pas de course de sa promenade, il avait compris qu'il l'effrayait et s'était empressé de la rassurer. Il avait, bien entendu, obtenu l'effet contraire, et Isabelle lui en voulait.

— J'espérais juste t'accompagner pour que tu te sentes en sécurité, tenta-t-il d'expliquer.

À sa grande surprise, Isabelle se mit à rire à gorge déployée. Sa frayeur maintenant envolée, la tension qu'elle avait ressentie se relâchait d'un coup, provoquant ce fou rire contagieux, auquel Joshua ne résista pas très longtemps.

— Je pense que je n'ai jamais eu aussi peur de toute ma vie! réussit-elle à articuler d'une voix entrecoupée d'expirations saccadées. J'aurais pu mourir d'une crise de cœur!

Elle asséna à Joshua un coup de poing en plein ventre. Celui-ci plia sur ses jambes. Bien sûr, il jouait la comédie, car Isabelle avait déployé plus de douceur que de rudesse. Même en allant au bout de sa force, elle n'aurait pas pu esquinter l'apprenti charron aux muscles d'acier. Joshua rit de plus belle et elle l'imita aussitôt.

Après un moment, ils recouvrèrent un peu de dignité, essuyèrent leurs larmes et adoptèrent un ton plus réservé.

— Que faisais-tu dans le coin? demanda Isabelle.

— J'habite tout près, comme tu le sais… Chez monsieur Drummond. Je me promenais et je t'ai aperçue, improvisa Joshua en se mordillant les lèvres.

D'abord, il l'effrayait; ensuite, il lui mentait. Il n'arriverait jamais à ses fins s'il continuait sur cette lancée. Sans le vouloir, son ex-fiancée vint à son secours en lui racontant sa journée. Elle amoindrit la participation de François pour ne pas raviver la jalousie de Joshua, mais elle ne lui épargna aucun détail quant à la maison des Hale, à la gentillesse de Martha Munroe et du jardinier, à ses espoirs d'occuper bientôt un emploi à son goût.

— Si tu m'épousais, tu n'aurais plus à travailler, la coupa Joshua.

Ces mots s'étaient échappés de sa bouche sans qu'il le veuille. Il était venu dans cette intention, certes, mais il n'était pas encore prêt à quémander le pardon et l'affection d'Isabelle. Il s'en rendait compte maintenant. Il aurait préféré franchir une étape à la fois. L'apprivoiser, en premier lieu, puis la reconquérir en prenant le temps nécessaire, sans jamais précipiter les choses. Son désir d'homme avait été plus impatient que sa raison.

Isabelle recula d'instinct. Bien disposée à se réconcilier quelques secondes plus tôt, elle éprouvait de nouveau la confusion qui l'avait habitée depuis que Joshua l'avait si cruellement chassée. Cette confusion se nourrissait de sa colère, de sa frustration et de son chagrin. Elle avait de plus des couleurs d'amertume et d'incompréhension. L'espace d'un fou rire, elle avait cru pouvoir faire abstraction du passé, oublier le pire pour s'enchanter du meilleur. Mais ces quelques mots avaient brouillé les pistes. Ils la ramenaient en arrière et la bouleversaient autant qu'avant. Ce soir, elle n'avait pas rencontré un frère, mais bien un fiancé déçu, contrarié, et qui n'avait renoncé à rien.

— J'ai un bon métier, reprit Joshua. On pourrait s'acheter une maison et élever une famille. Je suis convaincu que nous sommes destinés l'un à l'autre depuis toujours. Nous pourrions être heureux.

Maintenant qu'il était lancé et qu'il ne pouvait plus ravaler ses paroles, le soupirant plaidait sa cause avec une ardeur qui ajouta au malaise d'Isabelle.

— Olive m'attend, prétexta la jeune fille, de plus en plus nerveuse. Elle va s'inquiéter.

— Non! Ne pars pas! Tu dois m'écouter.

Joshua avait saisi son bras et Isabelle demeura pétrifiée. Elle avait peur et pitié à la fois. La colère contenue de ce prétendant éconduit lui glaçait le cœur; son désespoir farouche, incontrôlable, l'émouvait jusqu'aux larmes. Le bonheur de Joshua lui importait plus que tout, mais elle était plus que jamais persuadée de ne pas en faire partie.

— Je ne t'épouserai jamais, affirma-t-elle d'une voix tremblotante mais résolue. Tu avais raison de penser que je ne t'aimais pas assez pour devenir ta femme. J'ai cru un temps que mon affection pour toi suffirait. J'étais sincère et certaine de pouvoir te rendre heureux. Aujourd'hui, j'ai compris que ce serait impossible. Je sais maintenant ce dont tu es capable et il existe une partie de toi que je ne pourrai jamais supporter. Pardonne-moi si je te fais du mal. Ce n'est pas ce que je souhaite.

Sa voix s'était raffermie. Joshua la toisait de si près qu'elle sentait son souffle sur son visage. Menaçante et mystérieuse, l'obscurité les enveloppait, les isolant du reste du monde. Il ne restait plus qu'eux, dans l'attente du coup de tonnerre qui ferait éclater cette nuit d'été, provoquant un effroyable chaos. La poigne de Joshua se resserra sur le bras d'Isabelle, qui gémit de douleur. Pour dompter sa peur, elle pensa à Tom, son petit frère qui n'aurait jamais dû les quitter. Qui ne leur avait laissé en gage que le cri de l'épervier qui résonnait dans son esprit troublé, tel un signal de détresse.

Joshua percevait l'effroi d'Isabelle, mais cette fois il en ressentait une jouissance égoïste, presque charnelle. Il la possédait tout entière, la tenait à sa merci. Pour la soumettre, il n'avait besoin que de ses mains. Le destin de cette fille au cou gracile, qu'il aimait plus que lui-même et qui le repoussait, se jouait au creux de ses paumes. Rien d'autre que ses dix doigts pour la dominer de sa force d'homme. Ni hache ni fusil.

Lisant dans les pensées d'Isabelle, il songea lui aussi à l'épervier qu'il avait abattu. L'oiseau de Tom. Sa première victime. Sa gorge se serra et une vérité crue, douloureuse, le frappa de plein fouet. Faire du mal à Isabelle équivalait à détruire ce qui l'avait façonné, depuis l'enfance jusqu'à maintenant. C'était réduire en miettes ce qui avait le plus compté pour lui, outrager la mémoire de sa mère et saccager la fratrie qu'elle avait nourrie de son courage et de sa vie.

Avec brusquerie et en proférant un cri, autant de colère que de douleur, il repoussa sa victime. Ébranlée, la jeune fille faillit tomber à la renverse, mais elle réussit à maintenir son équilibre.

— Va-t'en, grommela Joshua. Sauve-toi.

Bien qu'effrayée, Isabelle ressentait le désespoir de son compagnon et elle ne voulait pas l'abandonner à son triste sort. Pourtant, lorsque Joshua leva les bras pour la chasser, comme on congédie un importun, elle comprit qu'elle ne pouvait lui être d'aucun secours. Il lui faudrait s'arracher lui-même à sa perdition, ou sombrer.

Elle lui tourna le dos et courut vers la maison du cordonnier. Elle trébucha à deux reprises, tant à cause de l'obscurité que de ses yeux en larmes.

Resté seul dans la nuit sans lune, Joshua l'entendit tomber, puis se relever. Il la suivait de loin. Lorsqu'elle s'engouffra dans la maison des Burchard, plutôt que de rebrousser chemin, il remonta jusqu'au pont, traversa la rivière et se dirigea vers le secteur des tavernes. Les fenêtres éclairées jetaient des lueurs vacillantes dans la rue. Dans le premier débit de boisson où il pénétra, un rideau de fumée l'enveloppa. Le contraste avec la nuit silencieuse lui causa un tressaillement. Le brouhaha des conversations couvrait le son langoureux d'un harmonica qui semblait émaner de l'au-delà.

Le jeune homme mit quelques secondes à percer le voile opaque et à s'habituer à la lumière bleutée. En tâtant les pièces de monnaie dans sa poche et en comptant mentalement combien de verres il pourrait se payer, il s'assit à une table vide.

– Joshua! Joins-toi à nous! Il reste une place.

Le garçon sursauta en entendant la voix d'Isaac Drummond. Le charron était attablé en compagnie de quelques amis. En s'approchant, Joshua reconnut également John Mulvena qui lui adressa un salut cordial. Ces hommes riaient, ils étaient heureux. Ils avaient bu, mais aucun n'avait abusé. Les joies durables de la camaraderie les attiraient davantage que l'ivresse passagère.

Joshua souhaita fuir à mille lieues de cet endroit, de ces gens qui lui rappelaient ses insuccès et ses faiblesses.

— Allez! Prends un siège, insista monsieur Drummond.

John Mulvena tira une chaise et invita le fils de Charlotte à les rejoindre. Ce vieil ami de la famille avait tout de suite décelé le désarroi du jeune homme. Sans dire un mot, sans poser la moindre question, il lui paya un verre. Une fois la dernière gorgée avalée, il offrit de le reconduire, mais, avant de partir, il adressa une mimique entendue à Isaac Drummond. À n'en pas douter, le fils de Charlotte traversait une mauvaise passe et ils s'engageaient mutuellement à veiller sur lui.

Joshua et Mulvena marchèrent en silence, sans se presser.

Une fois arrivés à destination, ils se tassèrent dans le cabanon où vivait l'apprenti. Mulvena alluma un fanal et obligea son compagnon à s'asseoir.

— Veux-tu que je reste un peu avec toi? demanda-t-il.

Devant cet homme qui avait si souvent secouru sa mère, un flot de souvenirs remonta à la mémoire de Joshua et il éclata en sanglots.

John Mulvena le prit dans ses bras et le berça comme un enfant, en pensant à Charlotte et au chagrin qu'elle éprouverait en voyant son fils si malheureux.

— Tu n'es pas seul, murmura-t-il à l'oreille de l'orphelin. Je vais t'aider. Nous allons t'aider.

13

Août 1835

Retrouver Martha Munroe procura à Isabelle un vif plaisir. Elle la considérait d'emblée comme une parente, une grand-mère peut-être, avec qui elle s'entendait très bien et à qui elle se confiait sans crainte.

Pour son plus grand bonheur, madame Hale l'avait engagée avec le titre officiel d'aide-cuisinière, en précisant toutefois qu'il lui faudrait à l'occasion dormir à la maison de campagne et y effectuer de multiples tâches. Ses intentions étant de s'y rendre le plus souvent possible, elle avait besoin qu'une employée prépare sa venue et range après son départ. Isabelle avait acquiescé à ses demandes, trop heureuse d'occuper un emploi aussi agréable, bien qu'exigeant.

– Mets vite les galettes au four, lui ordonna madame Munroe. Tu iras vérifier ensuite si les invités ont terminé le plat principal. La patronne aime qu'on débarrasse dès que les assiettes sont vides.

Isabelle assistait la cuisinière depuis deux semaines. Elle commençait à bien connaître les habitudes de la maison, de même que ses occupants. Elle ne se formalisait donc plus du ton nerveux et impatient employé par Martha Munroe les jours de réception. Au contraire, elle s'efforçait de devancer ses désirs. Ce soir-là, les Hale accueillaient dans leur belle demeure du quartier Orford un groupe de notables de la région. Les gens d'influence de Sherbrooke et des alentours semblaient rassemblés dans la grande salle à manger qui donnait sur la rivière Saint-François. Pour assurer le succès de cette réunion mondaine, les domestiques avaient trimé sans relâche ces derniers jours et, depuis l'arrivée des invités, chacun se déplaçait en silence comme dans un ballet réglé au quart de tour, où les discussions tiendraient lieu de musique.

Isabelle adorait participer à cet affairement bien orchestré. La fébrilité ambiante la distrayait de ses ennuis et de ses regrets. Elle n'avait plus le temps de penser ni à François ni à Joshua, qu'elle n'avait pas revus depuis plusieurs semaines. Son travail lui permettait d'atteindre une certaine autonomie financière, qui, par ricochet, lui donnait envie de parvenir à une plus grande indépendance émotive. Elle ne voulait plus être le jouet de personne. Attendre que François se décide à l'aimer… Espérer que Joshua cesse de la désirer et se contente de son amitié… Sa vie était trop précieuse pour qu'elle s'en remette aux autres. Depuis quelque temps, son esprit se rebellait sans qu'elle comprenne ce qui lui arrivait. Une soif de vivre, de n'appartenir à personne, de ne dépendre que d'elle-même, de devenir une femme. Cela et tant d'autres choses qu'elle n'arrivait pas à identifier. Des émotions, des ambitions nouvelles la propulsaient vers un avenir encore imprécis mais excitant.

Pendant qu'elle desservait, les conversations s'entre-croisaient autour de la table. Sans en avoir l'air, la jeune fille prêtait une oreille attentive aux propos des uns et des autres. Ces gens l'impressionnaient. Ils tenaient l'avenir de Sherbrooke dans le creux de leurs mains et décidaient des règlements, des investissements, des futurs développements. Rien ni personne ne leur résistait. Ils employaient à l'occasion des mots incompréhensibles, mais cette musique insaisissable plaisait à Isabelle, car elle témoignait d'un univers étranger auquel la jeune fille qui devenait une femme désirait s'ouvrir. Bien sûr, elle n'appartiendrait jamais à ce monde de la finance et de la politique. Elle n'espérait rien de tel. Cependant, pourquoi ne tirerait-elle pas profit, à sa mesure, des avancées que ces gens proposaient? Elle ne voulait plus vivre dans le passé, et ces hommes représentaient le progrès. Pour cette raison, elle écoutait avec curiosité, en essayant de se pénétrer des discussions et d'en saisir le sens.

François lui avait déjà parlé, en termes souvent peu élogieux, de certains des invités. Elle jetait donc un œil curieux sur ces visages qu'elle pouvait enfin observer de près. Lorsque le nom de William Felton fut évoqué, elle eut du mal à ne pas manifester son intérêt.

— William Felton aura du mal à se remettre des accusations de fraude qui ont été portées contre lui, déclara George Bowen.

Descendant d'une lignée d'hommes de loi, le beau-frère de monsieur Hale aspirait au poste de shérif. Il n'hésitait jamais à se prononcer sur les sujets concernant l'administration de la justice.

— Il n'est pas le seul du clan Felton à avoir été accusé de détournement de fonds. Son beau-frère, le shérif

Whitcher, ainsi que son propre frère ont été mis eux aussi sur la sellette.

Isabelle, qui déposait une bouteille de vin sur la table, crut surprendre une grimace de satisfaction sur les lèvres de George Bowen. Mais elle ne put pousser plus avant son observation, car madame Munroe lui faisait de grands signes. Elle se hâta donc vers la cuisine pour voir de quoi il retournait.

– Occupe-toi de tes galettes ! Tu ne voudrais pas servir un dessert brûlé aux invités de monsieur et de madame !

La sueur perlait sur le front de la cuisinière. Elle semblait épuisée. De plus, quand la pression était trop grande et que les heures de travail s'allongeaient, son poignet la faisait souffrir de nouveau. Le problème était devenu chronique.

Isabelle tenta de la rassurer.

– Ne vous en faites pas. Cette recette est ma spécialité ; je ne l'ai jamais ratée.

Madame Munroe poussa un soupir. L'insouciance de la jeunesse la décourageait tout en lui faisant envie.

Isabelle retira du four les galettes dorées à point et odorantes. Pendant qu'elles refroidissaient, elle mit l'eau à chauffer, car le thé serait servi à la fin du repas, quand les femmes se regrouperaient dans la bibliothèque pour laisser les hommes régler le sort du monde.

De retour dans la salle à manger pour y apporter un plat de fromages, elle entendit Samuel Brooks, l'agent régional de la Compagnie des Terres, évoquer les démarches qu'il faudrait entreprendre afin d'établir une agence bancaire à Sherbrooke. Aussitôt, un murmure d'approbation accueillit cette proposition.

– La compagnie d'assurances créée l'an dernier est un franc succès, renchérit Hollis Smith. Une banque représenterait un atout majeur pour le village.

En entendant la voix du marchand, un tantinet nasillarde, Isabelle se rappela ce que François lui avait raconté, au lendemain des élections. Et surtout de son ton indigné... Pendant tout le temps qu'avait duré le vote à main levée, Hollis Smith s'était tenu au pied de l'estrade afin de noter le nom de ceux qui lui devaient de l'argent et qui votaient pour le candidat réformiste. Voyant cela, beaucoup de ses débiteurs avaient préféré encourager le candidat conservateur dans le but d'éviter des poursuites. En effet, le marchand Smith aurait exigé qu'ils remboursent leurs dettes sur-le-champ s'ils étaient allés à l'encontre de ses allégeances politiques.

– Une telle institution jouerait assurément un rôle essentiel pour l'essor de Sherbrooke. Notre village doit aspirer à devenir une ville, rien de moins que la capitale des Cantons-de-l'Est!

Cette remarque fut reçue avec enthousiasme et saluée par quelques applaudissements. Elle émanait de Joseph Walton, le propriétaire du *Farmer's Advocate and Township Gazette*, le journal conservateur fondé peu de temps après la faillite du *British Colonist* de Silas Dickerson. Ce journal était d'ailleurs imprimé sur le matériel confisqué par le shérif au journaliste de Stanstead.

En retournant à la cuisine, Isabelle se réjouit intérieurement. Elle pensait aux vives réactions que les propos échangés autour de cette table susciteraient chez François Caron. Grâce à lui et à Charlotte – deux rebelles, chacun à leur façon –, l'orpheline avait effleuré un monde dont elle n'avait eu que les échos, souvent déformés et peu flatteurs. Aujourd'hui, elle en devinait, bien sûr, les compromissions et les iniquités, mais elle ne pouvait se départir d'une certaine admiration face à ces meneurs à l'esprit créatif qui semblaient ne s'effrayer de rien. En tout cas, son travail ne serait jamais ennuyant.

Assistée de Martha Munroe, elle disposa les galettes encore tièdes sur un plateau de service.

– Tu avais bien raison, reconnut la cuisinière. Elles donnent l'eau à la bouche. J'espère qu'il nous en restera quelques-unes.

L'air coquin, Isabelle retira une galette du plateau et la dissimula sous un linge à vaisselle.

– Pour vous…, chuchota-t-elle.

Madame Munroe pouffa en mettant une main devant sa bouche, puis Isabelle s'empressa de retourner auprès des convives à qui il lui tardait de faire goûter sa spécialité. Eliza Hale leur avait bien recommandé de ne pas servir un dessert trop lourd, car les hommes avaient à discuter de dossiers importants après le repas. Ils se délecteraient de cette succulente pâtisserie, moelleuse à souhait.

Quand elle déposa le plateau au centre de la table, un jeune homme dont elle ignorait le nom s'adressait aux invités avec un aplomb surprenant. Il n'avait pas encore vingt ans, et pourtant il énonçait son opinion en termes clairs et justes qui lui valaient l'approbation de ses aînés. Ceux-ci l'écoutaient d'ailleurs avec beaucoup d'attention.

– La Compagnie des Terres prévoit ouvrir une rue parallèle à Factory Street. Je crois qu'il serait très avisé de réserver un lot tout au bout afin d'y établir un marché. De plus, une autre idée me trotte dans la tête depuis quelque temps. Sherbrooke est un village prospère qui attire de plus en plus de monde, mais je trouve indécent que l'on ne puisse pas loger la totalité de nos travailleurs. Plusieurs doivent s'installer à Lennoxville. Une situation inadmissible, à mon avis. Il faut rapatrier ces ouvriers dans les limites du village. J'en ai parlé avec monsieur Brooks et nous avons élaboré un plan.

— En effet, je vais suggérer à mes supérieurs de diviser certains terrains du quartier Ascot en lots d'un demi-acre, annonça Samuel Brooks, et de les vendre bon marché.

— En attendant, reprit le jeune homme, je propose de bâtir quelques maisons de bois. J'ai calculé qu'elles coûteront environ quatre cents dollars à la compagnie. En les louant cinquante dollars par an, nous réaliserons un bon profit à long terme, et nos hommes seront bien logés.

En parlant, il s'était emparé d'une galette qu'il porta à sa bouche dès qu'il eut terminé son exposé.

Isabelle s'était esquivée pour préparer le thé. Elle versait l'eau chaude dans la théière, lorsque madame Munroe lui toucha l'épaule en écarquillant les yeux. Elle leva la tête et aperçut le jeune homme dont elle avait admiré l'assurance quelques minutes plus tôt. Elle rougit, trop intimidée pour s'informer de la raison de son intrusion inopinée dans la cuisine.

— Je ne voudrais pas vous déranger, dit l'invité des Hale en levant les bras devant lui pour montrer patte blanche. Je veux seulement vous féliciter. Vos gâteaux sont succulents.

— Merci, chuchota Isabelle.

— Si j'osais, je vous ferais une proposition... des plus honnêtes, il va sans dire.

Le visage d'Isabelle s'empourpra encore davantage.

Des filets verts striaient les yeux bruns de son interlocuteur, ce qui leur conférait un éclat particulier. Pétillants d'intelligence, ils fixaient Isabelle.

— Permettez-moi d'abord de me présenter, reprit son interlocuteur. Ce serait plus poli, n'est-ce pas? Je m'appelle Alexander Galt et je viens de Londres. Je suis à Sherbrooke depuis quelques mois à peine, mais ce n'était pas mon premier voyage dans le Nouveau Monde. J'y étais venu avec ma famille en 1828. Mes frères et moi avons étudié pendant quelques années au Séminaire de Chambly. Mon père a participé de près à la fondation de la BALC. Voilà pourquoi on m'a nommé commis aux écritures dans le bureau de monsieur Brooks. Voilà, vous savez l'essentiel à mon sujet. J'espère que cela vous rassure.

Isabelle se taisait, perplexe, mais, de toute manière, Alexander Galt ne s'attendait pas à ce qu'elle le questionne.

— Comme je vous le disais, continua-t-il, vos galettes sont excellentes et j'aimerais que la Compagnie des Terres en achète pour les journaliers qui vivent dans les baraques. Pensez-vous pouvoir en confectionner suffisamment pour répondre à la demande?

Il semblait tenir pour acquis qu'Isabelle accepterait son offre, mais celle-ci, sous le choc, ne pouvait lui répondre. Il lui fallait réfléchir. Madame Munroe eut la présence d'esprit de venir à son secours.

— Il faut d'abord demander la permission à madame Hale, mon bon monsieur. Nous ne sommes que des domestiques et nous ne pouvons prendre une décision comme celle-là sans l'accord de notre patronne.

— Je comprends très bien. Je vais d'ailleurs en glisser un mot à monsieur Hale et à sa dame, et je vous tiendrai au courant. Je ne vous dérange donc pas plus longtemps, et merci encore pour ce délicieux repas.

Les deux femmes attendirent en silence qu'il se soit éloigné, puis elles se tournèrent l'une vers l'autre, l'air ahuri et le visage cramoisi.

— Vous croyez qu'il se moquait de moi? demanda Isabelle.

— Va donc savoir! s'exclama la cuisinière. Ces gens-là ont parfois l'esprit si mal tourné que leurs bontés prennent des allures de méchancetés.

— Est-ce que je devrais en parler à madame Hale?

— Attendons voir. Ce monsieur ne donnera peut-être jamais suite à sa fantaisie. Laisse les patrons en dehors de ça pour l'instant.

Isabelle acquiesça et se remit à la tâche sans insister davantage. Or, ce qui venait de se passer l'intriguait au plus haut point. Elle aurait bien aimé en discuter avec François Caron. Mais pour cela aussi, elle devrait attendre, car depuis qu'elle avait été embauchée chez les Hale, l'ébéniste n'avait plus donné signe de vie. Après sa bonne action, il semblait l'avoir rayée de son existence, ce qui la chagrinait, sans toutefois briser son élan.

*

La cuisinière en herbe revint chez les Burchard à la nuit tombée. Olive était débordée, car les légumes poussaient en abondance dans son potager et elle ne voulait rien perdre. Depuis des jours, elle aménageait la cave et le grenier afin d'y entreposer patates, carottes, oignons et maïs. Déjà, elle avait fait sécher ses fines herbes. La maison embaumait le thym et la menthe.

— Je peux aider à quelque chose ? proposa Isabelle.

— Mais non ! Je suis sûre que tu as eu une journée très chargée.

Isabelle aurait eu envie de lui relater la proposition étrange que lui avait présentée Alexander Galt, mais Olive paraissait exténuée. Elle préféra donc attendre un autre jour.

Avant de se mettre au lit, la jeune fille s'assit sur une marche du perron, derrière la maison. Elle entendait dévaler l'eau de la Magog, d'où montait une tiédeur humide. Les coudes sur les genoux et la tête dans ses mains, elle revisita en pensée les événements de la journée. Après une longue période de flottement, sa vie lui semblait maintenant plus riche, remplie de nouveau. Son appétit de goûter, de sentir, de découvrir, de respirer à fond s'aiguisait. La sensation de renaître. Elle qui avait été si souvent aspirée par les gouffres sombres, elle remontait vers la lumière.

— Tu as de la visite...

La voix fatiguée d'Olive la tira de ses pensées, mais avant qu'elle ait tourné la tête, les jumelles Ryan s'assoyaient déjà près d'elle, une de chaque côté.

— Mais qu'est-ce que vous faites là, à cette heure ?

— Nous sommes venues t'inviter ! lancèrent-elles d'une même voix.

— Où ? Pourquoi ? Ça ne pouvait pas attendre à demain ?

Les jumelles poussèrent un cri indigné.

– Oh non !

Chacune poursuivant la pensée de l'autre, les sœurs Ryan exposèrent à Isabelle l'objet de leur visite à une heure aussi inopportune.

– Nous ne pouvions vraiment pas attendre, précisa Astrid. Notre père a accepté de nous accompagner jusqu'ici. Il patiente dans la voiture…

– Et nous n'avons pas beaucoup de temps, continua Fanny.

– Je vous écoute. Qu'est-ce qui vous excite à ce point ?

– Il y aura un spectacle demain soir, à l'hôtel Adams. Un pianiste de renom jouera des œuvres classiques…

– Et un magicien complétera le programme de la soirée. Papa a acheté quatre billets…

– Il y en a un pour toi ! Nous viendrons te chercher.

– Je vais te prêter ma robe verte, celle que tu aimes tant.

Chaque fois qu'Isabelle pensait soulever une objection, les jumelles, plus rapides que leur amie, proposaient une solution. Elles avaient prévu ses réticences et lui répétèrent à plusieurs reprises que ce serait un sacrilège de rater une occasion si rare ! De plus, elles avaient envie de partager cette merveilleuse sortie avec elle.

Pressées par le temps, les sœurs Ryan mirent tant de passion dans leur plaidoyer qu'Isabelle n'osa pas les décevoir. Ses amies lui firent promettre d'être à l'heure, le lendemain soir, et elles disparurent comme elles étaient venues, étoiles filantes insaisissables.

En s'allongeant dans son lit, quelques minutes plus tard, Isabelle douta de son bon sens. Avait-elle rêvé ?

Alexander Galt, les galettes, les jumelles, le spectacle...
Rêvait-elle encore?

14

Dans l'atelier du charron, on n'entendait plus que le bruit des outils. Rabot, hache, vilebrequin et scie remplissaient le silence de leurs grincements et claquements. La semaine précédente, monsieur Drummond avait enfin engagé un apprenti d'à peine treize ans à qui Joshua enseignait les rudiments du métier. Du coup, ce dernier avait accédé officiellement au statut d'ouvrier, bras droit du maître, et il assumait avec bonheur ses nouvelles responsabilités.

Tous les trois travaillaient à la fabrication d'une voiture de charge dont la Compagnie des Terres avait besoin dans un très court délai. Samuel Brooks était d'ailleurs venu en personne passer la commande quelques jours auparavant.

Vers midi, le charron ordonna une pause, le temps de se délier les muscles et d'avaler un morceau. Le maître entraîna les deux autres à l'extérieur, histoire de prendre l'air.

— Tu vas au concert, ce soir? demanda-t-il à Joshua.

Il avait parlé la bouche pleine et le jeune homme mit quelques secondes à saisir de quoi il retournait. À l'instar de la plupart des habitants du village et des environs, Joshua savait qu'un spectacle hors de l'ordinaire aurait lieu dans la soirée. Or, ce genre de divertissement ne l'attirait guère. De plus, il craignait de s'y sentir mal à l'aise.

— Ce n'est pas pour les gens de ma condition, répondit-il d'un ton détaché. Les notables de la place se feront un plaisir de s'y pavaner dans leurs plus beaux habits. Je ne leur offrirai pas un sujet de moquerie.

— Voyons donc! se récria monsieur Drummond. Je n'aime pas que tu te déprécies de cette manière. Je ne vois pas pourquoi tu n'aurais pas le droit de te divertir. Je suis persuadé qu'il y aura dans cette salle autant d'artisans que de marchands, et autant de demoiselles que de prétendants.

Il avait accompagné ses derniers mots d'un clin d'œil de connivence. Depuis quelque temps en effet, le charron s'était mis en tête de trouver une compagne à Joshua. Il lui déplaisait qu'un jeune de cet âge ne fréquente personne du sexe opposé. C'était, selon lui, une situation malsaine. Joshua possédait les qualités nécessaires pour rendre une femme heureuse et fonder un foyer. À vrai dire, Isaac Drummond s'inquiétait pour son ouvrier et il croyait que seule une épouse aimante apaiserait les tourments intérieurs dont le jeune homme souffrait toujours.

Or, chaque fois que le charron abordait la question, son employé répliquait en lui rappelant son propre célibat, dont il ne semblait pas vouloir sortir.

— Rien à voir! se récriait l'homme. Je suis veuf. Quand tu auras aimé une femme comme j'ai aimé la mienne, tu n'auras pas envie de la remplacer, crois-moi.

Joshua ne disait mot. Il aurait pu répondre que leur histoire se ressemblait, mais à quoi bon? Personne ne le comprendrait. S'il osait reprendre à son compte les paroles de monsieur Drummond, celui-ci invoquerait l'ignorance de la jeunesse. Il lui répéterait qu'il avait une longue vie devant lui, qu'on ne peut pas, à dix-huit ans, prendre des décisions aussi graves et renoncer sciemment à l'affection d'une femme et au bonheur d'engendrer une descendance. Joshua avait longuement ressassé ces arguments avant de les repousser. Il manquait de courage. Surmonter ses deuils sans succomber à ses démons drainait ses dernières réserves d'énergie. Le reste devrait attendre.

— Si tu as besoin de temps pour te préparer, insista le charron, Édouard et moi, nous pouvons sans problème rester une heure de plus. Tu pourras par conséquent partir plus tôt.

— Ce ne sera pas nécessaire, répondit Joshua.

Sans rien ajouter, il tourna le dos à monsieur Drummond et retourna au travail. L'artisan comprit le message. Lui-même saisit l'amorçoir qu'il avait déposé quelques instants plus tôt. Il commanda ensuite à son apprenti de le suivre et ils se penchèrent ensemble sur l'essieu de la voiture en cours de fabrication. La réaction de son ouvrier peinait le maître, mais il connaissait assez Joshua pour comprendre qu'il était préférable de ne pas insister.

*

Ce soir-là, le village au complet sembla converger vers l'hôtel Adams. Ravi, le propriétaire de l'établissement accueillait les clients. Il leur souhaitait la bienvenue avec une physionomie rayonnante. Le spectacle-concert qu'il avait organisé constituait une première à Sherbrooke et, pour cette raison, Asahel Adams, perplexe, avait hésité avant d'accepter la proposition du pianiste. Il faut dire que la jeunesse et l'inexpérience de Christian Muller ne plaidaient pas en sa faveur. Toutefois, les diplômes et lettres de recommandations qu'il avait présentés avaient décidé l'hôtelier, qui voyait là une belle façon de se distinguer de ses concurrents. Certaines personnes avaient décrié le fait que des demoiselles puissent assister à ce spectacle, mais la plupart des habitants de Sherbrooke comprenaient le caractère exceptionnel de cette soirée. Ils se fiaient au jugement de monsieur Adams, que cette marque de confiance touchait droit au cœur.

Un vent léger faisait grincer les enseignes des boutiques. Il portait des odeurs de pluie, mais personne ne s'en souciait. Les dames marchaient d'un pas sautillant, en relevant d'une main gantée le bas de leur robe. Les hommes leur offraient le bras et ils s'engouffraient ensemble dans la salle à manger de l'hôtel, transformée pour l'occasion en salle de spectacle.

Joshua observait ce manège à distance. La moiteur ambiante l'avait poussé à quitter sa cabane. Il n'arrivait pas à dormir. À vrai dire, la curiosité avait joué un rôle dans sa décision de sortir prendre l'air. Les clients qui étaient passés à la charronnerie au cours de la journée lui avaient tous parlé du concert, soit pour s'en réjouir, soit pour le critiquer. La vie du village s'était arrêtée autour d'un piano et d'une musique dont on ignorait encore la véritable nature. Ce phénomène étrange l'intriguait, l'attirait et l'embarrassait à la fois.

Au-dessus de lui, les nuages s'épaississaient, accélérant la tombée du jour.

Joshua se rapprocha de la foule pour mieux voir les détails des toilettes et des visages. Il l'aperçut alors, si menue au milieu de ce cortège de richesse et de pouvoir. Elle portait une robe d'un vert éclatant qui illuminait son teint clair et regardait droit devant elle, comme si elle craignait de perdre son chemin en se laissant distraire. Suivies de leur père, les jumelles Ryan l'encadraient en riant. Tandis qu'Isabelle visait un but précis, les deux autres semblaient valser dans le vent, en parfait accord avec la mouvance environnante.

Malgré lui, Joshua esquissa un pas vers celle qu'il appelait toujours sa fiancée. Un couple qui se pressait vers la salle de spectacle lui coupa la voie sans s'excuser. Forcé de s'arrêter, Joshua vit qu'un homme offrait son bras à Isabelle. Il crut reconnaître le nouveau commis aux écritures de la Compagnie des Terres. Il l'avait déjà croisé à la charronnerie, car il accompagnait parfois Samuel Brooks. Le temps qu'il cherche son nom, Isabelle et son chevalier servant avaient disparu à l'intérieur de l'hôtel Adams. Quelques retardataires traversèrent la rue d'un pas pressé.

Puis il n'y eut plus personne.

– Alexander Galt…, grommela Joshua, s'efforçant de concentrer sa hargne autour de ce nom qui lui était revenu.

Jamais il n'aurait soupçonné qu'Isabelle puisse fréquenter ce genre de personne. Il comprit alors qu'il l'avait perdue à jamais. Cette certitude lui transperça le cœur. Et la douleur contre laquelle il luttait depuis des jours et des jours s'imposa de nouveau. Il ressentit un vide immense que rien ne pourrait jamais combler. En même temps que les larmes lui montaient aux yeux, il avait envie de frapper, de tuer. Mais cette violence qui l'habitait se retourna contre lui. Il se détestait de n'avoir rien su préserver, se maudissait d'être ce qu'il était.

Désemparé, il courut vers la taverne de monsieur King, voisine de l'hôtel Adams. S'il avait eu le choix, il aurait préféré se sauver loin du débit de boisson, mais il ne voyait pas d'autre remède possible à sa souffrance. Seul l'alcool le soulagerait. Un bon remontant lui permettrait de respirer enfin à pleins poumons, sans risquer l'asphyxie à chaque inspiration. L'ivresse chasserait les humeurs noires et désarmerait sa rage et son désir de mort. Il se soûlerait pour se délivrer du mal.

*

Dans la salle bondée, les murmures emplissaient l'espace.

L'atmosphère était à l'euphorie, et Isabelle, excitée, ne tenait plus en place. Sa robe, sa coiffure, ses souliers, ses bijoux, tout avait été orchestré par les sœurs Ryan, qui s'étaient amusées à transformer leur amie en dame de la haute société. Complice, celle-ci jouait le jeu avec plaisir. Ce rôle improvisé l'avait d'abord intimidée, mais il lui plaisait de plus en plus. Et quand Alexander Galt était venu la saluer, son bonheur avait été décuplé. Il l'avait reconnue, l'avait complimentée et lui avait souhaité une bonne soirée après l'avoir escortée jusqu'à son siège. Pour Astrid et Fanny, ébahies, cet événement constituait sans contredit le clou de la soirée.

– Il est charmant! Où l'as-tu connu?

– Crois-tu qu'il te courtise?

– Vas-tu le revoir?

Elles n'en finissaient plus de poser des questions auxquelles Isabelle n'avait pas le temps de répondre. Leur curiosité l'amusait et la gonflait d'orgueil. Pour la première fois depuis le début de leur amitié, elle était le centre de l'attention, l'héroïne du jour.

Soudain, les voix se turent. On aurait dit qu'un grand oiseau silencieux avait déployé ses ailes au-dessus des spectateurs. Puis les têtes se tournèrent vers la scène improvisée, où trônait un piano flambant neuf. L'instrument semblait attendre avec autant d'impatience que l'assistance. Le rideau suspendu à la va-vite dans un coin de la scène ondula doucement. Le public retint son souffle. Puis le pianiste souleva le morceau de tissu en prenant bien soin de ne pas le décrocher, et son apparition déclencha une salve d'applaudissements. Surpris, il recula d'un pas.

Or, l'étonnement de l'artiste ne surpassait en rien l'ahurissement d'Isabelle.

Stupéfaite, la jeune fille en oubliait d'acclamer l'étoile de l'heure. Les yeux écarquillés, les épaules tombantes, elle fixait le virtuose, incrédule.

Elle l'avait reconnu au premier coup d'œil, avant même qu'il ait relevé la tête vers l'assemblée. Il n'y avait pas si longtemps, cet étranger lui avait sauvé la vie. Un jour de grand désespoir, alors qu'elle s'abandonnait à la rivière, jonglant avec l'idée d'enjamber le parapet du pont pour sauter à l'eau, il lui avait tendu la main et elle l'avait saisie. Pendant que Christian Muller s'installait au piano, Isabelle se rappelait leur rencontre. Elle s'était arrêtée au confluent des rivières, confuse, incapable de démêler l'écheveau dans lequel elle s'empêtrait. Elle ne croyait plus en rien. Puis un inconnu lui avait adressé la parole et sa voix veloutée avait délié les nœuds qui la retenaient prisonnière. Il n'avait parlé ni d'elle ni de lui, ne lui avait posé aucune question, et pourtant il avait saisi son désarroi.

Isabelle joignit les mains et ferma les yeux. Elle se laissa envoûter par la musique, se laissa emporter par la sensation enivrante d'être vivante. Les notes s'égayèrent et elle s'envola avec elles. Puis la mélodie se remplit de mélancolie et elle pleura. Christian Muller jouait juste pour elle. Les pièces qu'il avait choisies exprimaient des sentiments qu'elle avait vécus. Elles racontaient son histoire.

Quand elle rouvrit les yeux, l'artiste saluait le public, debout à côté du piano. Ravis, les spectateurs se levèrent d'un bond et lui réservèrent une bruyante ovation. Debout elle aussi, Isabelle applaudissait à tout rompre, les yeux braqués sur Christian Muller. Le pianiste inclina la tête à plusieurs reprises, mais avant de partir, il arrêta son regard sur Isabelle et la fixa un moment. La jeune fille rougit jusqu'à la moelle. Jamais elle n'avait été aussi heureuse.

15

Septembre 1835

Joshua n'avait pas dessoûlé depuis une semaine. Le corps et l'esprit engourdis, il accomplissait tant bien que mal ses tâches à la charronnerie, mais achevait ses journées à la fois exténué et impatient à l'idée de s'enivrer de nouveau.

Isaac Drummond se désolait de le voir ainsi à la remorque de lui-même, engagé sur une voie sans issue. Il ne lui adressait pourtant aucun reproche, se contentant de le surveiller du coin de l'œil pour éviter les accidents. Le charron s'inquiétait également pour son nouvel apprenti. Édouard Garrand quêtait des informations auprès de Joshua, mais ne les obtenait qu'au compte-gouttes. Son apprentissage s'en trouvait affecté. Il avait beau ne pas se plaindre, sa déception et son malaise étaient palpables. La déchéance de Joshua, dont il avait fait son modèle jusque-là, le désarçonnait.

Ce matin-là, l'ouvrier et l'apprenti, côte à côte devant un grand tonneau, cintraient des pièces de bois. Chaque fois qu'Édouard effectuait une mauvaise manœuvre, Joshua le sermonnait d'une voix bourrue et éraillée. Il le poussa même assez brusquement. Grâce à son agilité, le jeune Garrand chancela mais réussit à ne pas tomber. Son air décontenancé accentua la colère de Joshua. Hors de lui, il le rabroua de nouveau.

Témoin de la scène, monsieur Drummond décida d'intervenir.

— Je crois que tu as bien besoin d'une journée de repos, suggéra-t-il à Joshua. Une de tes tâches consiste à former ce gamin au métier de charron. Si tu te sens incapable d'assumer cette responsabilité dans le respect et l'harmonie, je préfère que tu prennes une pause. Nous nous arrangerons très bien sans toi, le temps que tu retrouves tes esprits.

Son ton sévère secoua Joshua.

— Je m'excuse, dit-il, repentant. J'ai mal dormi et j'ai un peu mal à la tête. Mais ça ira mieux dans une heure ou deux. Je vous le promets.

Le charron se frotta le menton.

— D'accord, finit-il par dire. Je te laisse une dernière chance. Mais je ne veux plus avoir à te le redire. Reprends-toi, mon gars. Tu es sur la mauvaise pente.

— Qui donc est sur la mauvaise pente ?

La voix tonitruante de Carey Hyndman surprit le charron et ses employés. Le crieur public était dans une forme étonnante. Depuis quelque temps, il pratiquait de moins en moins son premier métier, se consacrant davantage à sa fonction de gardien de prison. La population de Sherbrooke croissant sans cesse, les arrestations et les incarcérations se multipliaient. Devenu une figure importante du village, monsieur Hyndman avait obtenu une bonne augmentation de salaire, et son nouveau statut intimait le respect.

John Mulvena l'accompagnait. Lui aussi profitait de l'essor du village et de la présence de la Compagnie des Terres. Grâce à sa réputation de meneur d'hommes, les entrepreneurs improvisés qui obtenaient des contrats de la BALC pour la construction de chemins faisaient souvent appel à lui pour coordonner les travaux. Par exemple, les marchands Lespnard Ball et Hollis Smith, qui avaient pris la responsabilité d'ouvrir plusieurs kilomètres de route mais n'y connaissaient rien, recouraient régulièrement à ses services. Ses fonctions le menaient ainsi un peu partout dans les cantons, et même au-delà, jusqu'à Shefford, Richmond ou Port-Saint-François. La tâche n'était pas facile. La route à construire était souvent divisée en plusieurs tronçons et l'ouvrage était confié à des sous-traitants, pour la plupart des cultivateurs sans expérience. Les retards et les maladresses étant chose courante, John Mulvena se creusait la tête pour concevoir les meilleurs stratagèmes possible, afin que ces contretemps n'empêchent pas l'avancement des travaux.

De passage à Sherbrooke entre deux contrats, il venait prendre des nouvelles de Joshua et avait rencontré Carey Hyndman qui se rendait lui aussi chez le charron pour y faire réparer une roue. Tous les deux attendaient la réponse à la question qui venait d'être posée.

Isaac Drummond secoua la tête et balaya l'air d'un grand geste de la main.

— Ce n'est rien... Une discussion cordiale, rien de sérieux. Puis-je vous être utile, messieurs ?

Pour ne pas embarrasser Joshua, son patron détourna la conversation et entraîna ses clients à l'extérieur, où Carey Hyndman avait laissé la roue brisée. John Mulvena ne fut pas dupe de sa discrétion. Il avait tout de suite deviné de quelle mauvaise pente il s'agissait. Les yeux bouffis de Joshua, son teint verdâtre et son allure débraillée trahissaient des soirées bien arrosées et des nuits sans sommeil. On aurait dit qu'il avait couché avec ses vêtements et ne s'était pas lavé depuis des lustres. Isaac Drummond avait raison : Joshua était sur la mauvaise pente. De malheureux penchants le tiraient vers le bas. Si rien ne changeait, il risquait d'être submergé.

Convaincu de ne pas avoir assumé son devoir moral à l'égard de ce garçon, John Mulvena admettait sa culpabilité. Comment devait-il réagir maintenant ? Joshua accepterait-il d'être aidé ? John Mulvena songea malgré lui au taciturne Patrice Hamilton, le père de Joshua. Quel lourd héritage avait-il laissé à son fils…

Les pensées de Carey Hyndman avaient pris un chemin identique.

Après avoir expliqué son problème de roue au charron, il aborda le sujet plus délicat de son ouvrier, sans user de la délicatesse élémentaire en de telles circonstances.

— Dis donc, mon vieux, ton employé ne paye pas de mine. Une cuite n'attend pas l'autre à ce qu'il paraît. J'ai entendu dire qu'il est devenu un habitué des tavernes du village.

Mal à l'aise, monsieur Drummond tenta d'atténuer la gravité de la situation.

— Il traverse juste une mauvaise passe. Il va se reprendre.

— Je ne gagerais pas là-dessus, à ta place. Si tu avais connu son père, tu saurais que ce loustic a hérité d'un sale caractère et d'un amour très prononcé pour la bouteille.

Sans compter que Patrice Hamilton souffrait aussi d'accès de violence à ce qu'on dit. À ta place, je me méfierais.

– Je te trouve bien sévère, répliqua le charron. Joshua est un bon bougre. Je lui fais confiance. Il va surmonter ses problèmes. Sous ses allures plutôt rudes, il cache une grande sensibilité. Les embûches de la vie le touchent droit au cœur. Je vais continuer à le soutenir, même si ça me cause des désagréments.

– Je suis bien d'accord, ajouta John Mulvena. Joshua a peut-être hérité du tempérament bouillant de son père, mais il ne faut pas oublier que c'est sa mère qui l'a élevé. Elle l'a aimé de tout son cœur et lui a transmis des valeurs de bonté et de courage, ainsi qu'un grand sens des responsabilités. Ces qualités sont inscrites en lui et il va y revenir, j'en suis persuadé. Charlotte ne mérite pas que son fils tourne le dos à ses enseignements. Elle veille sur lui ; elle ne le laissera pas sombrer. Et moi non plus.

Immobile dans l'embrasure de la porte, Joshua avait écouté la conversation. Il apportait un outil à son maître lorsque son nom avait été prononcé, le figeant sur place. Chaque mot, chaque phrase, chaque intonation lui avait transpercé le cœur, et de grosses larmes coulaient sur ses joues. Honteux, il aurait voulu disparaître. Bonté, courage, sens des responsabilités... Sa mère, en effet, lui avait enseigné ces vertus et il les avait noyées dans l'alcool.

Il recula sans faire de bruit, traversa l'atelier et se précipita vers l'autre sortie qui donnait sur la cour, sans fournir d'explication à l'apprenti qui l'observait, intrigué. Une fois à l'extérieur, il se mit à courir. Sans s'en rendre compte, il dévala la pente et aboutit à la pointe, là où les

Abénaquis continuaient à établir leur campement deux fois par année. À bout de souffle, il s'effondra sur le sol.

Couverte de paillettes argentées, paresseuse sous le soleil de septembre, la rivière Saint-François coulait en contrebas. Joshua scruta l'horizon, de chaque côté. Tom lui manquait. Depuis le départ de son frère, la vie s'était vidée de son sens. Rien n'allait plus. Il accumulait les bêtises. Il avait chassé François Caron sans véritable motif, autre que la jalousie. Il avait aussi tiré sur l'épervier, vendu la maison et jeté Isabelle à la rue. Ce n'était pas ce que sa mère aurait voulu. Elle attendait mieux de son aîné.

Pris de sanglots, le jeune homme s'allongea dans l'herbe humide. Il mêla ses larmes à l'humus, laissa son corps s'imprégner de la fraîcheur de la terre.

Quand il se releva, le mépris de lui-même n'avait pas disparu, mais sa douleur, amoindrie, s'accompagnait d'un désir de rédemption. Il empruntait la voie de la guérison. Plus jamais il ne pleurerait de honte. Il s'en faisait la promesse.

*

À son retour, Isaac Drummond, seul avec son apprenti, ne lui adressa pas la moindre remarque. Joshua se remit donc à l'ouvrage avec une nouvelle détermination, malgré le mal de tête qui lui vrillait les tempes.

En fin d'après-midi, une cliente se présenta à la charronnerie.

— Veux-tu t'occuper de madame? lui demanda le charron qui initiait son apprenti à l'assemblage des nombreuses pièces de bois constituant une roue.

L'air studieux, Édouard Garrand essayait d'assimiler les termes utilisés par le maître : moyeu, rayons, mortaises, jante. Il y avait tant à apprendre.

Joshua suivit donc la dame à l'extérieur. Elle voulait lui montrer son attelage, car le timon nécessitait un ajustement. Le jeune homme fut reçu par un hennissement qui lui tourna le cœur à l'envers. Attelée à la charrette, la belle Shadow lui manifestait sa joie de le revoir.

— Elle t'a reconnu, je crois bien! s'exclama la cliente. Les chevaux sont des animaux fidèles. Ils n'oublient pas les personnes qui se sont occupées d'eux.

Très ému, Joshua caressa l'encolure de la jument. Ce contact avec la fourrure douce et chaude sous la crinière lui fit un bien immense. Shadow frémissait sous ses doigts en encensant avec enthousiasme.

Heureuse d'assister à ces retrouvailles, la cliente attendait, ne voulant rien interrompre. Quand Shadow hennit de nouveau, la jeune femme éclata d'un grand rire franc, clair comme une source de printemps. Surpris et charmé par cette cascade joyeuse qui déferlait avec une spontanéité désarmante, Joshua se sépara de Shadow et revint vers madame McGovern. Il s'en voulait de ne pas l'avoir reconnue au premier regard. Bien sûr, il ne l'avait rencontrée qu'une seule fois, en compagnie de son mari. À ce moment-là, comme ils devaient prendre possession de la ferme le lendemain, il les avait à peine regardés pour ne pas révéler le tumulte intérieur qui l'habitait. Pourtant, le couple avait été très aimable. L'homme et la femme avaient compris son trouble. Il les avait néanmoins quittés assez rapidement et ne les avait plus revus depuis.

Madame McGovern lui tendit la main. Cette femme costaude et solide possédait une poigne vigoureuse. Elle n'était pas très jolie, à cause d'un nez proéminent et d'une bouche trop grande, mais une lumière resplendissante émanait de son visage, effaçant les imperfections.

– Quel plaisir de te revoir! dit-elle. Nous sommes si heureux dans notre nouveau logis que nous nous demandons souvent si tu ne regrettes pas d'avoir vendu.

Joshua sourit, mais il y avait trop de tristesse sur son visage pour que son interlocutrice ne devine pas la réponse qu'il préférait taire.

– Mon mari et moi aimerions beaucoup te recevoir. Nous avons effectué quelques changements que nous voudrions te montrer. J'ai maintenant une dizaine de chèvres avec lesquelles Shadow s'entend à merveille.

De nouveau ce rire cristallin et contagieux.

– Je suis certain que la ferme est entre bonnes mains, dit Joshua.

L'invitation le touchait, mais il avait encore trop de plaies à panser pour retourner dans la maison de son enfance, la maison de sa mère. Il s'enquit donc du problème qui préoccupait madame McGovern, ce qui lui permit de passer à un sujet moins personnel.

– Je vois très bien ce qui cloche, dit-il après une courte inspection. Il faudrait effectuer un redressement, mais il n'y a pas de danger à vous en servir pour le moment. Je n'ai pas le temps aujourd'hui, mais repassez me voir dès que vous pourrez me laisser la charrette pour une heure ou deux. Ce sera vite réparé.

Satisfaite, madame McGovern partit en le remerciant.

Joshua se surprit à chercher une drôlerie qui déclenche-rait de nouveau ce rire rafraîchissant. Il voulait entendre encore cette musique joyeuse, pareille au chant des ruis-seaux. Mais son esprit embrouillé ne lui insuffla aucune réplique amusante. Il dut se contenter d'adresser un signe de la main à Dorothy McGovern et de la regarder s'éloi-gner en compagnie de Shadow.

16

Avant de fermer la maison de campagne pour l'hiver, Eliza Hale avait tenu à organiser une dernière réception dont chaque invité se souviendrait avec bonheur pendant les longs mois de froidure.

– Vous pourriez jouer une partie de cricket! avait-elle proposé à son mari pour le convaincre d'y participer.

Les préparatifs avaient été excitants, aussi bien pour les domestiques que pour les maîtres. Tous voulaient profiter des couleurs de l'automne et des douceurs exquises de cette période de l'année avant de s'emmitoufler pour de bon.

Le grand jour étant enfin arrivé, les hommes, habillés de blanc des pieds à la tête, avaient délimité un large carré dans le champ qui s'étendait derrière la maison, et ils s'en donnaient à cœur joie, s'amusant comme des enfants à courir sur le sol inégal. Très souvent, l'un d'eux trébuchait sur une racine ou une souche bien dissimulées dans l'herbe haute. Ces chutes sans conséquence ajoutaient au plaisir.

Assises sur des couvertures, les femmes assistaient à cette joute qui se déroulait dans le non-respect des règles le plus total. Isabelle se tenait aux alentours, prête à remplir les verres de limonade, à tendre une serviette ou à offrir un morceau de gâteau. Bien qu'attentive aux désirs de ces dames, elle observait la partie du coin de l'œil et avait parfois du mal à garder son sérieux. Ces personnages influents, à l'allure sévère et aux lourdes responsabilités, s'étaient transformés en gamins turbulents. Ils se bousculaient et s'invectivaient, toujours dans la bonne humeur et dans une atmosphère de franche camaraderie. Les Hollis, Brooks, Bowen et Walton s'épivardaient dans le champ comme des veaux de printemps, en compagnie d'autres invités dont c'était la première visite chez les Hale. Les hôtes avaient en effet élargi leur cercle de connaissances afin de compléter les équipes.

Parmi les habitués se trouvait Alexander Galt. Sa jeunesse lui donnait une longueur d'avance sur ses adversaires et il ne se gênait pas pour les déjouer et compter but sur but. Juste sa façon de courir à perdre haleine comme s'il avait le diable à ses trousses mettait Isabelle en joie.

À tenter de le poursuivre, les autres joueurs furent vite à bout de souffle. Ils déclarèrent forfait et rejoignirent les femmes, se disputant une place sur les couvertures. Plutôt que de les imiter, Alexander Galt se dirigea vers Isabelle, qui se tenait à l'écart en attendant qu'on lui fasse signe. Surprise et gênée, la jeune fille tâcha de se donner une contenance en passant un linge sur les assiettes.

– C'est réglé, déclara le jeune homme d'un air enjoué, après l'avoir saluée. Monsieur et madame Hale ont accepté que vous cuisiniez des biscuits pour les travailleurs logés dans les baraques de la compagnie. Vous en a-t-on déjà parlé?

Isabelle secoua la tête. Personne ne lui avait rien dit.

Eliza Hale s'approchait d'eux et Alexander Galt la prit à témoin.

– Bien entendu, acquiesça celle-ci en s'adressant à Isabelle. Cela va de soi. Tu pourras te servir du poêle et de tout ce dont tu auras besoin dans la cuisine, mais tu devras payer tes ingrédients. Au début, on t'avancera l'argent si tu veux. Tu nous rembourseras quand la compagnie te paiera. Ça te convient?

– Oui, madame. Je vous remercie...

Eliza Hale stoppa son élan de reconnaissance d'un signe de la main, puis elle se tourna vers ses invités.

– Venez tous à la maison! lança-t-elle. Je vous réserve une formidable surprise.

Émoustillés, hommes et femmes se précipitèrent, abandonnant couvertures, vaisselle et serviettes de table. Ces hommes vêtus de blanc, qui enjambaient les fougères roussies et sautaient au-dessus des rigoles en attirant dans leur sillage les dames endimanchées, offraient un spectacle hilarant. En rassemblant dans la charrette ce qu'ils avaient laissé derrière eux, Isabelle riait à gorge déployée, incapable de se raisonner.

Quinze minutes plus tard, elle contournait la maison pour demander au jardinier de ramener la charrette et son contenu. Elle riait encore.

La scène qui se déploya alors sous ses yeux la cloua sur place. Jamais elle n'aurait pu imaginer décor plus fantastique. L'ensemble évoquait un monde de légendes, où l'irréel se confondait avec la réalité.

Pendant la partie de cricket, Martha Munroe et le jardinier avaient installé des chaises à l'extérieur, sur la véranda et dans le parterre, où les fleurs finissaient de faner. À la demande de l'hôtesse, dont les yeux pétillaient, dames et messieurs avaient pris place, et les regards convergeaient vers le piano qui se dressait sur la pelouse, telle une sculpture déconcertante au milieu du règne végétal. Debout près de l'instrument, Christian Muller adressait ses salutations à ce public privilégié. Il remercia madame Hale pour cette invitation singulière mais réjouissante, et monsieur Hollis pour sa générosité. Le marchand était dans le coup, en effet. Il avait fourni le piano et l'avait fait transporter jusque chez les Hale. Il croyait bien, au départ, que le concert aurait lieu à l'intérieur, mais l'imposant instrument n'avait pu franchir les embrasures trop étroites de la maison. Les livreurs avaient donc décidé de l'installer à l'extérieur.

— Le chant des oiseaux et la brise d'automne altéreront peut-être ma performance, conclut le pianiste en s'assoyant sur le tabouret. J'implore votre indulgence, car il n'est pas facile de rivaliser avec cette belle nature si inspirante.

Quelques secondes plus tard, le concert débutait.

Isabelle se blottit dans un coin pour passer inaperçue. Martha Munroe vint se placer à ses côtés et elles se laissèrent envoûter par la musique. Il sembla à Isabelle que Christian Muller jouait mieux encore qu'à l'hôtel de monsieur Adams. Sans doute son jugement était-il influencé par le décor féerique et par la griserie de la surprise. Des milliers de papillons semblaient voleter au-dessus des notes.

Quelques cochers avaient stationné leur voiture dans King's Highway. Même la diligence s'était arrêtée pour permettre à ses voyageurs d'assister de loin à cet événement exceptionnel.

À la fin du concert, les applaudissements fusèrent.

Après deux rappels salués avec enthousiasme, le pianiste et les spectateurs échangèrent quelques mots. Christian Muller reçut les nombreux compliments avec humilité. Puis, les uns après les autres, les convives quittèrent les lieux, enchantés par cette journée fertile en émotions.

La tête encore pleine de musique, Isabelle s'affaira à la cuisine en compagnie de madame Munroe. Il fallait ranger les chaises, laver la vaisselle, nettoyer. Encore de longues heures, assurément. Elle récurait un chaudron lorsqu'une voix masculine attira son attention.

— Je voulais vous saluer avant de partir.

Christian Muller se tenait devant elle. Il la couvait de sa tendresse et de sa bienveillance.

— Mais pourquoi? demanda Isabelle en regrettant aussitôt cette question stupide.

— Je vous ai reconnue l'autre soir, au concert. Je ne pensais pas revoir la fille du pont un jour, et voilà que nos routes se croisent. Vous allez bien?

— Oui, je vais très bien. Merci beaucoup.

Tous les deux déchiffraient parfaitement la signification profonde de ces remerciements. Plus qu'une simple formule de politesse, ils recelaient un secret connu d'eux seuls. Dans les yeux d'Isabelle, le pianiste devina une sincère gratitude. Ensemble, ils avaient éloigné le malheur et cela les liait à jamais.

— J'espère que nous nous reverrons, dit le musicien avant de partir. Vous m'en verriez très heureux.

Le visage rayonnant, Isabelle nourrissait un espoir similaire.

*

Elle n'eut pas longtemps à attendre.

Une semaine plus tard, Christian Muller fut invité à souper chez les Hale et il vint lui présenter ses respects. Encore une fois, elle avait les mains plongées dans l'eau de vaisselle, le cheveu en bataille, le tablier détrempé et le visage enfariné. L'artiste lui proposa une promenade et elle rougit si fort qu'elle pensa se consumer sous ses yeux.

— Je ne peux pas sortir ainsi…

— Vous êtes parfaite! se récria le musicien. Un peu désaccordée, peut-être…

Ils s'esclaffèrent ensemble et Isabelle se sentit rassurée.

— Donnez-moi dix minutes, suggéra-t-elle.

Il acquiesça et elle se tourna vers Martha Munroe qui lui donna sa bénédiction en opinant de la tête. La cuisinière, qui avait pris la jeune fille sous son aile, se réjouissait de la voir courtisée de la sorte et heureuse de nouveau. Le petit oiseau fragile et timide qui s'excusait d'exister avait cédé la place à une belle demoiselle au teint éclatant.

— Prenez votre temps, dit-elle aux tourtereaux. Je m'occupe du reste. De toute façon, on a presque terminé. Allez, les enfants! Passez une belle soirée!

*

Le mois d'octobre s'accrochait à l'été et tenait le froid à distance. De là à croire que l'hiver ne se pointerait jamais, il n'y avait qu'un pas que les plus rêveurs franchissaient gaiement.

Isabelle et Christian marchèrent longtemps en silence. Derrière les fenêtres des maisons, des silhouettes paresseuses se profilaient, déformées par les lueurs vacillantes. Une paix délicieuse enveloppait le village.

– Me permettez-vous de vous faire la cour?

Christian avait parlé d'une voix douce et caressante. La question surprit néanmoins Isabelle qui tressaillit et ralentit le pas. Même si elle mit du temps à répondre, son prétendant n'osa pas la relancer.

– Oui. Je vous le permets et m'en réjouis.

Il faisait trop sombre pour qu'elle puisse distinguer l'expression de son visage, mais elle devina l'excitation de son prétendant à sa démarche sautillante. Pendant quelques secondes, elle eut du mal à le suivre, puis il s'arrêta net et lui prit les mains.

– Merci. Merci de tout mon cœur. Vous me comblez de joie.

Souhaitant prolonger cet instant de grâce, ils reprirent leur promenade et empruntèrent le chemin Belvidère. Sans s'en rendre compte et sans l'avoir planifié, ils se rendirent jusqu'à la fabrique de laine puis traversèrent le Factory Bridge. De l'autre côté, le chemin ouvert depuis peu par la Compagnie des Terres baignait dans le noir le plus total. Tracée en pleine forêt, cette voie ressemblait davantage à un sentier de portage qu'à une route. Si actif et bruyant durant le jour, l'endroit paraissait lugubre après la tombée de la nuit.

– Je crois que nous devrions rentrer, suggéra Isabelle, peu rassurée.

– Vous n'avez pas peur, j'espère. Il ne faut pas avoir peur de l'obscurité. Les plus belles musiques naissent dans la nuit profonde et silencieuse.

En l'écoutant parler, Isabelle comprit qu'elle aimerait cet homme jusqu'au bout de sa vie et même au-delà. Cette évidence remplissait les ténèbres, dominait sons et odeurs.

Ils revinrent lentement sur leurs pas et se quittèrent après avoir échangé un baiser qui confirmait leur statut d'amoureux et les engageait dans une relation d'intimité.

17

Octobre 1835

Joshua tenait bon. Il n'avait plus bu une goutte depuis la visite de madame McGovern à la charronnerie. Cette date qu'il gardait en mémoire constituait un repère lui indiquant l'heure à laquelle il avait entamé sa nouvelle vie. Ce n'était pas toujours facile. En fait, ce l'était rarement. Pour ne pas succomber à ses anciens penchants, il marchait sur de longues distances chaque fois que la charronnerie ne l'accaparait pas.

En ce dimanche de congé, il comptait bien explorer le quartier Orford et se rendre le plus loin possible dans King's Highway, en direction de Brompton. Isaac Drummond lui avait demandé de repérer dans les environs les coins de forêt riches en hêtres, afin de regarnir sa réserve presque à sec. Le charron avait besoin de cette essence pour la fabrication des jantes et des essieux.

Sans rien apporter, Joshua entreprit donc sa quête. S'il avait faim, il cueillerait sur son trajet les pommes et les prunes encore accrochées aux arbres. S'il avait soif, il s'abreuverait aux nombreux ruisseaux qui dévalaient vers la Saint-François. Monsieur Drummond avait eu une bonne idée en lui confiant cette mission, car elle fournissait un but à ses errances. Et Joshua avait besoin plus que jamais d'objectifs bien précis.

Au cœur du village, il rencontra quelques fidèles qui se rendaient à l'église anglicane pour assister à l'office dominical. Il parcourut un bout de chemin avec eux, puis les quitta à l'angle des rues Church et Beech. Il poursuivit sa route, direction nord, remarquant au passage que de nouvelles maisons avaient été érigées pendant l'été. William Felton s'était résigné à morceler ses terrains pour les vendre en parcelles d'un demi-acre. La plupart des lots avaient trouvé preneur en un temps record, compte tenu de l'augmentation de la population. Une mince consolation pour le major, qui ne jouissait plus de sa notoriété d'antan. Il demeurait néanmoins le maître du quartier Orford sur lequel la Compagnie des Terres, en dépit de ses nombreuses offres, n'arrivait toujours pas à mettre la main.

Un peu plus loin, les rumeurs du village s'estompèrent et le promeneur se retrouva bientôt en pleine campagne. En passant devant la maison d'Edward Hale, il ouvrit grand les yeux et les oreilles, espérant apercevoir Isabelle, mais la résidence semblait encore endormie.

À la fois déçu et soulagé – qu'aurait-il donc pu dire à Isabelle qu'il ne lui avait pas déjà dit? –, Joshua continua sa route. Il marcha pendant des heures, s'arrêtant seulement pour reprendre son souffle ou reposer ses pieds fatigués. À plusieurs endroits, il s'enfonça dans la forêt en quête d'une hêtraie qui pourrait répondre aux besoins de monsieur Drummond. En fin d'après-midi, il découvrit enfin le trésor qu'il cherchait: un boisé dominé par de beaux grands arbres au tronc très droit. Longtemps, il navigua au milieu de ces géants, en caressant leur écorce lisse de couleur cendrée. Le charron serait content. Dès demain, Joshua lui proposerait de venir constater en personne le formidable potentiel de l'endroit.

Fatigué mais serein, le jeune homme entreprit le trajet de retour.

En passant à la hauteur de l'îlot où régnait depuis toujours un pin solitaire, il ne put s'empêcher de penser à sa mère. Il n'aurait qu'à emprunter le chemin de traverse pour accéder à sa fermette. D'abord, Joshua lutta contre cette envie de revoir la maison de son enfance, puis il décida de s'accorder cette faveur. « Je ne ferai que passer, se promit-il. Je jette un coup d'œil et je repars aussitôt. »

Madame McGovern lui avait parlé de changements. Il prit ce prétexte pour excuser sa curiosité. « Juste un coup d'œil, se répéta-t-il. Je ne me ferai pas voir. »

En s'aventurant sur le sentier maintenant élargi qui menait à son ancien logis, il ressentit une émotion plus forte que prévu. Il avançait sur la pointe des pieds, pour ne rien déranger, surtout pour se donner le temps de s'habituer à l'idée de ce renouement avec un lieu qu'il avait abandonné et qu'il regrettait.

Quand la maison apparut au bout du chemin, il lui sembla au premier coup d'œil que rien n'avait changé. Malgré les propos de madame McGovern, l'endroit lui apparaissait tel qu'il l'avait laissé et tel qu'il l'avait conservé dans sa mémoire. En se rapprochant, il constata toutefois les améliorations apportées aux bâtiments. La galerie avait été agrandie et retapée, le mur de la bergerie avait été refait avec des matériaux plus durables. Dans l'atelier, la fenestration avait été changée et des piquets neufs entouraient l'ancien enclos des brebis. D'ailleurs, les moutons avaient cédé la place à des chèvres qui trahirent la présence du visiteur en bêlant à qui mieux mieux. Madame McGovern sortit aussitôt de la maison, étonnée d'entendre ses bêtes se manifester de cette façon. Elle avait craint la présence d'un prédateur et fut rassurée en reconnaissant Joshua. Elle vint vers lui à grands pas, sa large jupe virevoltant autour d'elle.

– Cher ami, dit-elle, sois le bienvenu. Je suis très heureuse de te voir, mais sache que j'ai bien failli te recevoir à coups de fusil. Je pensais que mes chèvres bêlaient ainsi à cause d'un loup !

Elle éclata alors de ce rire argentin, d'une pureté céleste, qui n'appartenait qu'à elle. On aurait dit un collier de pierreries agitées par le vent. Ce son vibrant créa de nouveau chez Joshua une sensation de bien-être. Les pires difficultés se volatilisaient, emportées par cette cascade lumineuse.

Envoûté, il accepta l'invitation de prendre le thé.

Madame McGovern emplissait les tasses lorsque son mari se joignit à eux. Il expliqua à Joshua les travaux qu'il avait amorcés dans la prairie.

– Je dois abattre trois grands arbres à moitié morts que les pics ont commencé à forer. Je creuserai ensuite une digue pour permettre une meilleure irrigation.

Le couple ne tarissait pas. Enthousiastes, l'homme et la femme racontaient leurs projets. À la force des bras, ils se forgeaient une vie à la mesure de leurs espoirs.

Revigoré, prêt à soulever des montagnes, Joshua les quitta avec une invitation à revenir très bientôt. Il s'éloigna avec l'impression d'être retenu par un fil invisible.

Ce lien se renforça quand il entendit au loin un cri semblable à celui de l'épervier. Il s'arrêta pour écouter, mais la forêt resta silencieuse. Avait-il rêvé? Cet endroit évoquait des réminiscences confuses dont faisait partie la voix insistante de l'oiseau. L'oiseau de Tom.

Une fois revenu dans King's Highway, il se sentit plus léger. La douleur qui lui tordait les entrailles depuis des mois s'était envolée.

*

Après une journée de congé bien méritée, qu'elle avait passée avec Christian Muller, Isabelle entama sa semaine en cuisinant ses fameuses galettes. Elle en confectionna une centaine qu'elle livrerait le jour même dans les baraques de la Compagnie des Terres. Compréhensive, madame Munroe l'avait déchargée de quelques-unes de ses tâches, déjà moins nombreuses compte tenu de l'absence des maîtres. Edward Hale et sa femme étaient partis à Montréal pour un bref séjour chez des amis.

Un peu avant l'heure du souper, Isabelle se rendit donc aux baraques, en bas de la falaise, en compagnie du jardinier qui avait offert de l'escorter pour assurer sa sécurité.

À son grand étonnement, les hommes l'accueillirent avec l'avidité d'une meute de loups affamés.

Il avait plu une bonne partie de la journée. Épuisés par de longues heures de dur labeur, les travailleurs avaient étendu leurs vêtements détrempés sous des bâches qui les protégeaient de la pluie, mais pas de l'humidité persistante. Chemises, longs caleçons et bas mettraient des jours à sécher. Le lendemain matin, il faudrait les enfiler de nouveau, même s'ils n'étaient pas encore secs.

Très rapidement, Isabelle se retrouva encerclée. Tentant en vain de se dégager, elle éprouva quelques craintes. Le jardinier avait disparu, elle ne le voyait nulle part, et les hommes continuaient de se précipiter sur les galettes sans aucun ordre. Quelques pâtisseries tombèrent sur le sol, mais furent vite ramassées. Prisonnière de ces corps souvent à moitié nus, d'où émanaient des odeurs rebutantes, Isabelle paniqua. Elle joua des coudes et des poings pour se frayer un passage. Des mains la touchaient, des haleines âcres effleuraient son visage.

Puis soudain, le cercle se fendit. Au bout de la brèche ainsi créée, un homme bien campé sur ses jambes tenait les autres en respect. Il tendit la main à Isabelle et la tira à l'écart, puis il se tourna vers ses congénères et les sermonna sans mâcher ses mots.

— Cette demoiselle vous honore de sa visite. Elle vous offre une pâtisserie qu'elle a cuisinée à votre intention et vous la recevez comme de véritables rustres ! Vous devriez avoir honte !

Repentants, les hommes se rapprochèrent, dans le calme cette fois, et adressèrent des remerciements et des excuses sentis à Isabelle.

Encore frissonnante d'émotion, la jeune fille leur pardonna d'un battement de paupières, se promettant de procéder différemment la prochaine fois et de ne plus jamais compter sur le jardinier pour la protéger. Le bougre revenait justement, l'air inquiet.

— Où étiez-vous ? lui lança Isabelle.

— Là-bas… Une envie…

Indignée, la jeune fille lui asséna une claque sur l'épaule qui amusa les témoins.

— Venez, dit-elle. On n'a plus rien à faire ici.

En furie contre elle, contre le jardinier, contre les journaliers, contre Alexander Galt et la Compagnie des Terres, elle décoléra cependant lorsque le jardinier la déposa devant la maison du cordonnier Burchard et qu'elle aperçut Christian Muller qui l'attendait.

— Que fais-tu là ? demanda Isabelle, ravie mais étonnée.

Le musicien semblait embarrassé. Il serrait et desserrait les poings, déliant ensuite ses doigts comme pour un exercice.

— Je dois partir plus vite que prévu, annonça-t-il enfin. On m'offre un poste d'enseignant dans une école de musique de Québec. Je m'y attendais, car j'avais posé ma candidature. À vrai dire, je n'étais que de passage à Sherbrooke, mais je croyais bien pouvoir y demeurer plus longtemps. L'endroit me plaît.

Atterrée, Isabelle sentit remonter en elle cette colère que la présence de son prétendant avait réfrénée.

— Pendant tout ce temps, explosa-t-elle, son courroux l'emportant sur sa peine, tu m'as laissée croire qu'il se passait quelque chose entre nous. Et tu organisais ton départ ! Quelle sorte d'homme es-tu ?

— Mais non ! se récria Christian Muller, interloqué par sa réaction. Tu ne comprends pas ! Pardonne-moi de m'être si mal exprimé. J'ai procédé à l'envers, avec beaucoup de maladresse. Je souhaite que tu m'accompagnes. Je voudrais que tu m'épouses et que nous allions vivre à Québec. En fait, je te demande de devenir ma femme.

Il la dévisageait, suspendu à ses lèvres, les yeux brillant d'une fièvre amoureuse. Consternée, Isabelle demeurait muette. Jamais ses plans d'avenir n'avaient ressemblé, de près ou de loin, à ce que Christian lui proposait. D'ailleurs, le futur pour elle se résumait à la prochaine semaine ou au mois suivant. Même depuis qu'ils se fréquentaient, elle n'aurait pu concevoir leur commune destinée au-delà de la promenade projetée pour le surlendemain. Elle aimait le musicien de tout son cœur, et s'il lui avait demandé de passer le reste de ses jours avec lui, elle aurait dit oui sans hésiter. Mais ce n'était pas ce qu'il suggérait. Bien sûr, il voulait l'épouser, mais aussi la déraciner. Pourquoi ne lui avait-il pas révélé ses intentions au début de leurs fréquentations ? Leur avenir la concernait et il l'avait tenue dans l'ignorance, comme s'il avait craint une rebuffade. Il ne lui faisait donc pas confiance ?

Trop bouleversée pour prendre une décision, Isabelle avait besoin de temps.

– Laisse-moi y penser, dit-elle enfin. C'est trop subit. Je dois réfléchir.

Déçu, Christian Muller opina de la tête en faisant une moue qui en disait long. Il avait espéré qu'Isabelle partagerait son enthousiasme, et maintenant il se demandait s'il devrait partir sans elle ou s'il devrait renoncer à sa carrière et à ses ambitions pour rester à ses côtés.

– D'accord, dit-il, résigné. Je comprends. Mais je t'en prie, n'oublie pas que je t'aime et que nous pouvons être très heureux ensemble.

Après avoir déposé un baiser sur son front, il la quitta à regret, en se reprochant de n'avoir pas su la convaincre.

18

Depuis quelques jours, Olive Burchard observait Isabelle avec l'inquiétude d'une mère. Le lendemain de la demande en mariage précipitée et maladroite, sa jeune pensionnaire lui avait tout raconté, mais depuis ce temps, elle demeurait silencieuse et taciturne. Son différend avec Christian troublait Isabelle. La façon dont il lui avait proposé de l'épouser la déconcertait. Elle ne comprenait toujours pas qu'il lui ait caché l'essentiel, son départ imminent, et elle hésitait à lui faire confiance et à s'engager dans une relation qui débutait sur un tel malentendu. Pourtant, elle ne pouvait s'empêcher de l'aimer et de se languir de lui. Olive la soutenait de son mieux, toujours prête à l'écouter dès qu'elle sentirait le besoin de se confier.

Martha Munroe avait, elle aussi, été mise dans la confidence, car Isabelle espérait obtenir un avis éclairé. En fait, elle peinait à se décider et rêvait qu'une tierce personne résolve son problème. Mais qui donc détenait la sagesse et l'objectivité nécessaires pour venir à son aide ?

Elle rentra ce soir-là en réfléchissant encore et toujours à la question. Elle y songeait d'ailleurs jour et nuit, et redoutait le moment où Christian la relancerait. Qu'elle accepte sa proposition ou qu'elle la refuse, elle n'éviterait pas la déchirure. D'une manière ou d'une autre, elle perdrait quelque chose, ou quelqu'un.

Prise dans ses pensées, elle buta sur un passant qui avait tenté de l'éviter, mais sans succès. En relevant la tête, déjà prête à s'excuser de sa distraction, elle demeura bouche bée.

— Tu me semblais bien loin…, murmura Joshua. Je suis désolé d'avoir interrompu ta réflexion.

Isabelle remarqua aussitôt son allure, plus posée qu'à l'habitude. Sa voix, auparavant étranglée par une colère sourde, lui parut plus mélodieuse et plus tendre, ses traits, moins crispés.

— Ce serait plutôt à moi de m'excuser, dit-elle. Je marchais comme une automate.

— Tu vas bien? l'interrogea Joshua. Tu me sembles préoccupée.

Isabelle rougit. Elle avait une envie profonde de la belle complicité qui la liait à Joshua autrefois. Ils avaient été si près l'un de l'autre. Cette ancienne connivence ne pouvait pas avoir disparu. Il devait bien en rester quelque chose.

Alors, sans réfléchir, incapable de résister à une impulsion subite qu'elle risquait de regretter, elle exposa à celui qu'elle considérait toujours comme son frère les tiraillements qui l'accablaient.

Joshua l'écouta sans sourciller, sans l'interrompre, en s'efforçant de mater la douleur et l'amertume, ses vieilles compagnes, qui remontaient à la surface. Isabelle n'entretenait aucun sentiment amoureux pour lui, cela, il l'avait compris. Mais voilà qu'elle en aimait un autre et ce n'était pas François Caron, ce dont il se serait sans doute accommodé à la longue. Cette nouvelle réalité lui vrillait le cœur. Mais quel choix lui restait-il? Ou bien il l'acceptait, ou bien il cultivait sa rancœur pour mieux s'y enfoncer.

Isabelle le suppliait de tout son être. Elle avait besoin de lui.

Il opta donc pour la voie de la rédemption, celle sur laquelle il s'était déjà engagé, la seule susceptible de les sauver.

— Je comprends que la décision n'est pas facile à prendre, dit-il en touchant le bras d'Isabelle du bout des doigts, en signe de réconfort. Je ne veux pas te donner de conseils, car cette décision t'appartient.

— Je t'en prie, dis-moi ce que tu en penses.

Joshua respira profondément avant de répondre.

— Je pense que le lieu importe peu, tant qu'on est avec la personne qu'on aime.

*

Le lendemain matin, le soleil peinait à dissiper la brume d'automne.

Isabelle courait à perdre haleine. Toute la nuit, même en rêvant, elle s'était répété la phrase prononcée la veille par Joshua. «Le lieu importe peu...» Sa propre lâcheté l'indignait. Comment avait-elle pu se montrer aussi peu intrépide? Elle s'était refermée sur ses peurs, se raccrochant à sa routine, au prévisible, au risque de perdre le plus important. Quel brouillard avait donc pu obscurcir sa raison? «... tant qu'on est avec la personne qu'on aime.»

Maintenant, elle filait dans les rues de Sherbrooke pour rattraper son retard, corriger son erreur. À cette heure matinale, le village semblait désert. On n'entendait que le bruit des moulins, déjà en fonction. Une fumée blanchâtre sortait des cheminées et répandait son odeur familière. Quelques artisans balayaient les feuilles mortes devant leur seuil. Ils la saluèrent, mais la jeune fille ne prit pas le temps de leur répondre. À vrai dire, elle ne les vit même pas.

Arrivée à l'hôtel Adams, elle s'arrêta pour reprendre son souffle. Elle replaça son foulard sur sa tête, boutonna sa pèlerine, frappa ses bottillons l'un contre l'autre pour en déloger la boue accumulée sous les semelles et prit une posture plus digne, plus affirmée. Christian ne devait pas douter de sa détermination.

Le commis à l'accueil dormait les yeux ouverts. Il plaçait devant lui les objets dont il aurait besoin au cours de la journée, avec des gestes de somnambule. En lui adressant la parole, Isabelle le tira de son rêve éveillé.

— J'ai besoin de voir monsieur Christian Muller, dit-elle. Une affaire urgente.

— Vous ne pouvez pas…

— À votre guise, crâna Isabelle qui s'attendait à cette réaction. Je vais me débrouiller toute seule.

Elle se précipita vers l'escalier qui menait à l'étage.

— Mademoiselle! cria le commis. La chambre 6! Mais attendez donc que je prévienne monsieur.

Trop tard. Isabelle grimpait déjà les escaliers.

Une minute plus tard, elle frappait à la porte de la chambre où Christian avait élu domicile depuis son arrivée à Sherbrooke. Son cœur palpitait d'émotion et elle avait la gorge serrée. Or, quand son amoureux lui ouvrit, elle n'eut pas besoin de s'expliquer. Il comprit tout de suite et la serra si fort dans ses bras qu'elle faillit étouffer.

*

De son côté, Joshua avait lui aussi beaucoup réfléchi. Sa rencontre avec Isabelle l'avait ébranlé, mais il était content de lui. Sans trop savoir où il en avait puisé la force, il avait vaincu sa hargne. Pour la première fois depuis que leur histoire connaissait des remous, il avait placé le bonheur d'Isabelle au-dessus du sien. Au-delà de la fierté, il ressentait un immense soulagement.

Il accueillit donc Dorothy McGovern avec plaisir. Celle-ci avait effectué quelques courses et elle avait pensé s'arrêter à la charronnerie pour l'inviter à souper.

— Ta présence nous fait toujours chaud au cœur, tu sais. Nous sommes maintenant tes obligés.

En effet, Joshua était retourné plusieurs fois à la ferme et il avait aidé monsieur McGovern à creuser un fossé, une tâche ardue qui exigeait une bonne forme physique et des muscles bien développés. En outre, le fermier caressait le projet de dégager une nouvelle parcelle de terrain qu'il venait tout juste d'acheter, et Joshua lui avait promis de passer son prochain jour de congé avec lui pour lui prêter main-forte.

Le jeune homme s'apprêtait à protester, mais Dorothy McGovern fut plus rapide que lui.

— Je dois t'avertir que j'ai l'intention de tester une nouvelle recette. C'est à tes risques et périls! De plus, nous aurons une grande nouvelle à t'annoncer!

Elle rit aux éclats, à sa manière unique, et Joshua se contenta de l'écouter. Il acceptait l'invitation.

*

Il arriva plus tôt que prévu chez les McGovern. Indisposé, Isaac Drummond avait décidé de fermer boutique avant la fin de l'après-midi. C'était inhabituel, mais Joshua s'en réjouissait, car cela lui permettrait de passer plus de temps avec le couple, dont il appréciait de plus en plus la simplicité et la gentillesse. Leur accueil chaleureux le mettait à l'aise. Il faisait partie de la famille.

— Robert est encore au champ, lui annonça Dorothy avant même de le saluer. Quelque chose a dû le retarder, car il m'avait promis de rentrer plus tôt aujourd'hui.

Joshua perçut un soupçon d'inquiétude dans la voix de la fermière.

— Je pars à sa recherche! lança-t-il sur un ton joyeux. Ça ne me surprendrait pas qu'il ait brisé sa hache. Il doit essayer de la réparer. Je vous le ramène!

En habitué des lieux, il emprunta le sentier qui débouchait chez le tanneur Willard, puis bifurqua à mi-chemin et s'enfonça dans les ronces pour atteindre le bout de terre que Robert McGovern avait commencé à défricher. Le fermier n'était nulle part. Joshua marcha sur une courte distance, puis revint sur ses pas. Planté au milieu du pré, il appela à plusieurs reprises mais n'obtint aucune réponse. Alors qu'il s'apprêtait à revenir à la ferme en espérant que Robert McGovern avait fait de même en empruntant une autre piste, il entendit un son étrange, qui aurait tout aussi bien pu émaner d'un humain que d'une bête.

Mi-plainte mi-grognement, le son montait en crescendo pour ensuite se terminer en un râle étouffé.

Joshua se laissa guider par ce bruit insolite. Il buta sur un tronc d'arbre branchu jeté par terre, dont les ramifications formaient un rempart quasi impénétrable. Après l'avoir contourné, il découvrit un corps recroquevillé sur le sol.

— Robert! cria-t-il en se penchant sur le blessé. Vous m'entendez?

L'autre geignit, incapable d'articuler un seul mot. Une branche de bonne dimension lui barrait la poitrine, une autre lui avait éraflé le visage. Son épaule gauche semblait disloquée, car son bras formait un angle insolite.

Joshua tenta de le rassurer.

— Il faut rester calme. Je pars chercher de l'aide. Je ferai le plus vite possible. Vous verrez, on prendra bien soin de vous.

Robert McGovern agrippa son bras.

— Dorothy…, murmura-t-il en jetant sur Joshua des yeux suppliants.

Sans trop comprendre ce qu'il voulait lui dire, le jeune homme reprit ses paroles d'apaisement.

— Votre femme va bien. Elle s'inquiète pour vous. Je vais la prévenir et alerter le médecin. Tenez bon.

Il s'était penché sur le blessé et lui avait parlé à l'oreille pour être sûr qu'il avait saisi ses encouragements. Quand il releva la tête, il ne rencontra qu'un regard vide, égaré dans un autre monde. Robert McGovern n'avait pas pu attendre qu'il le sauve de la mort.

*

Les obsèques rassemblèrent quelques connaissances autour de la veuve, mais les McGovern n'habitaient pas dans la région depuis très longtemps. De plus, ils avaient travaillé sans relâche, oubliant de se faire des amis. Par contre, ils étaient appréciés de ceux qui les avaient côtoyés, et certains commerçants vinrent adresser un dernier salut à leur client.

Joshua se tenait derrière Dorothy, prêt à lui prêter assistance. Il n'arrivait plus à chasser de ses pensées le moment où il lui avait annoncé la mort de son mari. Jamais au cours de son existence il n'avait eu à s'acquitter d'une obligation aussi pénible. Il s'en voulait encore, se sentait responsable. Il n'avait pas agi avec assez de célérité. Et cette terrible souffrance qu'il avait infligée à madame McGovern avec ses mots maladroits, comme il aurait voulu l'éviter ! Cette tragédie resterait gravée à tout jamais dans sa mémoire.

L'office des morts tirait à sa fin et le révérend invita les fidèles à accompagner le défunt à son dernier repos. L'assistance se dirigea donc vers la sortie. Quelques sanglots percèrent le silence recueilli, puis des murmures se firent entendre. On plaignait la veuve qui aurait du mal à garder sa ferme.

— Une vraie malédiction, chuchota une femme dans le dos de Joshua. Cette pauvre Dorothy ne méritait pas de subir une telle épreuve. Quelqu'un lui aura jeté un mauvais sort, c'est certain. Je vous le dis, une vraie malédiction…

Le fils de Charlotte frémit. Il avait si souvent entendu ce mot maudit au cours de son enfance qu'il eut l'impression de revenir en arrière. Encore ce mystère lourd de menaces qui planait autour de lui, sans qu'il puisse le définir avec exactitude. Instinctivement, il s'éloigna de la veuve, mettant une bonne distance entre elle et lui pour la protéger. Sa mère avait souvent érigé des barrières de ce genre, entre elle et les autres, dans un but identique. Il éprouvait une désagréable sensation de déjà-vu, de déjà-ressenti.

À la fin de la cérémonie, Joshua voulut s'esquiver, mais Dorothy McGovern se tourna vers lui.

– Tu peux venir à la maison? demanda-t-elle. Je ne veux pas me retrouver seule et j'aurais un service à te demander.

*

Le souhait de la veuve ne le surprit qu'à moitié.

Elle voulait faire disparaître l'arbre qui avait causé la mort de son mari.

Joshua s'acquitta de cette tâche le jour même et il en retira une grande satisfaction. L'assurance d'être utile, de réparer d'une certaine façon des fautes qu'il n'avait pas commises mais qui pesaient lourd sur sa conscience.

Une fois sa mission accomplie, Dorothy ne le laissa pas repartir. Elle craignait la solitude, cette bête cruelle qu'elle n'avait pas encore apprivoisée.

– J'ai un reste de bouilli. Tu veux bien manger avec moi?

Ils partagèrent ce repas de deuil en silence. Comme d'autres fantômes, l'absent habitait toujours cette maison. Son manteau était accroché au mur, ses chaussures boueuses attendaient sur la catalogne de l'entrée. Souvent, ils croyaient entendre son pas sur la galerie et levaient la tête.

— Le jour de... l'accident, Robert et moi voulions t'annoncer une grande nouvelle, mais... Tu te rappelles?

— Bien sûr.

Joshua n'osait pas insister. Sa curiosité aurait pu paraître malsaine, et cette nouvelle réjouissante ne l'était peut-être plus autant.

— Je vais avoir un bébé, déclara Dorothy.

Elle avait emprunté un ton frondeur, mais sa voix tremblotante trahissait son émoi. Elle devinait les obstacles à venir, les difficultés innombrables. Pour une femme seule, élever un enfant et pourvoir à ses besoins tenait de l'exploit. La veuve de Robert McGovern caressa son ventre. Des larmes embuaient ses yeux.

— Ma mère a souvent été seule avec mon frère et moi et elle s'en est toujours bien tirée, affirma Joshua. Les gens de Sherbrooke sont généreux, vous verrez. Il y aura toujours quelqu'un pour vous aider.

Il aurait dit n'importe quoi pour la rassurer. Il ne voulait pas qu'elle s'inquiète. Son rire lui manquait. Depuis combien de temps n'avait-elle pas ri?

Dorothy se frotta les yeux. Pleurer n'arrangerait rien.

— Vous devez vous reposer, insista Joshua. Je vais revenir demain.

Il enfilait son manteau lorsqu'un bruit attira leur attention.

De nouveau, ils avaient entendu des pas.

Cette fois cependant, le bruit persista au-delà de la première perception. Quelqu'un montait sur la galerie. Intrigué, compte tenu de l'heure tardive, Joshua alla ouvrir et se trouva nez à nez avec un visiteur inattendu qui lui sauta aussitôt au cou et le déséquilibra.

— Tom! cria Joshua en s'efforçant de reprendre pied. Tom! Dis-moi que je ne rêve pas!

Il ne se tenait plus de joie, mais cette allégresse lui parut incongrue dans les circonstances. Il se tourna donc vers Dorothy McGovern, l'air repentant.

— Excusez-nous, dit-il. Je vous présente mon frère Tom. Nous ne nous sommes pas vus depuis bientôt un an.

— Je comprends très bien.

Tom, quant à lui, ne comprenait plus rien. Qui était cette femme? Que faisait-elle dans la maison de sa mère? Où étaient Isabelle et François?

Joshua entraîna son frère à l'extérieur et lui expliqua ce qui s'était passé depuis son départ.

— Tu as vendu la maison de maman! s'indigna Tom en tournant sur lui-même et en piaffant comme un cheval impatient.

Il creusait le sol de son pied d'un geste rageur, en répétant cette phrase dont il refusait de saisir l'immense portée.

— Je n'ai pas pu faire autrement, plaida Joshua.

À vrai dire, il souhaitait implorer le pardon de son frère, mais les mots lui échappaient.

À ce moment, Dorothy McGovern sortit sur la galerie.

— Je regrette de vous interrompre, dit-elle en s'adressant à Joshua. Je sais que vous avez plein de choses à vous dire. Ton frère ne doit pas savoir où se loger cette nuit, je suppose. Je vous propose donc de dormir dans la cabane. Ça me ferait plaisir que vous acceptiez.

Tom sauta sur l'occasion pour signifier à son aîné qu'il désirait avoir un peu de temps pour digérer ce qu'il venait d'apprendre.

— Joshua ne pourra pas rester, dit-il, mais j'accepte votre offre avec plaisir.

Dorothy les salua, satisfaite. Elle ne passerait pas la nuit toute seule. Un autre cœur battrait aux alentours; une autre âme respirerait dans l'obscurité. Personne ne sécherait ses larmes, mais la solitude qu'elle redoutait tant serait repoussée.

Les deux frères restèrent plantés l'un en face de l'autre, jusqu'à ce que Tom décide de se retirer.

— Ne fais pas ça, le supplia Joshua. Ne me tourne pas le dos. Essaie de comprendre. Toi, tu as fui sans nous dire au revoir ni si on te reverrait un jour. Moi, je suis resté…

La détresse de son aîné toucha le jeune Métis.

— Laisse-moi une nuit, dit-il sur un ton radouci, juste une nuit. J'ai besoin de temps. Nous reparlerons de tout ça demain.

Son timbre de voix, plus grave qu'avant et plus autoritaire, surprit Joshua. Son petit frère était devenu un homme. Il le détailla des pieds à la tête et constata qu'il devait maintenant lever les yeux pour le regarder en face. Il aurait aimé se chamailler avec lui comme ils le faisaient autrefois pour tester leur force en toute amitié. Tom ne soupçonnait pas à quel point son aîné avait souffert de son absence, ni combien ses reproches le blessaient.

— Tu promets de ne pas repartir avant ?

Le désarroi de Joshua émut son frère, qui posa une main rassurante sur son épaule.

— Je te le promets. Je resterai quelques jours.

Ils se quittèrent aussi désemparés l'un que l'autre. Ils comptaient sur leur affection fraternelle pour renouer avec leur complicité de toujours.

*

Ils mirent deux jours entiers à démêler les nœuds de discorde qui les opposaient. Ils s'aimaient trop pour rester fâchés et disposaient de trop peu de temps pour se permettre de le gaspiller en discussions stériles. Ce qui avait été fait ne pouvait être défait. Cela, ils le comprenaient tous les deux.

— Je vous ai concocté un festin pour ce soir, leur lança Dorothy le matin du troisième jour, en se dirigeant vers la bergerie où les chèvres la réclamaient. Et je vous prépare une surprise ! Soyez là, sans faute !

Cette fois, Joshua avait dormi dans la cabane, lui aussi. Les deux frères avaient parlé une partie de la nuit, évacuant ainsi remords et regrets. Leur conversation avait été bien au-delà des simples échanges entre membres d'une même famille. Ils avaient exploré en profondeur les méandres de leur vie, où ils s'étaient si souvent perdus de vue. Maintenant que la maison où ils avaient grandi ne leur appartenait plus, qu'une page avait été tournée, ils ressentaient aussi le besoin de se débarrasser des relents de culpabilité qui les hantaient encore. Une mise au clair s'imposait, et Tom avait le premier ouvert la voie aux confidences.

— Je m'excuse d'être parti de cette façon. Tu as raison : je vous ai abandonnés.

— Tu avais besoin de t'éloigner pour comprendre et accepter le deuil qui nous frappait. Je le saisis mieux maintenant.

— C'est vrai. Mais j'ai surtout eu très peur. J'étais convaincu que maman était morte à cause de moi. Depuis la mort d'Atoan, je m'imaginais que je portais malheur, que notre mère m'avait transmis cette malédiction qui la poursuivait depuis son enfance, et dont elle n'a jamais voulu nous parler franchement pour ne pas nous effrayer. Son silence n'a rien arrangé, car les mots n'étaient pas nécessaires pour saisir ses craintes.

— Tu te trompais. Le coupable, c'est moi. Regarde tout le mal que j'ai causé depuis ton départ !

Pendant un moment, laissant ces accusations en suspens, ils s'étaient tus et avaient écouté les bruits familiers : le souffle du vent dans le grand orme, le clapotis de la pluie sur le toit, le hululement de la chouette et les hurlements des coyotes, les souris qui trottinaient dans les murs et le pas furtif des ratons laveurs sur la galerie.

Puis Tom, d'une voix calme mais ferme, avait repris la parole.

— J'ai bien pensé à tout ça, très longuement, et j'en ai discuté avec des personnes de confiance. J'en ai surtout parlé avec Frederick, mon guide.

— Qui est-ce ?

— Il a été mon professeur de sciences naturelles. C'est un naturaliste réputé, qui comprend le monde mieux que quiconque. Il possède la sagesse des plus grands sagamores et la science des plus grands savants.

— Et que t'a-t-il dit au sujet de la malédiction?

— Qu'elle existe seulement si on la nourrit. Alors, plutôt que de l'entretenir, en l'alimentant à même nos angoisses et nos mortifications, il vaut mieux se rapprocher de ceux qui peuvent nous aider à la mettre en échec.

— Comme ton professeur?

Tom avait acquiescé, et pendant un moment Joshua l'avait envié. Trouverait-il cette personne un jour, sur qui s'appuyer, un être capable de prendre ses doutes et d'en faire des certitudes?

Puis les deux frères s'étaient endormis, plus sereins, plus libres.

En regardant Dorothy McGovern entrer dans la bergerie, Joshua repensait à cette longue conversation et à l'apaisement qu'elle lui avait procuré.

Tom interrompit ses réflexions en abordant un sujet qu'il aurait voulu éviter.

— Tu as revu mon épervier? demanda le garçon, les yeux pleins d'espoir.

Joshua hésita. Honteux, il n'avait pas raconté à son frère cet épisode malheureux et il le regrettait.

— Je ne l'ai pas revu, dit-il, mais je crois l'avoir entendu à quelques reprises.

Même s'il le souhaitait, afin qu'il ne subsiste plus aucun secret entre lui et son frère, il était incapable d'en dire davantage.

– S'il n'a pas migré plus au sud, je vais le retrouver, affirma Tom. Voilà ce que je ferai aujourd'hui, pendant que tu seras à la charronnerie.

– Bonne chance !

Du fond du cœur, Joshua souhaitait que Tom découvre l'oiseau. En vie.

*

Le garçon explora les alentours pendant des heures, se réappropriant avec bonheur et nostalgie des lieux familiers, empreints de souvenirs. Il lui semblait revoir sa mère à chaque détour, derrière chaque buisson. Il entendait sa voix dans les risées du vent. Elle courait dans les champs, main dans la main avec Atoan.

Le cri d'alarme lui parvint alors qu'il approchait de la rivière. Puis il aperçut un oiseau qui filait comme une flèche, un trait de lumière dans le ciel voilé. Une longue queue à l'extrémité arrondie, de courtes ailes bien droites qui battaient l'air avec vigueur. Impossible de se tromper. L'épervier plongea vers la forêt et se faufila entre les arbres en dessinant des arabesques.

Tom courut à perdre haleine. Le rapace lui avait lancé un défi qu'il était bien décidé à relever.

Avec une agilité semblable à celle de l'oiseau, il fonça dans le boisé, évitant les obstacles de son mieux. D'instinct, il se rendit à l'endroit où il avait découvert le nid un an plus tôt. Ébahi et ému, il y découvrit l'oiseau juché au faîte d'un tremble. Deux grands corbeaux planaient au-dessus de lui en croassant leurs menaces. L'épervier paraissait intimidé par les corvidés, mais il hésitait sur la direction à prendre pour échapper à ses tourmenteurs. Tom disposa ainsi de quelques secondes pour l'observer, juste assez pour constater qu'il ne pouvait pas s'agir de son oiseau. Avec sa poitrine striée de marques brunes, semblables à des larmes, celui-là était un jeune du printemps qui avait quitté ses parents depuis peu et travaillait très fort à conquérir sa nouvelle autonomie. Un épervier né l'année précédente aurait eu son plumage d'adulte et, malgré la distance, Tom aurait pu admirer sa belle poitrine rayée de roux.

« Peut-être le rejeton de l'autre », pensa le Métis.

L'épervier s'envola alors d'un battement d'ailes, à sa manière vive et imprévisible. Ému, Tom se remémora avec bonheur les moments magiques passés avec son oiseau, un an plus tôt. Dans son esprit, cela ne faisait aucun doute : le jeune rapace lui avait montré la voie de la liberté. De même que ses congénères, il appartenait à cette catégorie d'êtres vivants susceptibles de chasser toutes les malédictions, aussi puissantes soient-elles.

*

Après avoir flâné tout l'après-midi sur les sentiers de son enfance, Tom revint à la cabane. Il y fut accueilli par Isabelle, la surprise promise par Dorothy McGovern.

— J'ai pensé que vous aimeriez être réunis de nouveau dans votre ancienne maison, expliqua la veuve. J'espère que j'ai eu raison.

Joshua venait d'arriver lui aussi et ils la rassurèrent d'une voix unanime, en la remerciant de cette généreuse attention.

– Vous ne pouviez pas nous faire plus plaisir, affirma Tom en prenant les mains d'Isabelle.

Bien qu'heureux de cette réunion inattendue, Joshua n'osait pas s'avancer. L'âme en paix, il contemplait ce duo, sa famille, et se réjouissait de ce qu'ils étaient devenus, du lien viscéral qu'ils avaient sauvegardé et que la distance ne briserait plus jamais.

– Venez manger ! lança Dorothy.

La veuve se délectait elle aussi du bonheur de ses hôtes, dont la présence la distrayait de sa peine. Lorsqu'elle rit de bon cœur, au milieu du repas, Joshua crut à un recommencement. Le rire irrésistible de Dorothy McGovern ravivait l'espoir.

19

Tom resta assez longtemps à Sherbrooke pour assister au mariage d'Isabelle. Les parents de Christian Muller avaient effectué le voyage de Montréal, et la cérémonie se déroula dans la maison des Hale qui ne ménagèrent ni leurs sous ni leurs efforts pour que leur domestique se souvienne à jamais de cette splendide journée.

Dès le lendemain, les nouveaux mariés montèrent à bord de la diligence. Les adieux furent brefs mais émouvants, et empreints d'une grande tendresse. Isabelle et Christian partaient à la découverte du monde et d'eux-mêmes. Se connaissant très peu, ils entreprenaient une quête de l'intime qui rencontrerait sans doute des obstacles. Pourtant, leur candeur enthousiaste attendrit leurs amis et connaissances qui leur offrirent leurs meilleurs vœux avec une sincérité touchante. Joshua embrassa la jeune mariée sur les deux joues et lui glissa à l'oreille quelques mots qui, sortant de sa bouche, lui allèrent droit au cœur.

– Tu as trouvé... Cet homme te protégera de tout, j'en suis certain.

Une fois la diligence disparue au tournant, les deux frères rentrèrent à pied chez Dorothy. Il leur restait une nuit à passer ensemble et ils voulaient en savourer chaque seconde. Leurs pas les ramenaient vers l'enfance, sur un chemin qu'ils avaient marché mille fois. Ils parlèrent de tout et de rien, écartant d'emblée le sujet qui les préoccupait, cette séparation imminente, impossible à éviter.

Dans King's Highway, ils croisèrent Joseph Pennoyer. Celui-ci salua Joshua, qu'il avait déjà rencontré à la charronnerie, et continua son chemin, absorbé par quelque calcul mental qui exigeait toute sa concentration.

— Qui est-ce ? demanda Tom.

— C'est l'arpenteur engagé par la Compagnie des Terres. On dit qu'il réalise des relevés pour le futur chemin de fer.

— Un chemin de fer ! C'est sérieux ? Le train va se rendre jusqu'à Sherbrooke ?

— Ce n'est pas pour demain. Du moins, je ne le crois pas, même si on en parle depuis longtemps.

— Le village aura donc encore changé à ma prochaine visite.

— Tu es toujours décidé à partir ? demanda Joshua, abordant avec ces simples mots la question taboue.

— Il le faut bien. Demain, à la première heure.

— Le temps a passé trop vite.

— Je devrais déjà être parti…

Tom était attendu. Il l'avait expliqué à son frère, qui le comprenait très bien mais l'acceptait mal. Dans quelques jours, le jeune Métis rejoindrait Frederick, son mentor. Celui-ci l'avait engagé pour l'assister dans ses recherches. Ensemble, ils prévoyaient parcourir des milliers de kilomètres pour étudier la faune et la flore de l'Amérique, et particulièrement les différentes espèces d'oiseaux. Dans cette formidable aventure, Tom, qui avait appris des Abénaquis à trouver son chemin même dans les forêts les plus denses, servirait de guide au naturaliste. Le directeur du collège avait accepté de libérer son élève, non sans lui avoir fait promettre qu'il reprendrait ses études à la fin de l'expédition. Emballé, Tom se préparait au grand départ depuis plusieurs semaines. Son séjour à Sherbrooke n'avait été qu'un intermède.

– Je sais, admit Joshua. Mais jure-moi de revenir dès que tu le pourras.

Plutôt que de répondre, Tom fit un croche-pied à son frère qui se raccrocha à lui pour ne pas trébucher. Ils perdirent néanmoins l'équilibre et tombèrent en riant aux éclats, bras et jambes entremêlés, noyant dans des larmes de joie leur trop-plein d'émotion.

*

Le lendemain matin, Tom partit à l'aube. Sa famille abénaquise, en route pour les territoires de chasse, l'attendait sur la pointe pour le ramener au Vermont.

Lorsque Joshua ouvrit les yeux, une heure plus tard, il pensa avoir rêvé et mit quelques secondes à se rappeler où il était. Puis des coups répétés à la porte le réveillèrent tout à fait.

– Peux-tu venir m'aider? cria Dorothy McGovern.

Joshua perçut l'urgence dans sa voix. Il se leva en coup de vent, passa son pantalon et alla ouvrir. La veuve avait enfilé une pèlerine par-dessus sa chemise de nuit, mais elle n'avait pas eu le temps de l'attacher. Joshua devinait ses formes à travers le tissu léger.

– Des chauves-souris sont entrées dans la maison! J'en ai compté au moins trois. Aide-moi, s'il te plaît. Ces bestioles me dégoûtent.

Elle paraissait à la fois si apeurée et si indignée que Joshua dut se mordre les lèvres pour ne pas se moquer de sa réaction excessive. «De si petites bêtes…», pensa-t-il.

– J'arrive, dit-il. Ne vous inquiétez pas: je suis un expert en chauves-souris.

Quelques minutes plus tard, en effet, les petites créatures nocturnes avaient été attrapées et retournées à leur habitat naturel. Pendant l'opération, Joshua avait bien essayé de susciter la sympathie de Dorothy pour ces visiteuses importunes, mais sans succès.

– Maintenant que mon frère est parti, je vais retourner chez moi, dit-il une fois le calme revenu. Je vous remercie pour vos bontés.

– Mais que vais-je devenir si elles pénètrent encore dans la maison?

La veuve semblait vraiment affolée.

– Je colmaterai les trous dès que j'aurai le temps. Peut-être dimanche prochain.

– Je ne pourrai pas dormir tant que ce ne sera pas réglé pour de bon!

– J'essaierai de venir plus tôt, mais je ne peux rien vous promettre.

Dorothy regarda alors Joshua dans les yeux. Ce qu'elle avait à dire, il ne devait pas seulement l'entendre, il devait aussi le voir sur son visage, dans son corps.

– Pourquoi ne demeurerais-tu pas ici, avec moi? Je n'y arriverai pas toute seule. J'ai besoin d'un homme, d'un mari sur lequel je pourrais compter. Je crois que nous formerions une bonne équipe, toi et moi. Qu'en penses-tu? La différence d'âge n'est pas si importante.

Abasourdi, Joshua ne sut quoi répondre. Il baissa les yeux, mal à l'aise. Venait-on réellement de lui proposer le mariage? Étrangement, il ne pouvait pas décliner cette curieuse demande. Il en était incapable, et tout aussi incapable de l'accepter. En fait, il n'y croyait pas. Il était victime d'un mirage. Sa raison lui jouait des tours.

Puis Dorothy McGovern éclata de son rire perlé. Une eau de printemps qui dévale la montagne. Le chant de la grive à la brunante.

– Oublie ça! dit-elle d'une voix chantante, un brin espiègle. Je crois que les chauves-souris et la crainte folle qu'elles m'inspirent ont troublé ma raison. De plus, je viens de perdre mon mari, que j'adorais. Le chagrin, sans doute, affecte mon jugement. Oublie ce que je viens de dire. C'était une idée insensée.

Insensée peut-être, mais le sort en était jeté. Joshua ne pourrait plus jamais se passer du rire de Dorothy McGovern. Il lui était devenu aussi essentiel que la nourriture qu'on partage entre amis, ou l'air qu'on respire un matin d'hiver, ou l'eau qui nous désaltère un jour de canicule. Jusqu'à la fin de ses jours, il souhaitait s'abriter derrière ce rire indestructible, assez puissant pour briser à jamais la malédiction. Lui aussi avait trouvé ce qu'il cherchait.

– Oui, dit-il. Je vais rester. Dès que vous serez prête à m'accueillir.

Épilogue

Août 1836

L'événement avait attiré de nombreux curieux, autant du village que des alentours. Les conversations allaient bon train, chacun émettant un commentaire personnel, élogieux la plupart du temps. Il aurait fallu faire preuve de beaucoup de mauvaise foi pour reprocher le moindre défaut à l'imposant édifice de trois étages inauguré ce jour-là. Tylar Moore n'avait pas lésiné sur la qualité. Il souhaitait que cette belle bâtisse, entièrement peinte en blanc, devienne un hôtel prestigieux susceptible de séduire une clientèle huppée et exigeante, et dont on parlerait dans tous les cantons et jusque dans les grandes villes de Montréal et Québec. Flanqué d'une écurie, d'une remise à véhicules et d'un hangar, le Magog House servirait également de relais pour les diligences. De plus, le fier propriétaire avait doté son établissement d'une glacière de bonne dimension qui occupait une partie considérable de la cave.

Ce qui impressionnait le plus au premier coup d'œil, c'étaient les nombreuses fenêtres en façade, chacune ornée de persiennes. L'ensemble respirait le confort et la richesse.

— Je ne crois pas que nous pourrons loger dans cet endroit de sitôt, déclara John Mulvena sur un ton sarcastique. Nous le laisserons aux gens plus fortunés.

Carey Hyndman approuva de la tête. Admiratif, il restait bouche bée, ce qui amusa sa fille Mary, peu habituée à le voir aussi silencieux.

— Si je n'étais pas déjà mariée, dit-elle, je passerais volontiers ma première nuit de noces dans cet établissement.

Rufus Miner, qui tenait par la main leurs deux enfants, se récria :

— Il aurait fallu que tu épouses quelqu'un d'autre. N'oublie pas que ton mari est un simple instituteur.

Mary l'embrassa sur la joue.

— Tu sais bien que je n'aurais jamais voulu un autre mari. J'ai trouvé le meilleur.

Derrière eux, les Burchard et les Willard s'extasiaient de concert, sous le regard approbateur d'Isaac Drummond. Le cordonnier, le tanneur et le charron scrutaient la nouvelle construction avec leurs yeux d'artisans expérimentés, habitués à l'ouvrage bien fait. Ils ne trouvaient rien à redire.

Joshua arriva à son tour. Il portait son fils dans ses bras. Olive, qui n'avait pas vu l'enfant depuis quelques semaines, ne put s'empêcher de remarquer à quel point il avait forci.

— Ce poupon nous fera un bon ouvrier dans quelques années, dit-elle. Je crois bien qu'il va hériter de la force de son père.

Sans gêne, elle tâta le biceps gauche de Joshua en émettant un murmure admiratif. Après avoir traversé une période chaotique, le jeune homme s'était repris en main d'une manière exemplaire, et la femme du cordonnier, comme beaucoup d'autres, tenait à lui manifester son appui. Elle s'était trompée sur son compte et le reconnaissait volontiers. Ému par cette bienveillance que ses proches lui témoignaient si généreusement, le jeune homme se mordilla les lèvres comme à son habitude. Les paroles d'Olive Burchard lui allaient droit au cœur, car elles touchaient un point sensible. Le petit Philip n'était pas de son sang. Or, les gens du village le considéraient comme son fils et leur découvraient même des ressemblances, comme venait de le faire la grande amie de Charlotte. Chaque fois, Joshua en éprouvait une immense fierté et un bonheur intense.

Elle aussi attendrie par cette reconnaissance publique du rôle essentiel joué par Joshua auprès de son enfant, Dorothy vint se coller contre son mari. Bébé Philip ne connaîtrait jamais son père biologique puisque Robert McGovern était mort bien avant sa naissance. Heureusement, Joshua avait pris le relais. Après avoir épousé Dorothy, il l'avait soutenue et choyée tout au long de sa grossesse. Le jour de l'accouchement, il avait pris le nouveau-né dans ses bras avec beaucoup d'émotion, s'imposant dès les premières heures comme une figure paternelle. Il l'avait ensuite tenu contre son cœur pendant des jours, comme si cet être minuscule détenait le secret du véritable bonheur et de la délivrance. En tout cas, en serrant dans ses bras musclés ce petit corps à l'odeur douceâtre, le nouveau père avait été envahi par une grande paix. Et ce sentiment ne l'avait jamais quitté depuis.

— D'où venez-vous? leur demanda le charron. Vous avez l'air d'avoir marché pendant des kilomètres.

Il montrait du doigt leurs bottillons boueux.

— Nous sommes allés voir comment se déroulaient les travaux dans la future rue King. Ça avance à une vitesse incroyable. Les travailleurs allemands ont formé des équipes et ils se relaient pour abattre les arbres. Ils ont ouvert une très large avenue qui deviendra assurément la plus grande rue du village. Par contre, je me demande bien comment on pourra monter cette côte-là en hiver! Les chevaux vont trimer dur!

— Est-ce que le chemin se rend à la rivière?

— Pas encore, mais ils y seront bientôt.

— J'ai hâte qu'ils construisent le pont, dit monsieur Terril, venu rendre une visite à sa fille. On pourra enfin traverser la Saint-François sans attendre le bac.

— Ils ont mis du temps à se décider, mais maintenant les travaux avancent à un bon rythme.

— Ça ne fait pas le bonheur de tout le monde, ricana François Caron qui venait de se joindre à la conversation. Certains doivent s'arracher la barbe.

Il faisait allusion à William Felton et à sa clique qui avaient tenté en vain de convaincre la Compagnie des Terres de construire le nouveau pont dans le quartier Orford, près de l'îlot du pin solitaire.

John Mulvena fit les gros yeux à l'ébéniste, car quelques-unes des personnes présentes avaient signé la pétition réclamant un pont à cet endroit. La journée était trop belle pour réveiller les rancœurs et raviver d'anciennes chicanes. D'ailleurs, à quoi bon continuer à argumenter puisque les commissaires de la BALC avaient tranché?

Ceux-ci avaient d'abord envisagé d'ériger le pont en face de l'île Ball, qui coupait la rivière en deux, mais il aurait fallu pour cela modifier le tracé prévu pour la future rue King et acheter des terres à la famille Hyatt. Après réflexion, la Compagnie des Terres avait préféré construire le pont dans les limites de son propre domaine. Elle en tirerait revenus et prestige et créerait ainsi un nouveau quartier. Les lots lui appartenant en totalité, ils lui rapporteraient une bonne somme d'argent une fois vendus en parcelles.

Fidèle à lui-même, François Caron ne renonça pas à son idée.

— De toute façon, dit-il, monsieur Felton perdra bientôt les quelques pouvoirs qui lui restent. Il ne sortira pas indemne des accusations qui pèsent contre lui, j'en suis certain.

— Il devrait peut-être quitter le pays et rejoindre son ancien acolyte, Charles Goodhue, au Wisconsin ou au Vermont, ou en Illinois, je ne sais plus trop où le bonhomme est rendu, renchérit Carey Hyndman à qui une bonne discussion ne faisait pas peur.

— C'est sans doute ce qui va arriver, ajouta monsieur Terril. On dit que Tylar Moore, maintenant qu'il s'est enrichi et qu'il a construit l'hôtel de ses rêves, pense lui aussi à partir. Il prévoit s'établir à Chicago, selon les rumeurs.

Les têtes se tournèrent alors de nouveau vers l'édifice. Le soleil se mirait dans les fenêtres, éblouissant les spectateurs. Astrid et Fanny Ryan, avec l'audace de la jeunesse, franchirent le porche pour admirer de plus près les lustres et le mobilier. D'autres les suivirent aussitôt.

Joshua aurait aimé leur emboîter le pas et satisfaire sa curiosité, mais Dorothy le retint par le bras.

– J'aimerais bien rentrer chez nous, lui souffla-t-elle à l'oreille. Je suis fatiguée.

Le chef de famille posa un regard amoureux sur sa femme. Elle lui parut, en effet, un peu lasse. Il passa son bras libre sous le sien et ils prirent d'un pas tranquille le chemin de la maison.

La maison de Charlotte.

De la même auteure

Un trop long hiver, Les Éditions La Presse, 1980.

Rythmes de femme, Maison des Mots, 1984.

La Guerre des autres, en collaboration avec Jean-Pierre Wilhelmy, Les Éditions La Presse, 1987; Septentrion, 1997.

De père en fille, en collaboration avec Jean-Pierre Wilhelmy, Septentrion, 1989
(nouvelle édition en 2012, coll. « HAMAC » classique, Septentrion)

« L'Université de Sherbrooke, son rayonnement littéraire et artistique », codirectrice, *Cahiers d'études littéraires et culturelles,* n° 12, Université de Sherbrooke, 1990.

« Chanson pour Ilse », *Moebius,* n° 48, printemps 1991.

La Très Noble Demoiselle, Libre Expression, 1992.

« Les romancières de l'histoire », *Recherches féministes,* printemps 1993.

Laure Conan. La romancière aux rubans, XYZ éditeur, coll. « Les grandes figures », 1995.

Le médaillon dérobé, XYZ éditeur, 1996.

La Route de Parramatta, Libre Expression, 1998.

Thana. La fille-rivière, Libre Expression, 2000.

Les Chats du parc Yengo, Éditions Pierre Tisseyre, coll. «Conquêtes», 2001.

Thana. Les vents de Grand'Anse, Libre Expression, 2002.

Les Pumas, Éditions Pierre Tisseyre, coll. «Conquêtes», 2002.

La Promesse. La route de l'exode, Libre Expression, 2004.

Où sont allés les engoulevents?, Libre Expression, 2005.

Le Retour du pygargue, Trécarré Jeunesse, 2007.

Comme plume au vent, Libre Expression, 2007.

La Chanson de l'autour, Trécarré Jeunesse, 2008.

Kila et le gerfaut blessé, Trécarré Jeunesse, 2008.

Eliza et le petit-duc, Trécarré Jeunesse, 2009.

La Communiante, Libre Expression, 2010.

L'UQROP. Sauver le monde un oiseau à la fois, L'Union québécoise de réhabilitation des oiseaux de proie (UQROP), 2012.

Ces oiseaux de ma vie, édité par Louise Simard, 2013.

La Malédiction. 1. Le Hameau des Fourches, Les Éditions Goélette, 2015; (réédition Les Éditions Coup d'œil, 2017).

La Malédiction. 2. Au confluent des Rivières, Les Éditions Goélette, 2015 ; (réédition Les Éditions Coup d'œil, 2017).